運交華蓋欲何求？未敢翻身已碰頭。

破帽遮顏過鬧市，漏船載酒泛中流。

橫眉冷對千夫指，俯首甘為孺子牛。

躲進小樓成一統，管他冬夏與春秋。

——《自嘲》魯迅

◀魯迅先生像

少年時期之魯迅先生▶

◀與周作人（魯迅弟弟）合影

▲與許廣平（魯迅妻子）、
周建人（魯迅弟弟）合影

◀與許廣平（魯迅妻子）、周海嬰
（魯迅獨子）合影

◀與林語堂、廈門大學「泱泱社」青年合影

魯迅先生於上海舉辦「木刻技法講習會」之結業合影▶

◀與友人合影
（左起：內山完造、林哲夫、魯迅、井上芳郎）

與東京弘文學院同學合影
（左起：大家武夫、三宅、
魯迅、福井勝太郎）▶

▼與仙台醫學專門學校同學合影

▲與廈門大學教職員合影

◀魯迅先生在北京師範大學操場演講

▲「魯迅在師大」攝於北京師範大學

▲魯迅先生所設計之北京大學校徽

▼魯迅先生所設計之
《吶喊》封面

◀魯迅先生所設計之
《域外小說集》封面

魯迅先生所設計之
《心的探險》封面▶

▲魯迅先生所設計之
《小約翰》封面

◀魯迅先生所設計之
《小彼得》封面

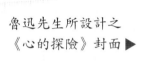

魯迅，為什麼非讀不可？

中國近代著名文學家老舍說：「他是這一時代的紀念碑，在文藝上，事事他關心，事事他有很高的成就。魯迅的精神就是不屈不撓、不自滿、不自餒。」

德國漢學家沃爾夫岡・顧彬曾評論：「魯迅是中國二十世紀無人可及，也無法逾越的作家。」

韓國文學評論家金良守將魯迅譽為「二十世紀東亞文化地圖上佔最大領土的作家」。備受各界高度評價的中國近代著名作家魯迅，本名周樹人，西元一八八一年出生於浙江省紹興府會稽縣府城內東昌坊口新台門周家。魯迅雖然出身於農村地區，但因為喜歡閱讀新思想書籍、廣泛接觸新知，如：文學、科學、醫學、藝術等知識，遂培養了有別於中國傳統教育的新思維，這些知識更奠基了魯迅往後在文學創作、文學翻譯、文學批評、思想研究、古籍校勘、藝術美學、木刻版畫、思想革新等各領域上的重大貢獻。並且對於五四運動以後的中國社會思想文化發展產生深遠的影響，蜚聲世界文壇，尤其在韓國、日本的思想文化領域有極其重要的地位與影響。

作為中國現代文學的偉大開拓者，魯迅創作的小說建立了中國小說的新形式。如：西元一九一八年於《新青年》雜誌上發表的短篇白話小說《狂人日記》，為中國現代白話小說的開山之作。其內容抨擊家族制度與禮教的弊害，更成為了當代文學革命思想的先驅。

魯迅前期所創作的小說以清末民初底層百姓的生活為主體，注重細節描寫，以白描手法刻畫人物，並挖掘其細微的心理變化；內容表現出底層百姓思想的麻木愚昧與生活的艱辛。魯迅於《南腔北調集・我怎麼做起小說來？》中說：「我的取材，多採自病態社會的不幸的人們中，意思是在揭出病苦，引起療救的注意。」後期小說作品則多借歷史典故反映現實生活，風格幽默灑脫，大異於前。

除了在小說上的成就，魯迅更首創了以論理為主，形式靈活的新文體——「雜文」，並將之發揚光大。其雜文題材廣泛、形象鮮明、論辯犀利、文風多變，深入揭示了當時中國各方面的社會問題。如魯迅於《偽自由書・前記》中自述：「然而我的壞處，是在論時事不留面子，砭錮弊常取類型，而後者尤與時宜不合。」其寫作風格靈活多變，有些隱晦曲折，有些幽默詼諧，均能使人在會心一笑中達到諷刺的效果，還有些能在從容的敘述中，蘊藏著對社會的無限憤懣。

在小說與雜文之外，魯迅亦創作了數篇散文，雖然為數不多，卻可說是篇篇精品。如散文集《朝花夕拾》，是魯迅對於童年、青少年時期的回顧，記錄了在故鄉紹興時的生活，風格明朗，側重於世態人情的描繪，刻畫出一個個活靈活現的人物。

而另一本散文集《野草》則以尼采式的「散文詩」形式寫成。以抒情為主，是散文，也是詩；既有其思想，也有詩的感情與意境。表達出對社會、人生的反思，反映了作者當時「虛無主義」的悲觀心境。此散文集語言艷麗而冷峻，意象獨特又富有暗示性，意境晦暗幽深，被譽為魯迅「最偉大的藝術品」，對日後中國白話散文詩的發展有著一定影響。

魯迅不僅是一位偉大的文學家，更是一位推動中國思想文化革新的思想家、革命家。西元一九〇六年，當魯迅就讀於「仙台醫學專門學校」時，他體認到「醫學並非一件緊要事，凡是愚弱的國民，即使體格如何健全，如何茁壯，也只能做毫無意義的示眾的材料和看客，病死多少是不必以為不幸的。所以我們的第一要著，是在改變他們的精神，而善於改變精神的是，我那時以為當然要推文藝」，遂毅然決然選擇棄醫從文。

而後，魯迅與陳獨秀、李大釗、胡適、蔡元培等人發起了「反傳統、反儒家、反文言」的新文化運動，促使思想獲得空前的解放。而魯迅亦在他所著的小說《狂人日記》中完全使用白話文，從此拉開中國現代白話文學序幕。其貢獻如中國近代著名作家郁達夫所說：「如問中國自有新文學運動以來，誰最偉大？誰最能代表這個時代？我將毫不躊躇地回答：是魯迅。魯迅的小說，比之中國幾千年來所有這方面的傑作，更高一步……要全面瞭解中國的民族精神，除了讀《魯迅全集》以外，別無捷徑。」

為了帶領讀者一窺這位近代著名作家、新文化運動領袖魯迅的一生，及其非讀不可的經典作品，遂促成了本書的誕生。本書共分為五章，第一章「關於魯迅」敘述了魯迅的生平故事；第二章至第四章依序收錄了魯迅的短篇小說集《吶喊》、俄文譯本《阿Q正傳》序及著者自敘傳略、《且介亭雜文附集·死》；第五章「他人說魯迅」收錄了毛澤東《論魯迅》、郁達夫《懷魯迅》、蕭紅《回憶魯迅先生》、藤野嚴九郎《謹憶周樹人君》。

希望藉由本書，讓讀者得以更認識這位影響中國文學發展的關鍵性人物——魯迅，如中國當代文壇巨匠巴金所說：「他垂老不變的青年的熱情，到死不屈的戰士精神，將和他深湛的著作永留人間。」

編者　謹識

關於魯迅

魯迅的作品

他人說魯迅

Chapter 1

關於魯迅

綺羅幕後送飛光，柏栗叢邊作道場。

望帝終教芳草變，迷陽聊飾大田荒。

何來酪果供千佛，難得蓮花似六郎。

中夜雞鳴風雨集，起然煙卷覺新涼。

——秋夜偶成

家道中落與魯迅的童年

> 軒轅時候是巫醫不分的，所以直到現在，他的門徒就還見鬼，而且覺得「舌乃心之靈苗」。這就是中國人的「命」，連名醫也無從醫治的。

一八九三年，魯迅的祖父周福清因為向浙江鄉試主考官殷汝璋行賄，謀求魯迅之父周伯宜錄取，被殷汝璋舉報，而被革職下獄，魯迅兄弟則被安排到離城三十多里的皇甫莊大舅父家中避難。後來，周福清被判處「斬監候[1]」，周家為了保住周福清一條性命，每年花費大筆銀兩疏通官府，直到八國聯軍事件之後，周福清才被赦免。但這八年的支出使得周家自此家道衰落，此一家庭變故對後來的魯迅產生深刻的影響。魯迅在《阿Q正傳著者自敘傳略》中寫道：「我漸至於連極少的學費也無法可想。我的母親便給我籌辦了一點旅費，教我去尋無需學費的學校去，因為我總不肯學做幕友或商人[2]——這是我鄉衰落了的讀書人家子弟所常走的兩條路。」

就在同一時期，魯迅的父親周伯宜也重病在床，最終於一八九六年病故。魯迅的父親病故一事，也為年幼的魯迅帶來巨大的影響。魯迅曾說：「我有四年多，曾經常常——幾乎是每天，出入於質鋪和藥店裡❸，年紀可是忘卻了，總之是藥店的櫃檯正和我一樣高，質鋪的是比我高一倍，我從一倍高的櫃檯外送上衣服或首飾去，在侮蔑裡接了錢，再到一樣高的櫃檯上給我久病的父親去買藥。回家之後，又須忙別的事了，因為開方的醫生是最有名的，以此所用的藥引也奇特：冬天的蘆根，經霜三年的甘蔗，蟋蟀要原對的，結子的平地木……多不是容易辦到的東西。然而我的父親終於日重一日的亡故了。」（《吶喊・自序》）

一八九三年冬天，周伯宜一病不起，家中請了知名的中醫為其醫治，但最終還是沒能挽救他的性命。一八九六年，魯迅的父親去世，享年僅三十七歲。

魯迅父親從生病到病故的這段期間，正是魯迅十二到十五歲的青少年時期，後來，魯迅在他的散文《朝花夕拾・父親的病》中對這段經歷有十分具體的描述：

大約十多年前罷，S城中曾經盛傳過一個名醫的故事：他出診原來是一元（大洋）四角，特拔十元，深夜加倍，出城又加倍。有一夜，一家城外人家的閨女生急病，來請他了，因為他其時已經闊得不耐煩，便非一百元不去。他們只得都依他。待去時，卻只是草草地一看，說道：「不要緊的。」開一張方，拿了一百元就走。

那病家似乎很有錢，第二天又來請了。他一到門，只見主人笑面承迎，道，「昨晚服了先生的藥，好得多了，所以再請你來複診一回。」

仍舊引到房裡，老媽子便將病人的手拉出帳外來。他一按，冷冰冰的，也沒有脈，於是點點頭道，「唔，這病我明白了。」從從容容走到桌前，取了藥方紙，提筆寫道：「憑票付英洋壹百元正。」下面是署名，畫押。

「先生，這病看來很不輕了，用藥怕還得重一點罷。」主人在背後說。

「可以，」他說。於是另開了一張方：「憑票付英洋貳百元正。」下面仍是署名，畫押。這樣，主人就收了藥方，很客氣地送他出來了。

我曾經和這名醫周旋過兩整年，因為他隔日一回，來診我父親的病。那時雖然已經很有名，但還不至於闊得這樣不耐煩；可是診金卻已經是一元四角。現在的都市上，診金一次十元並不算奇，可是那時的一元四角已是巨款，很不容易張羅的了；又何況是隔日一次。

他大概的確有些特別，據輿論說，用藥就與眾不同。我不知道藥品，所覺得的就是「藥引」的難得，新方一換，就得忙一大場。先買藥，再尋藥引。生薑兩片，竹葉十片去尖，他是不用的了。起碼是蘆根，須到河邊去掘；一到經霜三年的甘蔗，便至少也得搜尋兩三天。可是說也奇怪，大約後來總沒有購求不到的。

據輿論說，神妙就在這地方。先前有一個病人，百藥無效；待到遇見了什麼葉天士先生，只在舊方上加了一味藥引：梧桐葉。只一服，便霍然而癒了。「醫者，意也。」其時是秋天，而梧桐先知秋氣。其先百藥不投，今以秋氣動之，以氣感氣，所以……。

我雖然並不瞭然，但也十分佩服，知道凡有靈藥，一定是很不容易得到的，求仙的人，甚至於還要拼了性命，跑進深山裡去採呢！

這樣有兩年，漸漸地熟識，幾乎是朋友了。父親的水腫是逐日利害，將要不能起床；我對於經霜三年的甘蔗之流也逐漸失了信仰，採辦藥引似乎再沒有先前一般踴躍了。正在這時候，他有一天來診，問過病狀，便極其誠懇地說：「我所有的學問，都用盡了。這裡還有一位陳蓮河先生，本領比我高。我薦他來看一看，我可以寫一封信。可是，病是不要緊的，不過經他的手，可以格外好得快……」

這一天似乎大家都有些不歡，仍然由我恭敬地送他上轎。進來時，看見父親的臉色很異樣，和大家談論，大意是說自己的病大概沒有希望的了；他因為看了兩年，毫無效驗，臉又太熟了，未免有些難以為情，所以等到危急時候，便薦一個生手自代，和自己完全脫了干係。但另外有什麼法子呢？本城的名醫，除他之外，實在也只有一個陳蓮河了。明天就請陳蓮河。

陳蓮河的診金也是一元四角。但前回的名醫的臉是圓而胖的，他卻長而胖了：這一點頗不同。還有用藥也不同。前回的名醫是一個人還可以辦的，這一回卻是一個人有些辦不妥帖了，因為他一張藥方上，總兼有一種特別的丸散和一種奇特的藥引。

蘆根和經霜三年的甘蔗，他就從來沒有用過。最平常的是「蟋蟀一對」，旁註小字道：「要原配，即本在一窠中者。」似乎昆蟲也要貞節，續弦或再醮，連做藥資格也喪失了。但這差使在我並不為難，走進百草園，十對也容易得，將牠們用線一縛，活活地擲入沸湯中就完事。

然而還有「平地木十株」呢！這可誰也不知道是什麼東西了，問藥店、問鄉下人、問賣草藥的、問老年人、問讀書人、問木匠，都只是搖搖頭。臨末才記起了那遠房的叔祖，愛種一點花木的老人，跑去一問，他果然知道，是生在山中樹下的一種小樹，能結紅子如小珊瑚珠的，普通都稱為「老弗大」。

「踏破鐵鞋無覓處，得來全不費功夫」，藥引尋到了，然而還有一種特別的丸藥──敗鼓皮丸。這「敗鼓皮丸」就是用打破的舊鼓皮做成；水腫一名鼓脹，一用打破的鼓皮自然就可以克伏它。清朝的剛毅因為憎恨「洋鬼子」，預備打他們，練了些兵稱作「虎神營」，取虎能食羊、神能伏鬼的意思，也就是這道理。可惜這一種神藥，全城中只有一家出售的，離我家就有五里，但這卻不像平地木那樣，必須暗中摸索了，陳蓮河先生開方之後，就懇切詳細地給我們說明。

「我有一種丹，」有一回陳蓮河先生說，「點在舌上，我想一定可以見效。因為舌乃心之靈苗……。價錢也並不貴，只要兩塊錢一盒……」

我父親沉思了一會，搖搖頭，「我這樣用藥還會不大見效。」

有一回陳蓮河先生又說，「我想，可以請人看一看，可有什麼冤愆❹……。醫能醫病，不能醫命，對不對？自然，這也許是前世的事……」

我的父親沉思了一會，搖搖頭。

凡國手，都能夠起死回生的，我們走過醫生的門前，常可以看見這樣的扁額。現在是讓步一點了，連醫生自己也說道：「西醫長於外科，中醫長於內科。」但是S城那時不但沒有西醫，並且誰也還沒有想到天下有所謂西醫，因此無論什麼，都只能由軒轅岐伯的嫡派門徒包辦。軒轅時候是巫醫不分的，所以直到現在，他的門徒就還見鬼，而且覺得「舌乃心之靈苗」。這就是中國人的「命」，連名醫也無從醫治的。

不肯用靈丹點在舌頭上，又想不出「冤愆」來，自然，單吃了一百多天的「敗鼓皮丸」有什麼用呢？依然打不破水腫，父親終於躺在床上喘氣了。還請一回陳蓮河先生，這回是特拔，大洋十元。他仍舊泰然地開了一張方，但已停止敗鼓皮丸不用，藥引也不很神妙了，所以只消半天，藥就煎好，灌下去，卻從口角上回了出來。

從此我便不再和陳蓮河先生周旋，只在街上有時看見他坐在三名轎夫的快轎裡飛一般抬過；聽說他現在還康健，一面行醫，一面還做中醫什麼學報，正在和「只長於外科的西醫」奮鬥哩！

中西的思想確乎有一點不同。聽說中國的孝子們，一到將要「罪孽深重禍延父母❺」的時候，就買幾斤人參，煎湯灌下去，希望父母多喘幾天氣，即使半天也好。我的一位教醫學的先生卻教給我醫生的職務道：「可醫的應該給他醫治，不可醫的應該給他死得沒有痛苦。」但這先生自然是西醫。

之後，魯迅的父親很快就去世了，而此時他的家族也已家道中落。從現代醫學的角度來看，魯迅父親罹患的是肺結核，依照當時的醫療水平，無論是中醫或西醫都是治不好的。所以，當時他們家請的兩位中醫對於無法治療他父親的疾病其實是沒有責任的，重要的是他們以行醫為幌子騙取錢財。這對正在性格形成中的少年魯迅來說，精神刺激巨大，對他日後形成敏感、多疑、尖銳的性格不無莫大的關係，魯迅對中醫的偏見也自此形成。

一八九八年四月，魯迅離開家鄉的三味書屋❻，進入金陵「無需學費的學校」——江南水師學堂。因為他的遠房叔祖周慶蕃（號椒生）在這所學校教授漢文，兼當管輪堂監督。而在此時，本名周樟壽的魯迅，也改名為周樹人。「那時候考學堂本不難，只要有人去無不歡迎，所以魯迅考入水師，本來並不靠什麼情面，不過假如椒生不在那裡，也未必老遠地跑到南京去。」魯迅後來這樣回憶起當時離家的情景：「我要進學堂去了，仿佛是想走異路、逃異地，去尋求別樣的人們。我的母親沒有法，辦了八元的川資❼，說是由我的自便；然而伊哭了，這正是情理中的事，因為那時讀書應試是正路，所謂學洋務，社會上便以為是一種走投無路的人，只得將靈魂賣給鬼子，要加倍的奚落而且排斥的。然而我也顧不得這件事，終於到N進了K學堂。」（《吶喊．自序》）

五月份魯迅入學，經過三個月的試讀後補為正式生，分在管輪班。在魯迅後來的回憶錄中對這一段經歷有相當多的描述：「總覺得不大合適，可是無法形容出這不合適來。現在是發現了大致相近的字眼了，『烏煙瘴氣』，庶幾乎其可也。只得走開。」（《朝花夕拾．瑣記》）魯迅認為學堂的教師思想太陳舊迷信，只會照本宣科，有位漢文老師甚至說地球有兩個，一個叫東半球，一個叫西半球；一個自動，一個被動，讓魯迅哭笑不得。而海軍學校的學生本應天天習水，學堂原本也有一個大游泳池，但因為淹死了兩個學生就被填平，還在上面造了一個小小的關帝廟鎮邪。第一學期末，學校新來了一位派頭十足的老師。在學生面前，他總是把眼睛瞪得大大的，裝成學者的架勢。但有一次上課點名時，他竟把學生「沈釗」的名字念成「沈鈞」，引起一陣哄堂大笑。後來，魯迅和同學們就戲稱這位老師為「沈鈞」。後來，因為這件事情，總辦在兩天之內宣布❽：給魯迅和另外十幾個同學記了兩次小過、兩次大過。如果再犯一次小過，就必須被學校開除。

一八九八年十月，魯迅轉考入南京礦務鐵路學堂，簡稱礦路學堂。其實，該學堂也就招生了一屆學生（一八九八年十月至一九〇二年一月，共二十四人），而魯迅在礦路學堂中結識了好友陳衡恪❾。礦路學堂的主要目的是採煤，所以學校的課業以礦務為主，這讓魯迅感到非常新鮮。魯迅在這時候自學了《全體新論》和《化學衛生論》之類的學問，他再和之前父親生病時中醫的議論和方藥比較起來，「便漸漸的悟得中醫不過是一種有意的或無意的騙子，同時又很起了對於被騙的病人和他的家族的同情；而且從譯出的歷史上，又知道了日本維新是大半發端於西方醫學的事實。」（《吶喊・自序》）

在該校學習的三年裡，魯迅熟悉了德語，後來更據此翻譯了俄國文學作品——《死魂靈❿》；也刻苦地抄了整本地質學講義，學了許多科學知識；而學校老師中亦有新黨人員，喜歡看時務報，魯迅也因此受到維新和革命的影響。在礦路學堂的三年時間裡，魯迅學習了《礦學》、《地質學》、《測算學》和《測圖學》等課程，成績優秀。魯迅在散文《朝花夕拾・

瑣記》中回憶：「到第三年我們下礦井去的時候，情況實在頗淒涼，抽水機當然還在轉動，礦洞裡積水卻有半尺深，上面也有點漏水，幾個礦工便在這裡鬼一般工作著。」

一九〇二年一月，魯迅畢業時獲得了金質獎章。魯迅的畢業執照（畢業證）寫著：「學生周樹人，現年廿一歲，身中面白無鬚，浙江省紹興府會稽人，今考得一等第三名。」

畢業後，魯迅考取了「南京礦路學堂畢業奏獎五品頂戴」的官費對日留學生。魯迅後來回憶道：「畢業，自然大家都盼望的，但一到畢業，卻又有些爽然若失。爬了幾次桅，不消說不配做半個水兵；聽了幾年講，下了幾回礦洞，就能掘出金銀銅鐵錫來麼？實在連自己也茫無把握，沒有做『工欲善其事必先利其器論』的那麼容易。爬上天空二十丈和鑽下地面二十丈，結果還是一無所能，學問是『上窮碧落下黃泉，兩處茫茫皆不見』了。所餘的還只有一條路——到外國去。」（《朝花夕拾‧瑣記》）

註釋

❶ 斬監候：不在當年處決，而是暫時監禁，留待來年秋審再判決。

❷ 幕友：軍中或官署中，辦理文書及助理的人員。

❸ 質鋪：當鋪，用於兌換財物，多以物品換取錢財。

❹冤愆：冤仇罪過。冤鬼作祟，要求償債索命。

❺罪孽深重禍延父母：舊時有些人在父母死後印發的訃聞中常有「不孝男某某罪孽深重不自殞滅禍延顯考（或顯妣）……」一類套話。

❻三味書屋：晚清紹興府城內著名私塾，也是魯迅十二至十七歲求學的地方。塾師壽鏡吾，魯迅稱讚他為「本城中極方正、質樸、博學的人」，他的為人和治學精神，讓魯迅留下難忘的印象。

❼川資：旅費，也作「川費」。

❽總辦：總理事務的人。如清末的保甲局、釐捐局，民初的招商局、硝礦局等皆設有總辦。

❾陳衡恪：陳師曾，名衡恪，字師曾，以字行，號槐堂，又號朽道人。中國畫家，陳三立長子，陳寅恪長兄。梁啟超稱他為「現代美術界具有藝術天才、高人格、不朽價值的第一人」。

❿死魂靈：俄羅斯諷刺作家、喜劇家果戈里的代表作品。在這部作品中，作者不僅描繪出沙皇暴政的貪官污吏，還有地主豪紳的醜陋群像，並在這幅群醜圖上以前所未有的大無畏勇氣暢快淋漓地吐出對沙皇暴政和奴隸制度的滿腔仇恨，把貪官污吏和地主豪紳的惡性暴露在讀者面前。

東渡日本與魯迅的學業

> 此後回到中國，我看見那些閒看槍斃犯人的人們，他們也何嘗不酒醉似地喝彩——嗚呼，無法可想！但在那時那地，我的意見卻變化了。

魯迅與周作人❶、郭沫若❷、郁達夫❸等著名中國作家皆為留學日本派。一九〇二年二月，二十一歲的魯迅前往日本留學，在寫給弟弟周作人的信中，他說自己即將入讀成城學校——也就是日本為留學生開設的一所陸軍士官預備學校。但因故未能進入，只好先進入東京弘文學院——日本專為中國留學生創辦的速成性質學院（普通科二至三年，速成科有六個月、八個月、一年、一年半不等），入編江南班（班次以學生省籍編排）。魯迅亦是江南班中第一位剪掉辮子的留學生。

一九〇四年四月，魯迅從東京弘文學院畢業，獲得「日本語及普通速成科」文憑。按清政府給予的官費資格，魯迅應該升入東京帝國大學工科所屬的採礦冶金科學習。但此時的魯迅決意學醫，理由是：

一、西醫對日本的維新有助力。

二、畢業回國後可以救治像他父親那樣被中醫誤治的病人，還可以促進國人對於維新的信仰。

魯迅因看不慣某些留日學生整天在東京吃喝玩樂，所以選擇了遠離東京、地處東北偏僻小鎮的仙台醫學專門學校（一九一二年改制為東北大學醫學部）。中國駐日公使兼留學生監督楊樞向該校校長發出照會，介紹魯迅入校。魯迅就此成為該校的第一位中國留學生，學制四年，且學校不收魯迅學費。

魯迅對醫專生活的印象，第一是死記硬背：「校中功課，只求記憶，不須思索，修習未久，腦力頓錮。四年而後，恐如木偶人矣。」（魯迅與蔣抑卮的通信《仙台的事》）第二是上課時數太多，無暇從事魯迅自己的翻譯工作：「而今而後，只能修死學問，不能旁及矣，恨事！恨事！」（魯迅與蔣抑卮的通信《仙台的事》）

魯迅最初先在日本學醫，不久之後便棄醫從文，最終成為文學巨擘。很多人都認為魯迅棄醫從文的原因是他在醫學方面沒有天分，且在校成績不好，所以才改變專業。但是，其實這種說法並不嚴謹。

首先，關於那些魯迅在校成績並不優秀的說法，如下：

魯迅在仙台醫學專門學校期間，學業成績最高分的是倫理學八十三分，德語、物理、化學六十分，至於魯迅「最敬愛的藤野先生❹」所教授的解剖學，只有五十九點三分，不及格。

贊同此一觀點的人認為，魯迅在一所「二流醫專」的成績尚且如此，往後就業的難度可想而知。於是，魯迅不得不知難而退。

魯迅的弟弟周作人也在回憶文集《魯迅的青年時代》中寫道：「在小林博士那裡又保留著一九〇五年春季升級考試的分數單❺，列有魯迅的各項分數，照錄於下：解剖五十九分三、組織七十三分七、生理六十三分三、倫理八十三分、德文六十分、物理六十分、化學六十分。平均六十五分五，一百四十二人中間列第六十八名。」

關於上述魯迅在校成績不優秀的說法，第一點，魯迅在仙台學習期間，解剖學五十九點三分確實是事實，這一門魯迅沒有及格。但他在一百四十二人之間名列第六十八名，不管怎樣也算成績中等，算不上學習成績差。

第二點，魯迅是這裡一百四十二人中唯一一個中國留學生，其他一百四十一人都是日本本地學生。魯迅從聽課、記筆記，到考試答卷全部都是用日語，而魯迅在中國也沒有系統性地學習過日語。在當時的時代，並不像我們現在的學生一樣，從幼稚園就開始學習英語，從國中、高中就開始學習第二外語。所以，對一個以非母語學習的留學生來說，魯迅的學習成績其實並不算太差。

魯迅逝世後，魯迅在校期間最尊敬的老師——藤野先生寫了一篇《謹憶周樹人君》：

當時我主講人體解剖學，周君上課時雖然非常認真地記筆記，可是從他入學時還不能充分地聽、說日語的情況來看，學習上大概很吃力。

於是我講完課後就留下來，看看周君的筆記，把周君漏記、記錯的地方添改過來。如果是在東京，周君大概會有很多留學生同胞，可是在仙台，因為只有周君一個中國人，想必他一定很寂寞。可是周君並沒有讓人感到他寂寞，只記得他上課時非常努力。

如果留下當時的記錄的話，就會知道周君的成績，可惜現在什麼記錄也沒留下來。在我的記憶中，周君不是成績非常優秀的學生。

周君來日本的時候正好是日清戰爭以後。儘管日清戰爭已過去多年，不幸的是那時社會上還有日本人把中國人罵為「梳辮子和尚」、說中國人壞話的風氣。所以在仙台醫學專門學校也有這麼一伙人以白眼看待周君，把他當成異己。

若根據當時的成績單和各種歷史記憶來看，魯迅和眾多日本本地學生比起來，確實不算「成績非常優秀的學生」，但卻也不是「成績差」和「學醫失敗」的學生。

那魯迅究竟為什麼棄醫從文呢？其實，關於這個問題，魯迅在自己的文章中已經描述了非常多次。

「這一學年沒有完畢，我已經到了東京了，因為從那一回以後，我便覺得醫學並非一件緊要事，凡是愚弱的國民，即使體格如何健全，如何茁壯，也只能做毫無意義的示眾的材料和看客，病死多少是不必以為不幸的。所以我們的第一要著，是在改變他們的精神，而善於改變精神的是，我那時以為當然要推文藝，於是想提倡文藝運動了。」（《吶喊・自序》）

「一段落已完而還沒有到下課的時候，便放幾個時事的片子，自然都是日本戰勝俄國的情形，但偏有中國人夾在裡邊：給俄國人做偵探，被日本軍捕獲，要槍斃了，圍著看的也是一群中國人；在講堂裡還有一個我。『萬歲！』他們都拍掌歡呼起來。這種歡呼對我，卻聽得特別刺耳。此後回到中國，我看見那些閒看槍斃犯人的人們，他們也何嘗不酒醉似地喝彩——嗚呼，無法可想！但在那時那地，我的意見卻變化了。」（《朝花夕拾・藤野先生》）

魯迅的好友許壽裳也在《亡友魯迅印象記》中提到❻：

「我退學了。」他（魯迅）對我（許壽裳）說。

「為什麼？」我聽了吃驚問道，心中有點懷疑他的見異思遷。「你不是學得正有興趣麼？為什麼要中斷……」

「是的。」他躊躇一下，終於說：「我決計要學文藝了，中國的呆子，壞呆子，豈是醫學所能治療的麼？」

註釋

❶ 周作人：魯迅（周樹人）之弟，中國民俗學開拓人，新文化運動代表人物之一。五四運動之後，與鄭振鐸、沈雁冰、葉紹鈞、許地山等人發起成立「文學研究會」；並與魯迅、林語堂、孫伏園等創辦《語絲》周刊，任主編和主要撰稿人。

❷ 郭沫若：幼名文豹，原名開貞，後以家鄉大渡河和雅河的別稱「沫水」和「若水」取名沫若。主編《中國史稿》和《甲骨文合集》，全部作品編成《郭沫若全集》三十八卷。

❸ 郁達夫：郁文，字達夫。創作受日本文學影響頗深，諾貝爾文學獎得主大江健三郎認為郁達夫是「亞洲現代主義文學的先驅」。《沉淪》是郁達夫早期的短篇小說，亦是他最著名的作品，當初出版時震撼了文壇。小說講述一個日本留學生的性苦悶以及對國家懦弱的悲哀，全書以郁達夫自身為藍本，帶有日本私小說風格。

❹ 藤野先生：藤野嚴九郎，日本福井縣人，日本醫生、教師，因其學生魯迅所寫的紀念文章《藤野先生》而聞名。

❺ 小林博士：小林茂雄，魯迅於仙台學醫時期的同班同學，後來成為醫學博士。

❻ 許壽裳：文史學者、作家、教育家，魯迅的同學、至交。

包辦婚姻與魯迅的愛情

「我好比是一隻蝸牛，從牆底一點一點往上爬，爬得雖慢，總有一天會爬到牆頂的。可是現在我沒有辦法了，我沒有力氣爬了。我待他再好，也是無用。」

一九〇六年，遠在日本仙台醫學專門學校留學的魯迅被母親魯瑞用「母病速歸」的電報緊急召回，在七月二十六日遵照母親的媒妁之言，與時年已二十八歲的朱安結婚，但一生幾未與朱安行夫妻之實。

關於魯迅的唯一一任正式妻子——朱安，她出生於一八七八年。朱安就如同當時許許多多舊時代家庭中的女子一樣，脾氣溫吞，擅長針線、做飯烹飪，大字不識且裹小腳。但魯迅卻是一個受新式教育的作家、思想家，還是個留學生，所以，他是非常不喜歡這位傳統妻子的。無論是在北京或浙江紹興的老家，魯迅都盡量不與朱安見面，而朱安婚後的大部分時間都在照顧魯迅的母親。

正因為魯迅不甚滿意自己的婚姻，所以可以發現魯迅的小說中亦處處充斥著悲哀冰冷的婚姻生活。魯迅的友人荊有麟曾提到：「魯迅先生筆下，無論是論文，是雜感，或者散文與小說，很少寫到戀愛同溫暖的家庭。在《野草》上雖有〈我的失戀〉，在《彷徨》上雖有〈幸福的家庭〉，但那『戀』與『家』，是充滿了怎樣失望與狼狽的氣氛，便不難想像魯迅先生的婚姻同家庭生活了。」

朱安算是魯迅這一生都虧欠的女人，她那將近四十一年的婚姻就如同一片空白，最終以孤獨告別了自己的一生。而她對於魯迅來說，只是母親硬塞給他的，魯迅曾對他的好友說過：「這是母親給我的一件禮物（朱安），我只能好好地供養它，愛情是我所不知道的。」（許壽裳《亡友魯迅印象記》）由此可以想像，朱安的一生該是多麼孤獨。若沒有這場與魯迅的婚姻，想必她的人生將是另一番命運。而這場來自於傳統社會制度下的包辦婚姻，無疑將朱安推向了孤獨的邊緣，給她帶來無限的痛苦。從結婚的這一天開始，她的命運就和魯迅綁在一起了，即使在名義上她是魯迅的妻子，但其實也只不過是一個傭人罷了。也就是這樣，她和魯迅的媽媽孤寂地在紹興這個地方度過了十三年。最終，朱安孤獨終老於一九四七年六月二十九日這一天，朱安就這樣結束自己的一生。

在朱安去世的前幾天，她曾對前來拜訪的記者說：「周先生（魯迅）對我並不算壞，彼此間並沒有爭吵，各有各的人生，我應該原諒他。許先生（許廣平，魯迅真正意義上的妻子）待我極好，她懂得我的想法，她的確是個好人。」

無愛的婚姻對彼此都是傷害。在中國的五四運動之後，社會風氣漸開，諸如郁達夫、郭沫若、徐志摩等與魯迅一樣飽受舊式婚姻折磨的作家，大多選擇離婚一途，開始了全新的人生。於是，在這歷史風雲新舊轉變的夾縫之中，那些「被離婚」的舊式婦女們，便被迫成為了時代進步下的無辜犧牲品。

而在正式離婚之前，很多所謂的進步文人，一方面痛斥無愛的舊式婚姻，整天宣告自由戀愛、宣告婚姻自主；一方面又毫不耽誤地與家裡安排的妻子傳宗接代。相比之下，魯迅倒顯得率真而單純。魯迅沒有選擇離婚，因為他不想傷害新舊文化交替之下無辜的朱安；但也正因為不愛，所以他絕不屈就於現實的慾望。

魯迅的固執無法轉變朱安成為犧牲品的命運，他唯一能做的就是陪著朱安一起犧牲。魯迅在《熱風・隨感錄四十》中寫道：「但在女性一方面，本來也沒有罪，現在是做了舊習慣的犧牲。我們既然自覺著人類的道德，良心上不肯犯他們少的老的罪，又不能責備異性，也只好陪著做一世犧牲，完結了四千年的舊帳。」

此時的魯迅已過四十，他原以為自己的一生就該如此，始終孤獨，無依至死。卻不料在打定絕望的想法後，他邂逅了生命中的摯愛——許廣平。

一九二三年，許廣平於北京女子高等師範學校國文系就讀二年級，魯迅也正在這所大學教授中國小說史略，那時的魯迅已是頗有名望的知名作家了。在上課前，全班同學都滿懷期望地盯著教室的大門，暗自猜想鼎鼎大名的「周先生」是什麼樣的人物。當魯迅推門而入時，大家全都嚇了一大跳，因為他身上的衣服舊得褪了色，更打著一個個或方或圓的補丁，皮鞋四周也滿是補丁。但是，當他用一口濃重的紹興口音緩緩開講中國小說史時，台下再也沒有人注意魯迅的衣著了，所有人都沉浸在他精彩紛呈的授課內容之中。

許廣平在《魯迅回憶錄》中提到初見魯迅的印象：「突然，一個黑影子投進教室來了，首先惹人注意的便是他那大約有兩寸長的頭髮，粗而且硬，筆挺地豎立著，真當得『怒髮衝冠』的一個『衝』字。一向以為這句話有點誇大，看到了這，也就恍然大悟了。褪色的暗綠夾袍，褪色的黑馬褂，差不多打成一片。手彎上、衣身上許多補丁，則炫著異樣的新鮮色彩，好似特製的花紋。皮鞋的四周也滿是補丁。人又鶻落，常從講壇跳上跳下，因此兩膝蓋的大補丁，也遮蓋不住了。一句話說完——一團的黑。那補丁呢，就是黑夜的星星，特別熠眼耀人。小姐們譁笑了！『怪物，有似出喪時那乞丐的頭兒。』也許有人這麼想。講授功課，在迅速地進行。當那笑聲還沒有停止的一剎那，人們不知為什麼全都肅然了。沒有一個人逃課，也沒有一個人在聽講之外，拿出什麼東西來偷偷做。鐘聲剛止，還來不及包圍著請教，人不見了，那真是『神龍見首不見尾』。許久許久，同學們醒過來了，那是初春的和風，新從冰冷的世間吹拂著人們，陰森森中感到一絲絲的暖氣。不約而同地大家吐了一口氣回轉過來了……」

在聽了一年的課後，許廣平開始主動寫信給魯迅，魯迅也積極地回信。就在信件往來之中，兩人漸漸萌生對彼此的愛意。對於許廣平的大膽表白，魯迅不是沒有動心，但他對婚姻又是非常絕望的。魯迅家中已有妻室且不打算離婚，愛他的女子不可能得到名分。對於一個不愛的朱安，魯迅尚且無法真正的殘忍，更何況是他真正愛的女人呢！但在最終，許廣平的熱情還是消融了魯迅心底的堅冰。

一九二五年某日晚上，在魯迅西寓所的工作室裡，他坐在靠書桌的藤椅上，許廣平則坐在魯迅的床頭。這一刻，許廣平果敢地主動握住了魯迅的雙手，魯迅報以輕柔的緊握，他對許廣平說：「你戰勝了！」

一九二七年，在魯迅寫給許廣平的信中，魯迅說：「我先前偶一想到愛，總立刻自己慚愧，怕不配，因而也不敢愛某一個人，但看清了他們的言行的內幕，便使我自信我絕不是必須自己貶抑到那樣的人了，我可以愛。」之後，魯迅便與許廣平在上海正式開始了同居生活。在舊式婚姻的囚室中自我禁閉二十年之久的魯迅，終於逃了出來，奔向屬於自己的寬廣天空。

同居是事實，但是當時的魯迅還沒有公開的膽量。一九二八年，在杭州工作的魯迅好友許欽文邀請魯迅和許廣平前往杭州遊玩。魯迅剛到杭州就囑咐許欽文：「你日裡有事，儘管走開去做。可是夜裡，一定要到這裡來睡。」原來魯迅住的是一間有三張單人床的房間，他指定許欽文睡中間那張床，他與許廣平分睡兩邊。而這便算是兩人的蜜月了。

就在那一年的年底，許廣平懷孕了。魯迅雖然心中尚有顧慮，但心情卻是非常開心的。他特地挑選了好看的信紙，信紙上有蓮蓬的圖案，蓮蓬裡有籽暗喻已經身懷六甲的許廣平，並做了一首情詩：「並頭曾憶睡香波，老去同心住翠窠。甘苦個中儂自解，西湖風月味還多。」

而遠在紹興的朱安呢？在知道自己的丈夫與別的女人有了愛的結晶後，她是怎麼想的呢？據魯迅的學生俞芳在《封建婚姻的犧牲者——魯迅先生和朱夫人》中回憶：「大先生（魯迅）和廣平師母（許廣平）在上海定居後，大先生寄來了照片，太師母（魯迅母親）給我們看，並告訴了我們這個喜訊。我雖有些意外，但很高興。我偷眼看看大師母（朱安），她並沒有不愉快的表情。有一天，太師母在午睡，我和大師母站在北屋的台階上談起此事，我說：『大先生和許廣平姐姐結婚，我倒想不到。』大師母說：『我是早想到了的。』『為什麼？』我好奇地問。『你看他們兩人一起出去……』『那你以後怎麼辦呢？』不料這一句話觸動了她的心，她很激動又很失望地對我說：『過去大先生和我不好，我想好好地服侍他，一切順著他，將來總會好的。』她又給我打了一個比方說：『我好比是一隻蝸牛，從牆底一點一點往上爬，爬得雖慢，總有一天會爬到牆頂的。可是現在我沒有辦法了，我沒有力氣爬了。我待他再好，也是無用。』她說這些話時，神情十分沮喪。」

返鄉歸國與魯迅的創作

《狂人日記》、《孔乙己》、《藥》等，陸續的出現，算是顯示『文學革命』的實績，又因那時認為『表現的深切和格式的特別』，頗激動一部分青年讀者的心。

一九〇九年，魯迅從日本回到中國，擔任浙江兩級師範學堂（今杭州高級中學）優級生理學、初級化學的教師，以及紹興府中學堂監學兼博物學教師、紹興山會初級師範學堂（今紹興文理學院）校長等職務。後寫出第一篇小說《懷舊》。在一九三四年五月，魯迅致楊霽雲的信中即說到《懷舊》的創作情況：「現在都說我的第一篇小說是《狂人日記》，其實我的最初排了活字的東西是一篇文言的短篇小說……那時恐怕還是革命之前，題目和筆名，都忘記了，內容是講私塾裡的事情的，後有惲鐵樵的批語，還得了幾本小說，算是獎品。」

一九一二年，魯迅到當時的中華民國教育部工作。在袁世凱擔任大總統後，便隨著政府搬到北京，歷任教育部社會教育司第一科科長、教育部僉事。這時的魯迅沉迷於收集研究拓本之中，後又投身新文化運動，並兼任北京女子高等師範學校教授和北京大學兼職講師。

談到這裡，就不得不提一下新文化運動，又稱五四文化運動。其實，五四運動又分為狹義和廣義的。廣義的五四運動是指自一九一五年中日簽訂《對華二十一條要求》到一九二六年北伐戰爭這一段時間，中國知識界和青年學生反思及批判華夏傳統文化、追隨「德先生」（民主的英文 Democracy）和「賽先生」（科學的英文 Science）、探索強國之路繼續和發展的新文化運動。

而狹義的五四運動則是指一九一九年五月四日，在北洋政府治下的京兆地方，發起了一場以青年學生為主的示威遊行、請願、罷課、罷工和暴力對抗政府等多形式的運動，參與人士包括了廣大民眾、工商人士等。事件起因是在第一次世界大戰結束後舉行的巴黎和會中，中日雖同為戰勝國，但列強卻將戰敗國德國在山東的權益轉讓給日本。當時，眾人極度不滿北洋政府未能捍衛國家利益，從而上街遊行表達訴求。

而這裡提到魯迅參與的五四運動，是指廣義的新文化運動。一九一五年，在袁世凱復辟後，以陳獨秀、錢玄同、魯迅、李大釗、胡適、蔡元培等人為首的先進知識分子便發起了新文化運動。在這場運動中，很多人認為中國現階段之所以如此落後腐敗，就是因為中國的傳統文化以及封建禮教，於是便提倡廢孔滅道，而漢字更是讓孔孟儒家得以延續數千年的「罪魁禍首」。

一九三〇年，瞿秋白提出使用拉丁文代替漢字作為通用字體。當時有名的大儒皆是一面倒地傾向廢除漢字，改用拉丁文字，甚至不斷抨擊漢字如何低劣、如何不堪。魯迅曾在《且介亭雜文．關於新文字》中提及：「方塊漢字真是愚民政策的利器，不但勞苦大眾沒有學習和學會的可能，就是有錢有勢的特權階級，費時一二十年，終於學不會的也多得很。最近，宣傳古文的好處的教授，竟將古文的句子也點錯了，就是一個證據——他自己也沒有懂。不過他們可以裝作懂得的樣子，來胡說八道，欺騙不明真相的人。所以，漢字也是中國勞苦大眾身上的一個結核，病菌都潛伏在裡面，倘不首先除去它，結果只有自己死。」

一九一四年，魯迅與其他章太炎的弟子，錢玄同、許壽裳等人一同促成教育部通過章太炎的記音方案，作為國語的標音符號，也就是今日仍在沿用的注音符號前身。

關於注音符號的源起，其實要從清朝末年說起。當時，中國國力衰弱，列強恃其船堅炮利，徹底打破中國千年來的自大驕傲。許多知識份子認為古代歷史的遺留阻礙了中國發展，其中漢字的困難便是教育無法普及的主要原因之一。眾人對於如何救國雖持不同觀點，但都主張普及教育、改良文字，文字改革遂成為當時主流的社會思想。著名思想家梁啟超就在《沈氏音書序》中指出：「國惡乎強？民智斯圖強，民惡乎智？盡天下之人而讀書，而識字，斯民智矣」。因此，自一八九二年起，中國便掀起了一場「切音字運動」。

其實，中國自古就有一套獨特的標音方法，也就是「直音法」，即用同音字或音近的字表示讀音，例如「胥」音「需」。但這個方法有許多缺點，首先，使用者需要預先知道大量字彙的讀法；還有，對於沒有同音字、或同音字較少、或較生僻的字，便難以了解讀音。所以到了宋代，《說文解字》的校訂者徐鉉便在《說文解字》中加註，例如，「囧」的注音後加一句：「俱永切。」即用「俱」的聲母「ㄐ」與「永」的韻母和聲調「ㄩㄥ三聲」，合起來即為「囧」的讀音。相較之下，徐鉉的這種標音方法顯然比較方便，被稱為「反切法」。反切法開始於東漢，隨佛教傳入，受梵文影響而發明。最終，反切法經過時間的不斷積累完善，成為古代中國最通行的注音識字方法。

但是，雖然反切法較直音法簡易許多，但對於清朝末年致力於改革的知識份子們來說，這還是太過於複雜了。於是，一九〇六年六月，在魯迅的老師章太炎第三次避難日本時，他成為了當時日本同盟會的機關報《民報》主編。之後，章太炎便模仿日語的假名文字，以「簡化偏旁」的方式，利用漢字小篆的結構，創造出一套記音字母。在一九〇八年六月十日出版的《民報》第二十一號，便刊登了章太炎的《駁中國用萬國新語說》一文，文中發表他所創造的三十六個紐文（聲母），二十二個韻文（韻母），即為今日注音符號的前身。後來，魯迅和其他章太炎的弟子們便一同促成了教育部通過章太炎的記音方案，作為國語的標音符號，使得當時中國的教育發展往前跨進一大步。

一九一八年，三十七歲的周樹人首次使用「魯迅」為筆名，在《新青年》上發表中國史上第一篇用現代形式創作的短篇白話文小說——《狂人日記》。一九二一年十二月，他又發表中篇小說《阿Q正傳》。這兩篇小說奠定了魯迅在中國小說史、中國思想史上舉足輕重的地位。其後，魯迅連續發表多篇短篇小說，後來編入《吶喊》、《彷徨》兩本短篇小說集，分別於一九二三年和一九二六年出版。而後，隨著社會形勢變化，魯迅逐漸放棄計畫中的長篇小說創作，轉向雜文寫作。以下分別解析魯迅最為知名的兩篇小說：

著名的《狂人日記》寫於一九一八年四月，是魯迅創作的第一篇短篇白話小說，首發於一九一八年五月十五日四卷五號的《新青年》月刊，後收入《吶喊》。關於《狂人日記》的主旨，魯迅在《中國新文學大系・小說二集序》中提到：「《狂人日記》意在暴露家族制度和禮教的弊害。」「弊害」何在？乃在「吃人」。魯迅以其長期對舊中國社會的深刻觀察發出了振聾發聵的吶喊：禮教吃人！魯迅曾說：「《狂人日記》、《孔乙己》、《藥》等，陸續的出現了，算是顯示了『文學革命』的實績，又因那時認為『表現的深切和格式的特別』，頗激動了一部分青年讀者的心。」（魯迅《中國新文學大系・小說二集序》）的確，《狂人日記》可以說是近代中國文學史上一座重要的里程碑，開創了中國新文學的現代主義。

而另外一篇《阿Q正傳》，則是寫出了辛亥革命後的社會現實。在這篇小說中，辛亥革命並沒有為農村帶來真正的改革，魯迅透過農村中貧苦僱農阿Q的形象，影射人性的劣根性，如卑怯、精神勝利法、善於投機、誇大狂妄等等。《阿Q正傳》寫於一九二一年十二月至一九二二年二月之間，最初分章刊登於北京《晨報副刊》，第一章發表於一九二一年十二月四日《晨報副刊》的「開心話」欄。小說以諷刺考證家近似滑稽的寫法作為開頭，但魯迅「實不以滑稽或哀憐為目的」，並希望寫出「一個現代的我們國人的魂靈來」。第二章起移載「新文藝」欄，直至一九二二年二月十二日登畢。法國文豪羅曼・羅蘭認為：「這部諷刺寫實作品是世界性的，法國大革命時也有過阿Q，我永遠忘不了阿Q那副苦惱的面孔。」

魯迅的小說數量不多，但皆意義重大、名篇迭出。魯迅前期的小說往往沒有離奇曲折的劇情，而是以清末民初的底層百姓生活為主，著重細節描寫，在日常點滴之間以白描手法鮮明刻畫人物，並挖掘小人物的微妙心理變化，主要表現底層人民思想的麻木愚昧和生活的艱辛。魯迅曾在《南腔北調集・我怎麼做起小說來？》提及：「我的取材，多採自病態社會的不幸的人們中，意思是在揭出病苦，引起療救的注意。」魯迅後期的小說作品則以藉歷史典故映射現實生活為主，風格從容充裕、幽默灑脫，大異前期。魯迅的小說主題多是反禮教、反傳統，反迷信，反映人性的陰暗面，善於諷刺，用筆深刻冷雋且富幽默感，善於創造典型人物和描寫人物的面貌言語、心理行動，並善於描寫環境、場面及渲染氣氛。

魯迅更首創了以論理為主、形式靈活的新文體——「雜文」，並將雜文發揚光大。他的雜文數量極多、題材廣泛、形象鮮明、論辯犀利、文風多變，魯迅於《南腔北調集．小品文的危機》中強調，雜文「必須是匕首，是投槍，能和讀者一同殺出一條生存的血路的東西；但自然，它也能給人愉快和休息，然而這並不是『小擺設』，更不是撫慰和麻痺，它給人的愉快和休息是休養，是勞作和戰鬥之前的準備」。魯迅的雜文是匕首、是投槍，魯迅在《偽自由書．前記》中形容自己是「論時事不留面子，砭錮弊常取類型」。他的雜文題材廣泛，對社會的黑暗面、民族的劣根性觀察深刻，形式靈活多變，有多樣風格和筆法，有的隱晦曲折，有的幽默詼諧，均能在使人會意的一笑中達到諷刺的效果；有的沉鬱嚴峻，在似乎從容的敘述中，蘊藏著對敵人的無限憤懣。雜文代表作有《二心集》、《華蓋集》等。

版畫設計與魯迅的愛好

> 下部的「大」字則是一個正面站立的人像，有如一人背負二人，構成了「三人成眾」的意象，予以「北大人肩負著開啟民智重任」的寓意。

關於魯迅，我們可能都知道他是一位偉大的文學家、思想家、評論家，但其實魯迅還是一個熱情浪漫的藝術家。他不僅偏愛版畫，尤其是木刻，被稱為「中國新興木刻版畫之父」；還設計了如今北京大學依然沿用的北京大學校徽，甚至就連魯迅自己的著作封面，也有多本都是由他本人親手題字設計。

魯迅終生偏愛版畫，尤其是木刻版畫。對於版畫，魯迅可說是有一種痴迷、一種情結，他晚年致力於倡導新興創作版畫，所以又被稱為「中國新興木刻版畫之父」。一九三一年，魯迅在上海創辦了「木刻講習會」，中國新興木刻版畫運動由此開始。據說，魯迅收藏的新興木刻版畫作品就有兩千多件，因為當時很多新興木刻版畫的創作者在後來從軍從政，無暇顧及這些作品，所以都將自己的版畫轉交給魯迅保管。

說到魯迅的版畫收藏，稱之為收藏大家一點也不過分。在一九三一年投身中國新興版畫運動的創作者們，大都將自己的作品寄給魯迅。後來這些藝術青年們大部分投身革命，生活漂泊無定，自己的收藏都沒有了，但魯迅卻都替他們收藏著。現在，我們可以從魯迅的收藏中看到兩千多件新興版畫原作，而中國其他收藏機構都只有一些零散的作品，沒有一家可以和魯迅相媲美。非常特別的是，魯迅收藏的版畫作品往往留有寄贈者的題款，寫著某某人寄請魯迅先生指教等等字樣，彌足珍貴。

在魯迅倡導新興版畫運動的過程中，最具有代表性的就是舉辦木刻講習會。一九三一年八月，魯迅舉辦了著名的木刻講習會。當時，魯迅的好友、內山書店主人內山完造的弟弟內山嘉吉前來上海度假並結婚，魯迅跟他一聊才知道，原來他是日本成城學園的美術教師，教授版畫創作，於是便舉辦了木刻講習會，邀請內山嘉吉為講師。這場木刻講習會的學員共有十三人，日後便成為了中國新興版畫的第一批開拓者。魯迅在倡導版畫的運動中，發現光是個人熱衷是不行的，一定要成立社團。除了朝花社，魯迅還指導過一八藝社、野風畫會、廣州現代版畫研究會、平津木刻研究會，還有十數個規模較小的版畫團體，從而形成中國新興版畫運動的大潮。

除了版畫之外，魯迅也對平面設計情有獨鍾，他對於設計的熱愛，並不亞於文學。魯迅少年時期就喜歡用「荊川紙」描摹繡像小說，後來到了南京，因學習需要而繪製圖紙；到了日本，又因學醫需要繪製解剖圖，這些訓練都為他的平面設計打下堅實的基礎。

而如今北京大學正在使用的校徽便是由魯迅親自設計的。一九一七年，時任北京大學校長的蔡元培寫信給魯迅：「余想請先生為北京大學設計一枚校徽，也不必多複雜，只需將先生一向倡導的美育理念融會貫通即可。」魯迅認為：「事關重大，萬一有閃失，這可擔當不起。」蔡元培卻是慧眼識英雄，安慰魯迅：「由我擔當好了，只是先出草案，再經方家商定。」當時的魯迅雖有忐忑，但交上的草案卻讓蔡元培連聲叫好，這一基本設計也沿用至今。

魯迅設計的校徽採用「北大」二字的篆書，他巧妙地將「北」字與「大」字的篆書進行了些許變化，使得兩字的構成元素幾乎完全一致。上部的「北」字是背對背側立的兩個人像，下部的「大」字則是一個正面站立的人像，有如一人背負二人，構成了「三人成眾」的意象，予以「北大人肩負著開啟民智重任」的寓意。「北大」二字還有「脊樑」的象徵意義，魯迅藉此希望北京大學畢業生可以成為國家民主與進步的脊樑。

另外，魯迅也堪稱現代書刊裝幀設計的先驅，他一生設計的書刊封面便多達六、七十種。早在一九〇九年，他就為自己與弟弟周作人合譯的《域外小說集》設計了封面，其後還有一九二三年的《桃色的雲》，一九二五年的《熱風》、《中國小說史略》，一九二六年的《心的探險》、《吶喊》。定居上海後，他的封面設計更是達到了巔峰，從一九二八年的《而已集》，一九二九年的《壁下譯叢》、《小約翰》、《藝術論》、《接吻》、《小彼得》，到一九三七年的《且介亭雜文》、《且介亭雜文二集》等。

因為考慮到印刷成本的關係，所以魯迅設計的封面大多比較樸素，但皆頗具深意。例如魯迅的封面設計代表作《吶喊》，暗紅的底色如同腐血，包圍著扁方的黑色色塊，令人想起他在該書序言中所寫到的可怕鐵屋。黑色色塊中是書名和作者名的陰文，外加細線框。而「吶喊」兩字的寫法亦非常奇特，兩個「口」字刻意偏上，還有一個「口」居下，三個「口」加起來非常突出，仿佛正在齊聲吶喊。在《吶喊》的封面中，魯迅只是簡單地移位了文字的筆畫，就將漢字的象形功能轉化成具有強烈視覺衝擊力的設計元素。另外，魯迅在翻譯作品的封面上則大部份採用外國插圖暗示翻譯書籍的內容，在一九〇九年三月出版的《域外小說集》，魯迅就是這樣設計的。在灰綠的底色襯托下，深藍色書名上是一幅外國插圖，增加了該本小說集的異域色彩。

中西醫爭與魯迅的晚年

宋的《洗冤錄》說人骨，竟至於謂男女骨數不同；老仵作之談，也有不少胡說。然而直到現在，前者還是醫家的寶典，後者還是檢驗的南針：這可以算得天下奇事之一。

一九二七年十月，魯迅搬至上海，居住在上海公共租界北區的越界築路區域，這裡具備特殊的政治環境保護魯迅寫作，以避免他遭受政治迫害，且還有不少魯迅的日本友人亦居住於此。

一九三〇年二月十三日，魯迅、柔石、郁達夫、田漢、夏衍、馮雪峰等人在上海發起成立「中國自由運動大同盟」，簡稱自由大同盟，這是由當時的共產黨所暗中支持成立的革命團體。自由大同盟的成立宣言是爭取言論、出版、結社、集會等自由，提出「不自由毋寧死」的口號，並出版刊物《自由運動》。後在南京、漢口、天津等地相繼成立了五十幾個自由同盟組織。六月，自由大同盟在上海召開會議，決定建立全國總同盟，選舉魯迅、周全平、鄭伯奇、潘漢年、田漢等人為執行委員。後來，魯迅又加入左翼作家聯盟和中國民權保障同盟，但魯迅與左聯部分成員有很多思想上的衝突。

從一九二七年到一九三六年間，魯迅在上海創作了許多回憶性散文，以及大量思想性的雜文，更翻譯、介紹許多外國文學作品。一九三二年，淞滬戰爭爆發。一月三十日，魯迅和弟弟周建人兩家躲進魯迅密友內山完造創辦的內山書店三樓避難。二月六日，魯迅和周建人一家以及僕人等十人又到英租界內的內山書店分店避難。一九三三年四月，內山完造以內山書店職員的名義替魯迅租下大陸新村的住所，魯迅至逝世前一直居住於此。

一九三六年十月十九日清晨五點二十五分，魯迅因肺結核在上海的大陸新村寓所逝世，終年五十五歲。對於魯迅的早逝，其親友均深感意外。當時中國和日本即將爆發全面戰爭，而魯迅的最後一任主治醫又是日本人須藤，故「魯迅被日本醫生暗殺」一說不脛而走。在魯迅逝世多年之後，周建人、周海嬰（魯迅獨子）均曾撰文提出疑點。

一九八四年二月二十二日，上海曾召開「魯迅先生胸部X光片讀片會」，經醫學專家認定，魯迅死於氣胸（指氣體進入胸膜腔，造成積氣狀態，屬肺科急症之一，嚴重者可危及生命，及時處理可治癒），而非以往認定的肺結核。而須藤醫生在《魯迅先生病狀經過》中已明確提及：「諒已引起所謂『氣胸』。」可見，須藤醫生斷症準確，但有些人認為須藤醫生故意使魯迅得不到正常治療而早逝。

其實魯迅的身體一直不好。他的二弟周作人享壽八十二歲，三弟周建人享壽九十六歲，魯迅的母親亦享年八十六歲，相比之下，魯迅堪稱短壽。在魯迅的日記中，常有生病、吃藥等內容，其中最頻繁的是一九三六年，在兩百六十七天中，就有一百二十一天涉病；其次是一九三二年，在三百六六天的日記中，就有一百零八天涉病。自一九三〇年後，魯迅日記中每年的生病日期不低於六十天，可見魯迅的身體一直不太好。再加上以當時的醫療技術來說，不論是中醫或西醫，肺結核其實都算是一種「絕症」。所以，魯迅可以說是死於當時尚未成熟的醫療技術，和他本來就不甚健康的身體狀況。

在前面的章節曾提到，魯迅因為自己父親的早逝，所以對於中醫可以說是極其不信任，因此魯迅的身體狀況都是交由他最信任的日本須藤醫生負責。一九〇二年，魯迅進入仙台醫學專門學校學醫後，系統性地學習了現代醫學體系，並且比較中醫和西醫。他在《華蓋集・忽然想到》一文中提到：「做《內經》的不知道究竟是誰。對於人的肌肉，他確是看過，但似乎單是剝了皮略略一觀，沒有細考校，所以亂成一片，說是凡有肌肉都發源於手指和足趾。宋的《洗冤錄》說人骨，竟至於謂男女骨數不同；老仵作之談，也有不少胡說。然而直到現在，前者還是醫家的寶典，後者還是檢驗的南針：這可以算得天下奇事之一。」

關於中、西醫之爭，早在民國時期即發生過多起論爭。而因為魯迅自身的親身經歷，所以他順理成章地成為反中醫陣營中的堅定一員。一九二五年，魯迅在《墳・從鬍鬚說到牙齒》一文中毫不客氣地指出：「到現在，即使有人說中醫怎樣可靠，單方怎樣靈，我還都不信。自然，其中大半是因為他們耽誤了我的父親的病的緣故罷，但怕也很挾帶些切膚之痛的自己的私怨。」次年，他又在《華蓋集續編‧馬上日記》中說：「中醫，雖然有人說是玄妙無窮，內科尤為獨步，我可總是不相信。」不過，最終，和同處反中醫陣營的梁啟超一樣，魯迅這位堅定的反中醫者最後還是死於自己信任的西醫。

Chapter 2-1

魯迅的作品

《吶喊》短篇小說集

弄文罹文網，抗世違世情。

積毀可銷骨，空留紙上聲。

——題《吶喊》

自序

是的，我雖然自有我的確信，然而說到希望，卻是不能抹殺的，因為希望是在於將來，絕不能以我之必無的證明，來折服了他之所謂可有，於是我終於答應他也做文章了。

我在年青時候也曾經做過許多夢，後來大半忘卻了，但自己也並不以為可惜。所謂回憶者，雖說可以使人歡欣，有時也不免使人寂寞，使精神的絲縷還牽著己逝的寂寞的時光，又有什麼意味呢？而我偏苦於不能全忘卻，這不能全忘的一部分，到現在便成了《吶喊》的來由。

我有四年多，曾經常常——幾乎是每天，出入於質鋪和藥店裡，年紀可是忘卻了，總之是藥店的櫃檯正和我一樣高，質鋪的是比我高一倍，我從一倍高的櫃檯外送上衣服或首飾去，在侮蔑裡接了錢，再到一樣高的櫃檯上給我久病的父親去買藥。回家之後，又須忙別的事了，因為開方的醫生是最有名的，以此所用的藥引也奇特：冬天的蘆根，經霜三年的甘蔗，蟋蟀要原對的，結子的平地木……多不是容易辦到的東西。然而我的父親終於日重一日的亡故了。

有誰從小康人家而墜入困頓的麼，我以為在這途路中，大概可以看見世人的真面目；我要到N進K學堂去了❶，彷彿是想走異路、逃異地，去尋求別樣的人們。我的母親沒有法，辦了八元的川資，說是由我的自便；然而伊哭了，這正是情理中的事，因為那時讀書應試是正路，所謂學洋務，社會上便以為是一種走投無路的人，只得將靈魂賣給鬼子，要加倍的奚落而且排斥的，而況伊又看不見自己的兒子了。然而我也顧不得這些事，終於到N去進了K學堂了，在這學堂裡，我才知道世上還有所謂格致、算學、地理、歷史、繪圖和體操。生理學並不教，但我們卻看到些木版的《全體新論》和《化學衛生論》之類了。我還記得先前的醫生的議論和方藥，和現在所知道的比較起來，便漸漸的悟得中醫不過是一種有意的或無意的騙子，同時又很起了對於被騙的病人和他的家族的同情；而且從譯出的歷史上，又知道了日本維新是大半發端於西方醫學的事實。

因為這些幼稚的知識，後來便使我的學籍列在日本一個鄉間的醫學專門學校裡了。我的夢很美滿，預備卒業回來，救治像我父親似的被誤的病人的疾苦，戰爭時候便去當軍醫，一面又促進了國人對於維新的信仰。我已不知道教授微生物學的方法，現在又有了怎樣的進步了，總之那時是用了電影，來顯示微生物的形狀的，因此有時講義的一段落已完，而時間還沒有到，教師便映些風景或時事的畫片給學生看，以用去這多餘的光陰。其時正當日俄戰爭的時候，關於戰事的畫片自然也就比較的多了，我在這一個講堂中，便須常常隨喜我那同學們的拍手和喝采。有一回，我竟在畫片上忽然會見我久違的許多中國人了，一個綁在中間，許多站在左右，一樣是強壯的體格，而顯出麻木的神情。據解說，則綁著的是替俄國做了軍事上的偵探，正要被日軍砍下頭顱來示眾，而圍著的便是來賞鑑這示眾的盛舉的人們。

這一學年沒有完畢，我已經到了東京了，因為從那一回以後，我便覺得醫學並非一件緊要事，凡是愚弱的國民，即使體格如何健全、如何茁壯，也只能做毫無意義的示眾的材料和看客，病死多少是不必以為不幸的。所以我們的第一要著，是在改變他們的精神，而善於改變精神的是，我那時以為當然要推文藝，於是想提倡文藝運動了。在東京的留學生很有學法政理化以至警察工業的，但沒有人治文學和美術；可是在冷淡的空氣中，也幸而尋到幾個同志了，此外又邀集了必須的幾個人，商量之後，第一步當然是出雜誌，名目是取「新的生命」的意思，因為我們那時大抵帶些復古的傾向，所以只謂之《新生》。

《新生》的出版之期接近了，但最先就隱去了若干擔當文字的人，接著又逃走了資本，結果只剩下不名一錢的三個人。創始時候既已背時，失敗時候當然無可告語，而其後卻連這三個人也都為各自的運命所驅策，不能在一處縱談將來的好夢了，這就是我們的並未產生的《新生》的結局。

我感到未嘗經驗的無聊，是自此以後的事。我當初是不知其所以然的；後來想，凡有一人的主張，得了贊和，是促其前進的；得了反對，是促其奮鬥的；獨有叫喊於生人中，而生人並無反應，既非贊同，也無反對，如置身毫無邊際的荒原，無可措手的了，這是怎樣的悲哀呵，我於是以我所感到者為寂寞。

這寂寞又一天一天地長大起來，如大毒蛇，纏住了我的靈魂了。

然而我雖然自有無端的悲哀，卻也並不憤懣，因為這經驗使我反省，看見自己了：就是我絕不是一個振臂一呼應者雲集的英雄。

只是我自己的寂寞是不可不驅除的，因為這於我太痛苦。我於是用了種種法，來麻醉自己的靈魂，使我沉入於國民中，使我回到古代去，後來也親歷或旁觀過幾樣更寂寞更悲哀的事，都為我所不願追懷，甘心使他們和我的腦一同消滅在泥土裡的，但我的麻醉法卻也似乎已經奏了功，再沒有青年時候的慷慨激昂的意思了。

S會館裡有三間屋❷，相傳是往昔曾在院子裡的槐樹上縊死過一個女人的，現在槐樹已經高不可攀了，而這屋還沒有人住；許多年，我便寓在這屋裡鈔古碑❸。客中少有人來，古碑中也遇不到什麼問題和主義，而我的生命卻居然暗暗地消去了，這也就是我唯一的願望。夏夜，蚊子多了，便搖著蒲扇坐在槐樹下，從密葉縫裡看那一點一點的青天，晚出的槐蠶又每每冰冷地落在頭頸上。

那時偶或來談的是一個老朋友金心異❹，將手提的大皮夾放在破桌上，脫下長衫，對面坐下了，因為怕狗，似乎心房還在怦怦地跳動。

「你鈔了這些有什麼用？」有一夜，他翻著我那古碑的鈔本，發了研究的質問了。

「沒有什麼用。」

「那麼，你鈔他是什麼意思呢？」

「沒有什麼意思。」

「我想，你可以做點文章……」

我懂得他的意思了，他們正辦《新青年》，然而那時彷彿不特沒有人來贊同，並且也還沒有人來反對，我想，他們許是感到寂寞了，但是說：

「假如一間鐵屋子，是絕無窗戶而萬難破毀的，裡面有許多熟睡的人們，不久都要悶死了，然而是從昏睡入死滅，並不感到就死的悲哀。現在你大嚷起來，驚起了較為清醒的幾個人，使這不幸的少數者來受無可挽救的臨終的苦楚，你倒以為對得起他們麼？」

「然而幾個人既然起來，你不能說絕沒有毀壞這鐵屋的希望。」

是的，我雖然自有我的確信，然而說到希望，卻是不能抹殺的，因為希望是在於將來，絕不能以我之必無的證明，來折服了他之所謂可有，於是我終於答應他也做文章了，這便是最初的一篇《狂人日記》。從此以後，便一發而不可收，每寫些小說模樣的文章，以敷衍朋友們的囑託，積久了就有了十餘篇。

在我自己，本以為現在已經並非是一個切迫而不能已於言的人了，但或者也還未能忘懷於當日自己的寂寞的悲哀罷，所以有時候仍不免吶喊幾聲，聊以慰藉那在寂寞裡奔馳的猛士，使他不憚於前驅。至於我的喊聲是勇猛或是悲哀，是可憎或是可笑，那倒是不暇顧及的；但既然是吶喊，則當然須聽將令的了，所以我往往不恤用了曲筆，在《藥》的瑜兒的墳上平空添上一個花環，在《明天》裡也不敘單四嫂子竟沒有做到看見兒子的夢，因為那時的主將是不主張消極的。至於自己，卻也並不願將自以為苦的寂寞，再來傳染給也如我那年青時候似的正做著好夢的青年。

這樣說來，我的小說和藝術的距離之遠，也就可想而知了，然而到今日還能蒙著小說的名，甚而至於且有成集的機會，無論如何總不能不說是一件僥倖的事，但僥倖雖使我不安於心，而懸揣人間暫時還有讀者，則究竟也仍然是高興的。所以我竟將我的短篇小說結集起來，而且付印了，又因為上面所說的緣由，便稱之為《吶喊》。

一九二二年十二月三日，魯迅記於北京

註釋

❶ N指南京，K學堂指江南水師學堂。魯迅於一八九八年在南京江南水師學堂肄業，第二年改入江南陸師學堂附設的礦務鐵路學堂，一九〇二年畢業後即由清政府派赴日本留學，一九〇四年進仙台的醫學專門學校，一九〇六年中止學醫，回到東京準備從事文藝運動。

❷ S會館：指紹興縣館，在北京宣武門外。從一九一二年五月到一九一九年十一月，魯迅皆住在這會館裡。

❸ 魯迅寓居紹興縣館時，常於公餘（當時他在教育部工作）蒐集和研究中國古代的造像及墓誌等金石拓本，後來輯成《六朝造像目錄》和《六朝墓誌目錄》（後者未完成）。在寓居縣館期間，他還曾經從事中國文學古籍的纂輯和校勘工作，成書的有謝承《後漢書》、《嵇康集》等。

❹ 金心異：指錢玄同，當時《新青年》的編輯委員之一。在《新青年》提倡文化革命後不久，林紓曾寫過一篇筆記體小說《荊生》，內容痛罵文化革命的提倡者，其中有一個人物名為「金心異」，即影射錢玄同。

狂人日記

我未必無意之中，不吃了我妹子的幾片肉，現在也輪到我自己……。有了四千年吃人履歷的我，當初雖然不知道，現在明白，難見真的人！

某君昆仲，今隱其名，皆余昔日在中學時良友；分隔多年，消息漸闕。日前偶聞其一大病；適歸故鄉，迂道往訪，則僅晤一人，言病者其弟也。勞君遠道來視，然已早癒，赴某地候補矣❶。

因大笑，出示日記二冊，謂可見當日病狀，不妨獻諸舊友。持歸閱一過，知所患蓋「迫害狂」之類。語頗錯雜無倫次，又多荒唐之言；亦不著月日，惟墨色字體不一，知非一時所書。間亦有略具聯絡者，今撮錄一篇，以供醫家研究。記中語誤，一字不易；惟人名雖皆村人，不為世間所知，無關大體，然亦悉易去。至於書名，則本人癒後所題，不復改也。七年四月二日識。

一

今天晚上，很好的月光。

我不見他，已是三十多年；今天見了，精神分外爽快。才知道以前的三十多年，全是發昏；然而須十分小心。不然，那趙家的狗，何以看我兩眼呢？

我怕得有理。

二

今天全沒月光，我知道不妙。早上小心出門，趙貴翁的眼色便怪：似乎怕我，似乎想害我。還有七八個人，交頭接耳地議論我，張著嘴，對我笑了一笑；我便從頭直冷到腳根，曉得他們布置，都已妥當了。

我可不怕，仍舊走我的路。前面一夥小孩子，也在那裡議論我；眼色也同趙貴翁一樣，臉色也鐵青。我想我同小孩子有什麼仇，他也這樣。忍不住大聲說，「你告訴我！」他們可就跑了。

我想：我同趙貴翁有什麼仇，同路上的人又有什麼仇；只有廿年以前，把古久先生的陳年流水簿子❷，踹了一腳，古久先生很不高興。趙貴翁雖然不認識他，一定也聽到風聲，代抱不平；約定路上的人，同我作冤對。但是小孩子呢？那時候，他們還沒有出世，何以今天也睜著怪眼睛，似乎怕我，似乎想害我。這真教我怕，教我納罕而且傷心。

我明白了。這是他們娘老子教的！

三

晚上總是睡不著。凡事須得研究，才會明白。

他們——也有給知縣打枷過的，也有給紳士掌過嘴的，也有衙役佔了他妻子的，也有老子娘被債主逼死的；他們那時候的臉色，全沒有昨天這麼怕，也沒有這麼兇。

最奇怪的是昨天街上的那個女人，打他兒子，嘴裡說道，「老子呀！我要咬你幾口才出氣！」他眼睛卻看著我。我出了一驚，遮掩不住；那青面獠牙的一夥人，便都哄笑起來。陳老五趕上前，硬把我拖回家中了。

拖我回家，家裡的人都裝作不認識我；他們的臉色，也全同別人一樣。進了書房，便反扣上門，宛然是關了一隻雞鴨。這一件事，越教我猜不出底細。

前幾天，狼子村的佃戶來告荒，對我大哥說，他們村裡的一個大惡人，給大家打死了；幾個人便挖出他的心肝來，用油煎炒了吃，可以壯壯膽子。我插了一句嘴，佃戶和大哥便都看我幾眼。今天才曉得他們的眼光，全同外面的那伙人一模一樣。

想起來，我從頂上直冷到腳跟。

他們會吃人，就未必不會吃我。

你看那女人「咬你幾口」的話，和一夥青面獠牙人的笑，和前天佃戶的話，明明是暗號。我看出他話中全是毒，笑中全是刀。他們的牙齒，全是白厲厲地排著，這就是吃人的傢伙。

照我自己想，雖然不是惡人，自從踹了古家的簿子，可就難說了。他們似乎別有心思，我全猜不出。況且他們一翻臉，便說人是惡人。我還記得大哥教我做論，無論怎樣好人，翻他幾句，他便打上幾個圈；原諒壞人幾句，他便說，「翻天妙手，與眾不同。」我哪裡猜得到他們的心思，究竟怎樣；況且是要吃的時候。

凡事總須研究，才會明白。古來時常吃人，我也還記得，可是不甚清楚。我翻開歷史一查，這歷史沒有年代，歪歪斜斜的每頁上都寫著「仁義道德」幾個字。我橫豎睡不著，仔細看了半夜，才從字縫裡看出字來，滿本都寫著兩個字是「吃人」！

書上寫著這許多字，佃戶說了這許多話，卻都笑吟吟地睜著怪眼看我。

我也是人，他們想要吃我了！

四

早上，我靜坐了一會兒。陳老五送進飯來，一碗菜，一碗蒸魚；這魚的眼睛，白而且硬，張著嘴，同那一夥想吃人的人一樣。吃了幾筷，滑溜溜的不知是魚是人，便把牠兜肚連腸地吐出。

我說，「老五，對大哥說，我悶得慌，想到園裡走走。」老五不答應，走了；停一會，可就來開了門。

我也不動，研究他們如何擺布我；知道他們一定不肯放鬆。果然！我大哥引了一個老頭子，慢慢走來；他滿眼凶光，怕我看出，只是低頭向著地，從眼鏡橫邊暗暗看我。大哥說，「今天你彷彿很好。」我說，「是的。」大哥說，「今天請何先生來，給你診一診。」我說，「可以！」其實我豈不知道這老頭子是劊子手扮的！無非藉了看脈這名目，揣一揣肥瘠：因這功勞，也分一片肉吃。我也不怕；雖然不吃人，膽子卻比他們還壯。伸出兩個拳頭，看他如何下手。老頭子坐著，閉了眼睛，摸了好一會，呆了好一會；便張開他鬼眼睛說，「不要亂想。靜靜的養幾天，就好了。」

不要亂想，靜靜的養！養肥了，他們是自然可以多吃；我有什麼好處，怎麼會「好了」？他們這群人，又想吃人，又是鬼鬼祟祟，想法子遮掩，不敢直截下手，真要令我笑死。我忍不住，便放聲大笑起來，十分快活。自己曉得這笑聲裡面，有的是義勇和正氣。老頭子和大哥，都失了色，被我這勇氣正氣鎮壓住了。

但是我有勇氣，他們便越想吃我，沾光一點這勇氣。老頭子跨出門，走不多遠，便低聲對大哥說道，「趕緊吃罷！」大哥點點頭。原來也有你！這一件大發見，雖似意外，也在意中：合夥吃我的人，便是我的哥哥！

吃人的是我哥哥！

我是吃人的人的兄弟！

我自己被人吃了，可仍然是吃人的人的兄弟！

五

這幾天是退一步想：假使那老頭子不是劊子手扮的，真是醫生，也仍然是吃人的人。他們的祖師李時珍做的「本草什麼」上❸，明明寫著人肉可以煎吃；他還能說自己不吃人麼？

至於我家大哥，也毫不冤枉他。他對我講書的時候，親口說過可以「易子而食❹」；又一回偶然議論起一個不好的人，他便說不但該殺，還當「食肉寢皮❺」。我那時年紀還小，心跳了好半天。前天狼子村佃戶來說吃心肝的事，他也毫不奇怪，不住地點頭，可見心思是同從前一樣狠。既然可以「易子而食」，便什麼都易得，什麼人都吃得。我從前單聽他講道理，也胡塗過去；現在曉得他講道理的時候，不但唇邊還抹著人油，而且心裡滿裝著吃人的意思。

六

黑漆漆的，不知是日是夜。趙家的狗又叫起來了。

獅子似的兇心，兔子的怯弱，狐狸的狡猾……。

七

我曉得他們的方法，直捷殺了，是不肯的，而且也不敢，怕有禍祟。所以他們大家連絡，布滿了羅網，逼我自戕。試看前幾天街上男女的樣子，和這幾天我大哥的作為，便足可悟出八九分了。最好是解下腰帶，掛在樑上，自己緊緊勒死；他們沒有殺人的罪名，又償了心願，自然都歡天喜地的發出一種嗚嗚咽咽的笑聲。否則驚嚇憂愁死了，雖則略瘦，也還可以首肯幾下。

他們是只會吃死肉的！——記得什麼書上說，有一種東西，叫「海乙那」的❻，眼光和樣子都很難看；時常吃死肉，連極大的骨頭，都細細嚼爛，嚥下肚子去，想起來也教人害怕。「海乙那」是狼的親眷，狼是狗的本家。前天趙家的狗，看我幾眼，可見他也同謀，早已接洽。老頭子眼看著地，豈能瞞得我過。

最可憐的是我的大哥，他也是人，何以毫不害怕；而且合夥吃我呢？還是歷來慣了，不以為非呢？還是喪了良心，明知故犯呢？

我詛咒吃人的人，先從他起頭；要勸轉吃人的人，也先從他下手。

八

其實這種道理，到了現在，他們也該早已懂得……。

忽然來了一個人；年紀不過二十左右，相貌是不很看得清楚，滿面笑容，對了我點頭，他的笑也不像真笑。我便問他，「吃人的事，對麼？」他仍然笑著說，「不是荒年，怎麼會吃人。」我立刻就曉得，他也是一夥，喜歡吃人的；便自勇氣百倍，偏要問他。

「對麼？」

「這等事問它什麼。你真會……說笑話。……今天天氣很好。」

天氣是好，月色也很亮了。可是我要問你，「對麼？」

他不以為然了。含含糊糊的答道，「不……」

「不對？他們何以竟吃！」

「沒有的事……」
「沒有的事？狼子村現吃；還有書上都寫著，通紅斬新！」
他便變了臉，鐵一般青。睜著眼說，「有許有的，這是從來如此……」
「從來如此，便對麼？」
「我不同你講這些道理；總之你不該說，你說便是你錯！」
我直跳起來，張開眼，這人便不見了。全身出了一大片汗。他的年紀，比我大哥小得遠，居然也是一夥；這一定是他娘老子先教的。還怕已經教給他兒子了；所以連小孩子，也都惡狠狠地看我。

九

自己想吃人，又怕被別人吃了，都用著疑心極深的眼光，面面相覷……。
去了這心思，放心做事、走路、吃飯、睡覺，何等舒服。這只是一條門檻、一個關頭。他們可是父子、兄弟、夫婦、朋友、師生、仇敵和各不相識的人，都結成一夥，互相勸勉，互相牽掣，死也不肯跨過這一步。

十

大清早，去尋我大哥；他立在堂門外看天，我便走到他背後，攔住門，格外沉靜、格外和氣的對他說，

「大哥，我有話告訴你。」

「你說就是。」他趕緊回過臉來，點點頭。

「我只有幾句話，可是說不出來。大哥，大約當初野蠻的人，都吃過一點人。後來因為心思不同，有的不吃人了，一味要好，便變了人，變了真的人。有的卻還吃——也同蟲子一樣，有的變了魚鳥猴子，一直變到人。有的不要好，至今還是蟲子。這吃人的人比不吃人的人，何等慚愧。怕比蟲子的慚愧猴子，還差得很遠很遠。

「易牙蒸了他兒子❼，給桀紂吃，還是一直從前的事。誰曉得從盤古開闢天地以後，一直吃到易牙的兒子；從易牙的兒子，一直吃到徐錫林❽；從徐錫林，又一直吃到狼子村捉住的人。去年城裡殺了犯人，還有一個生癆病的人，用饅頭蘸血舐。

「他們要吃我，你一個人，原也無法可想；然而又何必去入夥。吃人的人，什麼事做不出；他們會吃我，也會吃你，一夥裡面，也會自吃。但只要轉一步，只要立刻改了，也就是

人人太平。雖然從來如此，我們今天也可以格外要好，說是不能！大哥，我相信你能說，前天佃戶要減租，你說過不能。」

當初，他還只是冷笑，隨後眼光便凶狠起來，一到說破他們的隱情，那就滿臉都變成青色了。大門外立著一夥人，趙貴翁和他的狗，也在裡面，都探頭探腦地挨進來。有的是看不出面貌，似乎用布蒙著；有的是仍舊青面獠牙，抿著嘴笑。我認識他們是一夥，都是吃人的人。可是也曉得他們心思很不一樣，一種是以為從來如此，應該吃的；一種是知道不該吃，可是仍然要吃，又怕別人說破他，所以聽了我的話，越發氣憤不過，可是抿著嘴冷笑。

這時候，大哥也忽然顯出凶相，高聲喝道，

「都出去！瘋子有什麼好看！」

這時候，我又懂得一件他們的巧妙了。他們豈但不肯改，而且早已布置；預備下一個瘋子的名目罩上我。將來吃了，不但太平無事，怕還會有人見情。佃戶說的大家吃了一個惡人，正是這方法。這是他們的老譜！

陳老五也氣憤憤地直走進來。如何按得住我的口，我偏要對這夥人說，

「你們可以改了，從真心改起！要曉得將來容不得吃人的人，活在世上。

「你們要不改，自己也會吃盡。即使生得多，也會給真的人除滅了，同獵人打完狼子一

樣！——同蟲子一樣！」

那一夥人，都被陳老五趕走了。大哥也不知哪裡去了。陳老五勸我回屋子裡去。屋裡面全是黑沉沉的。橫樑和椽子都在頭上發抖；抖了一會，就大起來，堆在我身上。

萬分沉重，動彈不得；他的意思是要我死。我曉得他的沉重是假的，便掙扎出來，出了一身汗。可是偏要說，

「你們立刻改了，從真心改起！你們要曉得將來是容不得吃人的人，……」

十一

太陽也不出，門也不開，日日是兩頓飯。

我捏起筷子，便想起我大哥；曉得妹子死掉的緣故，也全在他。那時我妹子才五歲，可愛可憐的樣子，還在眼前。母親哭個不住，他卻勸母親不要哭；大約因為自己吃了，哭起來不免有點過意不去。如果還能過意不去，……。

妹子是被大哥吃了，母親知道沒有，我可不得而知。

母親想也知道；不過哭的時候，卻並沒有說明，大約也以為應當的了。記得我四五歲時，坐在堂前乘涼，大哥說爺娘生病，做兒子的須割下一片肉來，煮熟了請他吃❾，才算好人；

母親也沒有說不行。一片吃得，整個的自然也吃得。但是那天的哭法，現在想起來，實在還教人傷心，這真是奇極的事！

十二

不能想了。

四千年來時時吃人的地方，今天才明白，我也在其中混了多年；大哥正管著家務，妹子恰恰死了，他未必不和在飯菜裡，暗暗給我們吃。

我未必無意之中，不吃了我妹子的幾片肉，現在也輪到我自己……。

有了四千年吃人履歷的我，當初雖然不知道，現在明白，難見真的人！

十三

沒有吃過人的孩子，或者還有？

救救孩子……。

一九一八年四月⑩

註釋

❶ 候補：清代官制，透過科舉或捐納等途徑取得官銜，但還沒有實際職務的中下級官員，由吏部抽籤分發到某部或某省，聽候委用，稱為候補。

❷ 古久先生的陳年流水簿子：此處比喻古代封建社會的長久歷史。

❸ 本草什麼：指《本草綱目》，明代醫學家李時珍的藥物學著作，共五十二卷。該書曾經提到唐代陳藏器《本草拾遺》中以人肉醫治癆的記載，並表示異議。此處提到李時珍的書「明明寫著人肉可以煎吃」，當是「狂人」的「記中語誤」。

❹ 易子而食：語見《左傳》宣公十五年，是宋將華元對楚將子反敘說宋國都城被楚軍圍困時的慘狀：「敝邑易子而食，析骸而爨。」

❺ 食肉寢皮：語出《左傳》襄公二十一年，晉國州綽對齊莊公說：「然二子者，譬於禽獸，臣食其肉而寢處其皮矣。」（「二子」指齊國的殖綽和郭最，他們曾被州綽俘虜。）

❻ 海乙那：英語鬣狗（又名土狼）的音譯，一種食肉獸，常跟在獅虎等猛獸之後，以牠們吃剩的獸類殘屍為食。

❼ 易牙：春秋時齊國人，善於調味。據《管子．小稱》：「夫易牙以調和事公（指齊桓公），公曰：『惟蒸嬰兒之未嘗。』於是蒸其首子而獻之公。」桀、紂各為夏朝和商朝的最後一代君主，易牙和他們並非同時代人物。此處提到的「易牙蒸了他兒子，給桀紂吃」，也是狂人「語頗錯雜無倫次」的表現。

❽ 徐錫林：隱指徐錫麟，字伯蓀，浙江紹興人，清末革命團體光復會的重要成員。一九〇七年與秋瑾準備在浙、皖兩省同時起義。七月六日，他以安徽巡警處會辦兼巡警學堂監督的身份為掩護，

趁著學堂舉行畢業典禮之機刺死安徽巡撫恩銘，率領眾人攻佔軍械局。最終彈盡被捕，當日慘遭殺害，心肝被恩銘的衛隊挖出炒食。

❾大哥說……煮熟了請他吃：指「割股療親」的典故。割取自己的股肉煎藥，以醫治父母的重病。《宋史．選舉志一》記載：「上以孝取人，則勇者割股，怯者廬墓。」

❿本篇最初發表於一九一八年五月《新青年》第四卷第五號，於本小說中，作者首次採用「魯迅」這一筆名。

孔乙己

孔乙己著了慌，伸開五指將碟子罩住，彎腰下去說道，「不多了，我已經不多了。」直起身又看一看豆，自己搖頭說，「不多不多！多乎哉？不多也。」

魯鎮的酒店的格局，是和別處不同的：都是當街一個曲尺形的大櫃檯，櫃裡面預備著熱水，可以隨時溫酒。做工的人，傍午傍晚散了工，每每花四文銅錢，買一碗酒——這是二十多年前的事，現在每碗要漲到十文——靠櫃外站著，熱熱的喝了休息；倘肯多花一文，便可以買一碟鹽煮筍，或者茴香豆，做下酒物了，如果出到十幾文，那就能買一樣葷菜，但這些顧客，多是短衣幫，大抵沒有這樣闊綽。只有穿長衫的，才踱進店面隔壁的房子裡，要酒要菜，慢慢地坐喝。

我從十二歲起，便在鎮口的咸亨酒店裡當伙計，掌櫃說，樣子太傻，怕侍候不了長衫主顧，就在外面做點事罷。外面的短衣主顧，雖然容易說話，但嘮嘮叨叨纏夾不清的也很不少。他們往往要親眼看著黃酒從罈子裡舀出，看過壺子底裡有水沒有，又親看將壺子放在熱水裡，然後放心：在這嚴重監督下，羼水也很為難。所以過了幾天，掌櫃又說我幹不了這事。幸虧薦頭的情面大，辭退不得，便改為專管溫酒的一種無聊職務了。

我從此便整天的站在櫃檯裡，專管我的職務。雖然沒有什麼失職，但總覺得有些單調、有些無聊。掌櫃是一副兇臉孔，主顧也沒有好聲氣，教人活潑不得；只有孔乙己到店，才可以笑幾聲，所以至今還記得。

孔乙己是站著喝酒而穿長衫的唯一的人。他身材很高大；青白臉色，皺紋間時常夾些傷痕；一部亂蓬蓬的花白的鬍子。穿的雖然是長衫，可是又髒又破，似乎十多年沒有補，也沒有洗。他對人說話，總是滿口之乎者也，教人半懂不懂的。因為他姓孔，別人便從描紅紙上的「上大人孔乙己」這半懂不懂的話裡❶，替他取下一個綽號，叫作孔乙己。孔乙己一到店，所有喝酒的人便都看著他笑，有的叫道，「孔乙己，你臉上又添上新傷疤了！」他不回答，對櫃裡說，「溫兩碗酒，要一碟茴香豆。」便排出九文大錢。他們又故意的高聲嚷道，「你一定又偷了人家的東西了！」孔乙己睜大眼睛說，「你怎麼這樣憑空污人清白……」「什麼清白？我前天親眼見你偷了何家的書，吊著打。」孔乙己便漲紅了臉，額上的青筋條條綻出，爭辯道，「竊書不能算偷……竊書！……讀書人的事，能算偷麼？」接連便是難懂的話，什麼「君子固窮❷」、什麼「者乎」之類，引得眾人都哄笑起來：店內外充滿了快活的空氣。

聽人家背地裡談論，孔乙己原來也讀過書，但終於沒有進學[3]，又不會營生；於是愈過愈窮，弄到將要討飯了。幸而寫得一筆好字，便替人家鈔鈔書，換一碗飯吃。可惜他又有一樣壞脾氣，便是好吃懶做。做不到幾天，便連人和書籍、紙張、筆硯，一齊失蹤。如是幾次，叫他鈔書的人也沒有了。孔乙己沒有法，便免不了偶然做些偷竊的事。但他在我們店裡，品行卻比別人都好，就是從不拖欠；雖然間或沒有現錢，暫時記在粉板上，但不出一月，定然還清，從粉板上拭去了孔乙己的名字。

孔乙己喝過半碗酒，漲紅的臉色漸漸復了原，旁人便又問道，「孔乙己，你當真認識字麼？」孔乙己看著問他的人，顯出不屑置辯的神氣。他們便接著說道，「你怎的連半個秀才也撈不到呢？」孔乙己立刻顯出頹唐不安的模樣，臉上籠上了一層灰色，嘴裡說些話；這回可是全是之乎者也之類，一些不懂了。

在這時候，眾人也都哄笑起來：店內外充滿了快活的空氣。

在這些時候，我可以附和著笑，掌櫃是絕不責備的。而且掌櫃見了孔乙己，也每每這樣問他，引人發笑。孔乙己自己知道不能和他們談天，便只好向孩子說話。有一回對我說道，「你讀過書麼？」我略略點一點頭。他說，「讀過書，……我便考你一考。茴香豆的茴字，怎樣寫的？」我想，討飯一樣的人，也配考我麼？便回過臉去，不再理會。孔乙己等了許久，很懇切地說道，「不能寫罷？……我教給你，記著！這些字應該記著，將來做掌櫃的時候，寫帳要用。」

我暗想我和掌櫃的等級還很遠呢，而且我們掌櫃也從不將茴香豆上帳；又好笑，又不耐煩，懶懶地答他道，「誰要你教，不是草頭底下一個來回的回字麼？」孔乙己顯出極高興的樣子，將兩個指頭的長指甲敲著櫃檯，點頭說，「對呀對呀！……回字有四樣寫法❹，你知道麼？」我愈不耐煩了，努著嘴走遠。孔乙己剛用指甲蘸了酒，想在櫃上寫字，見我毫不熱心，便又嘆一口氣，顯出極惋惜的樣子。

有幾回，鄰居孩子聽得笑聲，也趕熱鬧，圍住了孔乙己。他便給他們吃茴香豆，一人一顆。孩子吃完豆，仍然不散，眼睛都望著碟子。孔乙己著了慌，伸開五指將碟子罩住，彎腰下去說道，「不多了，我已經不多了。」直起身又看一看豆，自己搖頭說，「不多不多！多乎哉？不多也❺。」於是這一群孩子都在笑聲裡走散了。

孔乙己是這樣地使人快活，可是沒有他，別人也便這麼過。

有一天，大約是中秋前的兩三天，掌櫃正在慢慢地結帳，取下粉板，忽然說，「孔乙己長久沒有來了。還欠十九個錢呢！」我才也覺得他的確長久沒有來了。一個喝酒的人說道，「他怎麼會來？……他打折了腿了。」掌櫃說，「哦！」「他總仍舊是偷。這一回，是自己發昏，竟偷到丁舉人家裡去了。他家的東西，偷得的麼？」「後來怎麼樣？」「怎麼樣？先寫服辯❻，後來是打，打了大半夜，再打折了腿。」「後來呢？」「後來打折了腿了。」「打折了怎樣呢？」「怎樣？……誰曉得？許是死了。」掌櫃也不再問，仍然慢慢地算他的帳。

中秋之後，秋風是一天涼比一天，看看將近初冬；我整天的靠著火，也須穿上棉襖了。一天的下半天，沒有一個顧客，我正合了眼坐著。忽然間聽得一個聲音，「溫一碗酒。」這聲音雖然極低，卻很耳熟，看時又全沒有人。站起來向外一望，那孔乙己便在櫃檯下對了門檻坐著。他臉上黑而且瘦，已經不成樣子；穿一件破夾襖，盤著兩腿，下面墊一個蒲包，用草繩在肩上掛住；見了我，又說道，「溫一碗酒。」掌櫃也伸出頭去，一面說，「孔乙己麼？你還欠十九個錢呢！」孔乙己很頹唐地仰面答道，「這……下回還清罷。這一回是現錢，酒要好。」掌櫃仍然同平常一樣，笑著對他說，「孔乙己，你又偷了東西了！」但他這回卻不十分分辯，單說了一句，「不要取笑！」「取笑？要是不偷，怎麼會打斷腿？」孔乙己低聲說道，「跌斷，跌，跌……」他的眼色，很像懇求掌櫃，不要再提。此時已經聚集了幾個人，便和掌櫃都笑了。我溫了酒，端出去，放在門檻上。他從破衣袋裡摸出四文大錢，放在我手裡，見他滿手是泥，原來他便用這手走來的。不一會，他喝完酒，便又在旁人的說笑聲中，坐著用這手慢慢走去了。

自此以後，又長久沒有看見孔乙己。到了年關，掌櫃取下粉板說，「孔乙己還欠十九個錢呢！」到第二年的端午，又說，「孔乙己還欠十九個錢呢！」到中秋可是沒有說，再到年關也沒有看見他。

我到現在終於沒有見——大約孔乙己的確死了。

一九一九年三月❼

註釋

❶描紅紙：一種印有紅色楷字，供兒童摹寫毛筆字用的字帖。舊時最通行的一種，印有「上大人孔（明代以前作丘）乙己化三千七十士爾小生八九子佳作仁可知禮也」這樣一些筆畫簡單、三字一句和似通非通的文字。

❷君子固窮：語見《論語・衛靈公》。「固窮」即「固守其窮」，不以窮困而改變操守的意思。

❸進學：明清科舉制度，童生經過縣考初試、府考複試，再參加由學政主持的院考（道考），考取的列名府、縣學籍，稱為進學，也就成了秀才。又規定每三年舉行一次鄉試（省一級考試），由秀才或監生應考，取中的就是舉人。

❹回字有四樣寫法：回字通常只有三種寫法：回、囘、囬，第四種寫作「廻」或「廽」。第四種另指外「口」內「目」（見《康熙字典・備考》），極少見。

❺多乎哉？不多也：語見《論語．子罕》：「大宰問於子貢曰：『夫子聖者與？何其多能也！』子貢曰：『固天縱之將聖，又多能也。』子聞之，曰：『大宰知我乎？吾少也賤，故多能鄙事。君子多乎哉？不多也。』」此處與原意無關。

❻服辯：又作伏辯，即認罪書。

❼本篇最初發表於一九一九年四月《新青年》第六卷第四號。發表時篇末有魯迅的附記如下：「這一篇很拙的小說，還是去年冬天做成的。那時的意思，單在描寫社會上的或一種生活，請讀者看看，並沒有別的深意。但用活字排印了發表，卻已在這時候——便是忽然有人用了小說盛行人身攻擊的時候。大抵著者走入暗路，每每能引讀者的思想跟他墮落：以為小說是一種潑穢水的器具，裡面糟蹋的是誰。這實在是一件極可嘆可憐的事。所以我在此聲明，免得發生猜度，害了讀者的人格。一九一九年三月二十六日記。」據本篇發表時的作者附記，本文當做於一九一八年冬天。本小說集各篇最初發表時都未署寫作日期，現在篇末的日期為作者在編集時所補記。

藥

“路的左邊，都埋著死刑和瘐斃的人，右邊是窮人的叢塚。兩面都已埋到層層疊疊，宛然闊人家裡祝壽時的饅頭。”

一

秋天的後半夜，月亮下去了，太陽還沒有出，只剩下一片烏藍的天；除了夜遊的東西，什麼都睡著。華老栓忽然坐起身，擦著火柴，點上遍身油膩的燈盞，茶館的兩間屋子裡，便彌滿了青白的光。

「小栓的爹，你就去麼？」是一個老女人的聲音。裡邊的小屋子裡，也發出一陣咳嗽。

「唔。」老栓一面聽，一面應，一面扣上衣服；伸手過去說，「你給我罷。」

華大媽在枕頭底下掏了半天，掏出一包洋錢❶，交給老栓，老栓接了，抖抖地裝入衣袋，又在外面按了兩下；便點上燈籠，吹熄燈盞，走向裡屋子去了。那屋子裡面，正在窸窸窣窣地響，接著便是一通咳嗽。老栓候他平靜下去，才低低地叫道，「小栓……你不要起來。……店麼？你娘會安排的。」

老栓聽得兒子不再說話，料他安心睡了；便出了門，走到街上。街上黑沉沉的一無所有，只有一條灰白的路，看得分明。燈光照著他的兩腳，一前一後的走。有時也遇到幾隻狗，可是一隻也沒有叫。天氣比屋子裡冷多了；老栓倒覺爽快，彷彿一旦變了少年，得了神通，有給人生命的本領似的，跨步格外高遠，而且路也愈走愈分明，天也愈走愈亮了。

老栓正在專心走路，忽然吃了一驚，遠遠裡看見一條丁字街，明明白白橫著。他便退了幾步，尋到一家關著門的鋪子，蹩進簷下，靠門立住了。好一會，身上覺得有些發冷。

「哼，老頭子。」

「倒高興……」

老栓又吃一驚，睜眼看時，幾個人從他面前過去了。一個還回頭看他，樣子不甚分明，但很像久餓的人見了食物一般，眼裡閃出一種攫取的光。老栓看看燈籠，已經熄了。按一按衣袋，硬硬的還在。仰起頭兩面一望，只見許多古怪的人，三三兩兩，鬼似的在那裡徘徊；定睛再看，卻也看不出什麼別的奇怪。

沒有多久，又見幾個兵，在那邊走動；衣服前後的一個大白圓圈，遠地裡也看得清楚，走過面前的，並且看出號衣上暗紅的鑲邊❷。

一陣腳步聲響，一眨眼，已經擁過了一大簇人。那三三兩兩的人，也忽然合作一堆，潮一般向前進；將到丁字街口，便突然立住，簇成一個半圓。

老栓也向那邊看，卻只見一堆人的後背；頸項都伸得很長，彷彿許多鴨，被無形的手捏住了的，向上提著。靜了一會，似乎有點聲音，便又動搖起來，轟的一聲，都向後退；一直散到老栓立著的地方，幾乎將他擠倒了。

「喂！一手交錢，一手交貨！」一個渾身黑色的人，站在老栓面前，眼光正像兩把刀，刺得老栓縮小了一半。那人一隻大手，向他攤著；一隻手卻撮著一個鮮紅的饅頭❸，那紅的還是一點一點的往下滴。

老栓慌忙摸出洋錢，抖抖的想交給他，卻又不敢去接他的東西。那人便焦急起來，嚷道，「怕什麼？怎的不拿！」老栓還躊躇著；黑的人便搶過燈籠，一把扯下紙罩，裹了饅頭，塞與老栓；一手抓過洋錢，捏一捏，轉身去了。嘴裡哼著說，「這老東西……」

「這給誰治病的呀？」老栓也似乎聽得有人問他，但他並不答應；他的精神，現在只在一個包上，彷彿抱著一個十世單傳的嬰兒，別的事情，都已置之度外了。他現在要將這包裡的新的生命，移植到他家裡，收穫許多幸福。太陽也出來了；在他面前，顯出一條大道，直到他家中，後面也照見丁字街頭破匾上「古□亭口」這四個黯淡的金字。

二

老栓走到家，店面早經收拾乾淨，一排一排的茶桌，滑溜溜的發光。但是沒有客人；只有小栓坐在裡排的桌前吃飯，大粒的汗，從額上滾下，夾襖也帖住了脊心，兩塊肩胛骨高高凸出，印成一個陽文的「八」字。老栓見這樣子，不免皺一皺展開的眉心。他的女人，從灶下急急走出，睜著眼睛，嘴唇有些發抖。

「得了麼？」

「得了。」

兩個人一齊走進灶下，商量了一會；華大媽便出去了，不多時，拿著一片老荷葉回來，攤在桌上。老栓也打開燈籠罩，用荷葉重新包了那紅的饅頭。小栓也吃完飯，他的母親慌忙說：「小栓——你坐著，不要到這裡來。」

一面整頓了灶火，老栓便把一個碧綠的包，一個紅紅白白的破燈籠，一同塞在灶裡；一陣紅黑的火焰過去時，店屋裡散滿了一種奇怪的香味。

「好香！你們吃什麼點心呀？」這是駝背五少爺到了。這人每天總在茶館裡過日，來得最早，去得最遲，此時恰恰蹩到臨街的壁角的桌邊，便坐下問話，然而沒有人答應他。「炒米粥麼？」仍然沒有人應。老栓匆匆走出，給他泡上茶。

「小栓進來罷！」華大媽叫小栓進了裡面的屋子，中間放好一條凳，小栓坐了。他的母親端過一碟烏黑的圓東西，輕輕說：

「吃下去罷——病便好了。」

小栓撮起這黑東西，看了一會，似乎拿著自己的性命一般，心裡說不出的奇怪。十分小心的拗開了，焦皮裡面竄出一道白氣，白氣散了，是兩半個白面的饅頭——不多工夫，已經全在肚裡了，卻全忘了什麼味；面前只剩下一張空盤。他的旁邊，一面立著他的父親，一面立著他的母親，兩人的眼光，都彷彿要在他身上註進什麼又要取出什麼似的；便禁不住心跳起來，按著胸膛，又是一陣咳嗽。

「睡一會罷——便好了。」

小栓依他母親的話，咳著睡了。華大媽候他喘氣平靜，才輕輕地給他蓋上了滿幅補釘的夾被。

三

店裡坐著許多人，老栓也忙了，提著大銅壺，一趟一趟的給客人沖茶；兩個眼眶，都圍著一圈黑線。

「老栓，你有些不舒服麼？——你生病麼？」一個花白鬍子的人說。

「沒有。」

「沒有？——我想笑嘻嘻的，原也不像……」花白鬍子便取消了自己的話。

「老栓只是忙。要是他的兒子……」駝背五少爺話還未完，突然闖進一個滿臉橫肉的人，披一件玄色布衫，散著鈕扣，用很寬的玄色腰帶胡亂捆在腰間。剛進門便對老栓嚷道：

「吃了麼？好了麼？老栓，就是運氣了你！你運氣，要不是我信息靈……」

老栓一手提了茶壺，一手恭恭敬敬地垂著，笑嘻嘻地聽。滿座的人，也都恭恭敬敬地聽。華大媽也黑著眼眶，笑嘻嘻地送出茶碗茶葉來，加上一個橄欖，老栓便去沖了水。

「這是包好！這是與眾不同的。你想，趁熱地拿來，趁熱地吃下。」橫肉的人只是嚷。

「真的呢，要沒有康大叔照顧，怎麼會這樣……」華大媽也很感激的謝他。

「包好，包好！這樣的趁熱吃下。這樣的人血饅頭，什麼癆病都包好！」

華大媽聽到「癆病」這兩個字，變了一點臉色，似乎有些不高興；但又立刻堆上笑，搭訕著走開了。這康大叔卻沒有覺察，仍然提高了喉嚨只是嚷，嚷得裡面睡著的小栓也合夥咳嗽起來。

「原來你家小栓碰到了這樣的好運氣了。這病自然一定全好；怪不得老栓整天的笑著呢！」花白鬍子一面說，一面走到康大叔面前，低聲下氣地問道，「康大叔——聽說今天結果的一個犯人，便是夏家的孩子，那是誰的孩子？究竟是什麼事？」

「誰的？不就是夏四奶奶的兒子麼？那個小傢伙！」康大叔見眾人都聳起耳朵聽他，便格外高興，橫肉塊塊飽綻，越發大聲說，「這小東西不要命，不要就是了。我可是這一回一點沒有得到好處；連剝下來的衣服，都給管牢的紅眼睛阿義拿去了——第一要算我們栓叔運氣；第二是夏三爺賞了二十五兩雪白的銀子，獨自落腰包，一文不花。」

小栓慢慢地從小屋子裡走出，兩手按了胸口，不住地咳嗽；走到灶下，盛出一碗冷飯，泡上熱水，坐下便吃。華大媽跟著他走，輕輕地問道，「小栓，你好些麼？——你仍舊只是肚餓？……」

「包好，包好！」康大叔瞥了小栓一眼，仍然回過臉，對眾人說，「夏三爺真是乖角兒，要是他不先告官，連他滿門抄斬。現在怎樣？銀子！——這小東西也真不成東西！關在牢裡，還要勸牢頭造反。」

「阿呀，那還了得。」坐在後排的一個二十多歲的人，很現出氣憤模樣。

「你要曉得紅眼睛阿義是去盤盤底細的，他卻和他攀談了。他說：這大清的天下是我們大家的。你想：這是人話麼？紅眼睛原知道他家裡只有一個老娘，可是沒有料到他竟會這麼窮，榨不出一點油水，已經氣破肚皮了。他還要老虎頭上搔癢，便給他兩個嘴巴！」

「義哥是一手好拳棒，這兩下，一定夠他受用了。」壁角的駝背忽然高興起來。

「他這賤骨頭打不怕，還要說可憐可憐哩！」

花白鬍子的人說，「打了這種東西，有什麼可憐呢？」

康大叔顯出看他不上的樣子，冷笑著說，「你沒有聽清我的話；看他神氣，是說阿義可憐哩！」

聽著的人的眼光，忽然有些板滯；話也停頓了。小栓已經吃完飯，吃得滿頭流汗，頭上都冒出蒸氣來。

「阿義可憐——瘋話，簡直是發了瘋了。」花白鬍子恍然大悟似地說。

「發了瘋了。」二十多歲的人也恍然大悟地說。

店裡的坐客，便又現出活氣，談笑起來。小栓也趁著熱鬧，拚命咳嗽；康大叔走上前，拍他肩膀說：

「包好！小栓——你不要這麼咳。包好！」

「瘋了。」駝背五少爺點著頭說。

四

西關外靠著城根的地面，本是一塊官地；中間歪歪斜斜一條細路，是貪走便道的人，用鞋底造成的，但卻成了自然的界限。路的左邊，都埋著死刑和瘐斃的人，右邊是窮人的叢塚。兩面都已埋到層層疊疊，宛然闊人家裡祝壽時的饅頭。

這一年的清明，分外寒冷；楊柳才吐出半粒米大的新芽。天明未久，華大媽已在右邊的一坐新墳前面，排出四碟菜，一碗飯，哭了一場。化過紙❹，呆呆地坐在地上；彷彿等候什麼似的，但自己也說不出等候什麼。微風起來，吹動她短髮，確乎比去年白得多了。

小路上又來了一個女人，也是半白頭髮，襤褸的衣裙；提一個破舊的朱漆圓籃，外掛一串紙錠，三步一歇地走。忽然見華大媽坐在地上看她，便有些躊躇，慘白的臉上，現出些羞愧的顏色；但終於硬著頭皮，走到左邊的一坐墳前，放下了籃子。

那墳與小栓的墳，一字兒排著，中間只隔一條小路。華大媽看她排好四碟菜，一碗飯，立著哭了一通，化過紙錠；心裡暗暗地想，「這墳裡的也是兒子了。」那老女人徘徊觀望了一回，忽然手腳有些發抖，蹌蹌踉踉退下幾步，瞪著眼只是發怔。

華大媽見這樣子，生怕她傷心到快要發狂了；便忍不住立起身，跨過小路，低聲對她說，

「你這位老奶奶不要傷心了——我們還是回去罷。」

那人點一點頭，眼睛仍然向上瞪著；也低聲吃吃地說道，「你看——看這是什麼呢？」

華大媽跟了他指頭看去，眼光便到了前面的墳，這墳上草根還沒有全合，露出一塊一塊的黃土，煞是難看。再往上仔細看時，卻不覺也吃一驚；——分明有一圈紅白的花，圍著那尖圓的墳頂。

她們的眼睛都已老花多年了，但望這紅白的花，卻還能明白看見。花也不很多，圓圓的排成一個圈，不很精神，倒也整齊。華大媽忙看她兒子和別人的墳，卻只有不怕冷的幾點青白小花，零星開著；便覺得心裡忽然感到一種不足和空虛，不願意根究。那老女人又走近幾步，細看了一遍，自言自語地說，「這沒有根，不像自己開的——這地方有誰來呢？孩子不會來玩；——親戚本家早不來了——這是怎麼一回事呢？」她想了又想，忽又流下淚來，大聲說道：

「瑜兒，他們都冤枉了你，你還是忘不了，傷心不過，今天特意顯點靈，要我知道麼？」她四面一看，只見一隻烏鴉，站在一株沒有葉的樹上，便接著說，「我知道了——瑜兒，可憐他們坑了你，他們將來總有報應，天都知道；你閉了眼睛就是了——你如果真在這裡，聽到我的話——便教這烏鴉飛上你的墳頂，給我看罷。」

微風早經停息了；枯草支支直立，有如銅絲。一絲發抖的聲音，在空氣中愈顫愈細，細到沒有，周圍便都是死一般靜。兩人站在枯草叢裡，仰面看那烏鴉；那烏鴉也在筆直的樹枝間，縮著頭，鐵鑄一般站著。

許多的工夫過去了；上墳的人漸漸增多，幾個老的小的，在土墳間出沒。

華大媽不知怎的，似乎卸下了一挑重擔，便想到要走；一面勸著說，「我們還是回去罷。」

那老女人嘆一口氣，無精打采地收起飯菜；又遲疑了一刻，終於慢慢地走了。嘴裡自言自語地說，「這是怎麼一回事呢？……」

他們走不上二三十步遠，忽聽得背後「啞——」的一聲大叫；兩個人都悚然地回過頭，只見那烏鴉張開兩翅，一挫身，直向著遠處的天空，箭也似地飛去了。

一九一九年四月❺

註釋

❶洋錢：指銀元。銀元最初是從外國流入，所以俗稱洋錢；自清代後期開始，中國便自鑄銀元，但民間仍沿用此舊稱。

❷號衣：指清朝士兵的軍衣，前後胸都綴有一塊圓形白布，上有「兵」或「勇」的字樣。

❸鮮紅的饅頭：即蘸有人血的饅頭。舊時認為人血可醫治肺癆，劊子手便藉此收取錢財。

❹化過紙：紙，指紙錢、金紙。民間習俗認為，把它火化後可供死者在陰間使用。下文說的紙錠，是指用紙或錫箔折成的元寶。

❺本篇最初發表於一九一九年五月《新青年》第六卷第五號。篇中人物夏瑜隱喻清末女性革命者秋瑾。秋瑾在徐錫麟被害後不久，也於一九〇七年七月十五日遭清政府殺害，地點在紹興軒亭口。軒亭口是紹興城內的大街，街旁有一牌樓，匾上題有「古軒亭口」四字。

明天

老拱的歌聲早經寂靜，咸亨也熄了燈。單四嫂子張著眼，總不信所有的事──雞也叫了；東方漸漸發白，窗縫裡透進了銀白色的曙光。

「沒有聲音──小東西怎了？」

紅鼻子老拱手裡擎了一碗黃酒，說著，向間壁努一努嘴。藍皮阿五便放下酒碗，在他脊樑上用死勁地打了一掌，含含糊糊嚷道：

「你……你、你又在想心思……」

原來魯鎮是僻靜地方，還有些古風：不上一更，大家便都關門睡覺。深更半夜沒有睡的只有兩家：一家是咸亨酒店，幾個酒肉朋友圍著櫃檯，吃喝得正高興；一家便是間壁的單四嫂子，她自從前年守了寡，便須專靠著自己的一雙手紡出綿紗來，養活她自己和她三歲的兒子，所以睡得也遲。

這幾天，確鑿沒有紡紗的聲音了。但夜深沒有睡的既然只有兩家，這單四嫂子家有聲音，便自然只有老拱們聽到，沒有聲音，也只有老拱們聽到。

老拱挨了打，彷彿很舒服似地喝了一大口酒，嗚嗚地唱起小曲來。

這時候，單四嫂子正抱著她的寶兒，坐在床沿上，紡車靜靜地立在地上。黑沉沉的燈光，照著寶兒的臉，緋紅裡帶一點青。單四嫂子心裡計算：神籤也求過了，願心也許過了，單方也吃過了，要是還不見效，怎麼好？——那只有去診何小仙了。但寶兒也許是日輕夜重，到了明天，太陽一出，熱也會退，氣喘也會平的：這實在是病人常有的事。

單四嫂子是一個粗笨女人，不明白這「但」字的可怕：許多壞事固然幸虧有了它才變好，許多好事卻也因為有了它都弄糟。夏天夜短，老拱們嗚嗚地唱完了，不多時，東方已經發白；不一會，窗縫裡透進了銀白色的曙光。

單四嫂子等候天明，卻不像別人這樣容易，覺得非常之慢，寶兒的一呼吸，幾乎長過一年。現在居然明亮了；天的明亮，壓倒了燈光——看見寶兒的鼻翼，已經一放一收地扇動。

單四嫂子知道不妙，暗暗叫一聲，「阿呀！」心裡計算：怎麼好？只有去診何小仙這一條路了。他雖然是粗笨女人，心裡卻有決斷，便站起身，從木櫃子裡掏出每天節省下來的十三個小銀元和一百八十銅錢，都裝在衣袋裡，鎖上門，抱著寶兒直向何家奔過去。

天氣還早，何家已經坐著四個病人了。他摸出四角銀元，買了號籤，第五個輪到寶兒。何小仙伸開兩個指頭按脈，指甲足有四寸多長，單四嫂子暗地納罕，心裡計算：寶兒該有活命了。但總免不了著急，忍不住要問，便局局促促地說：

「先生——我家的寶兒什麼病呀？」

「他中焦塞著❶。」

「不妨事麼？他……」

「先去吃兩帖。」

「他喘不過氣來，鼻翅子都搧著呢❷！」

「這是火克金❸……」

何小仙說了半句話，便閉上眼睛；單四嫂子也不好意思再問。在何小仙對面坐著的一個三十多歲的人，此時已經開好一張藥方，指著紙角上的幾個字說道：

「這第一味保嬰活命丸，須是賈家濟世老店才有！」

單四嫂子接過藥方，一面走，一面想。他雖是粗笨女人，卻知道何家與濟世老店與自己的家，正是一個三角點；自然是買了藥回去便宜了。於是又徑向濟世老店奔過去。店伙也翹了長指甲慢慢地看方，慢慢地包藥。單四嫂子抱了寶兒等著；寶兒忽然擎起小手來，用力拔她散亂著的一綹頭髮，這是從來沒有的舉動，單四嫂子怕得發怔。

太陽早出了。單四嫂子抱了孩子，帶著藥包，越走覺得越重；孩子又不住地掙扎，路也覺得越長。沒奈何坐在路旁一家公館的門檻上，休息了一會，衣服漸漸的冰著肌膚，才知道自己出了一身汗；寶兒卻彷彿睡著了。她再起來慢慢地走，仍然支撐不得，耳朵邊忽然聽得人說：

「單四嫂子，我替你抱勃羅！」似乎是藍皮阿五的聲音。

她抬頭看時，正是藍皮阿五，睡眼朦朧地跟著他走。

單四嫂子在這時候，雖然很希望降下一員天將，助她一臂之力，卻不願是阿五。但阿五有些俠氣，無論如何，總是偏要幫忙，所以推讓了一會，終於得了許可了。他便伸開臂膊，從單四嫂子的乳房和孩子之間，直伸下去，抱去了孩子。單四嫂子便覺乳房上發了一條熱，剎時間直熱到臉上和耳根。

他們兩人離開了二尺五寸多地，一同走著。阿五說些話，單四嫂子卻大半沒有答。走了不多時候，阿五又將孩子還給她，說是昨天與朋友約定的吃飯時候到了；單四嫂子便接了孩子。幸而不遠便是家，早看見對門的王九媽在街邊坐著，遠遠地說話：

「單四嫂子，孩子怎了？——看過先生了麼？」

「看是看了——王九媽，你有年紀，見的多，不如請你老法眼看一看❹，怎樣……」

「唔……」

「怎樣……？」

「唔……」王九媽端詳了一番，把頭點了兩點，搖了兩搖。

寶兒吃下藥，已經是午後了。單四嫂子留心看他神情，似乎彷彿平穩了不少；到得下午，忽然睜開眼叫一聲，「媽！」又仍然合上眼，像是睡去了。他睡了一刻，額上鼻尖都沁出一粒一粒的汗珠，單四嫂子輕輕一摸，膠水般黏著手；慌忙去摸胸口，便禁不住嗚咽起來。

寶兒的呼吸從平穩到沒有，單四嫂子的聲音也就從嗚咽變成號咷。這時聚集了幾堆人：門內是王九媽、藍皮阿五之類，門外是咸亨的掌櫃和紅鼻老拱之類。王九媽便發命令，燒了一串紙錢；又將兩條板凳和五件衣服作抵，替單四嫂子借了兩塊洋錢，給幫忙的人備飯。

第一個問題是棺木。單四嫂子還有一副銀耳環和一支裹金的銀簪，都交給了咸亨的掌櫃，託他做一個保，半現半賒地買一具棺木。藍皮阿五也伸出手來，很願意自告奮勇；王九媽卻不許他，只准他明天抬棺材的差使，阿五罵了一聲「老畜生」，怏怏地努了嘴站著❺。掌櫃便自去了；晚上回來，說棺木須得現做，後半夜才成功。

掌櫃回來的時候，幫忙的人早吃過飯；因為魯鎮還有些古風，所以不上一更，便都回家睡覺了。只有阿五還靠著咸亨的櫃檯喝酒，老拱也嗚嗚地唱。

這時候，單四嫂子坐在床沿上哭著，寶兒在床上躺著，紡車靜靜的在地上立著。許多工夫，單四嫂子的眼淚宣告完結了，眼睛張得很大，看看四面的情形，覺得奇怪：所有的都是不會有的事。他心裡計算：不過是夢罷了，這些事都是夢。明天醒過來，自己好好地睡在床上，寶兒也好好地睡在自己身邊。他也醒過來，叫一聲「媽」，生龍活虎似地跳去玩了。

老拱的歌聲早經寂靜，咸亨也熄了燈。單四嫂子張著眼，總不信所有的事——雞也叫了；東方漸漸發白，窗縫裡透進了銀白色的曙光。銀白的曙光又漸漸顯出緋紅，太陽光接著照到屋脊。單四嫂子張著眼，呆呆坐著；聽得打門聲音，才吃了一嚇，跑出去開門。門外一個不認識的人，背了一件東西；後面站著王九媽。

哦，他們背了棺材來了。

下半天，棺木才合上蓋：因為單四嫂子哭一回，看一回，總不肯死心塌地蓋上；幸虧王九媽等得不耐煩，氣憤憤地跑上前，一把拖開她，才七手八腳地蓋上了。

但單四嫂子待他的寶兒，實在已經盡了心，再沒有什麼缺陷。昨天燒過一串紙錢，上午又燒了四十九卷《大悲咒》❻；收斂的時候，給他穿上頂新的衣裳，平日喜歡的玩意兒——一個泥人，兩個小木碗，兩個玻璃瓶——都放在枕頭旁邊。後來王九媽掐著指頭仔細推敲，也終於想不出一些什麼缺陷。

這一日裡，藍皮阿五簡直整天沒有到；咸亨掌櫃便替單四嫂子雇了兩名腳夫，每名二百另十個大錢，抬棺木到義塚地上安放❼。王九媽又幫他煮了飯，凡是動過手、開過口的人都吃了飯。太陽漸漸顯出要落山的顏色；吃過飯的人也不覺都顯出要回家的顏色——於是他們終於都回了家。

單四嫂子很覺得頭眩，歇息了一會，倒居然有點平穩了。但她接連著便覺得很異樣：遇到了平生沒有遇到過的事，不像會有的事，然而的確出現了。她越想越奇，又感到一件異樣的事——這屋子忽然太靜了。

她站起身，點上燈火，屋子越顯得靜。她昏昏地走去關上門，回來坐在床沿上，紡車靜靜的立在地上。她定一定神，四面一看，更覺得坐立不得，屋子不但太靜，而且也太大了，東西也太空了。太大的屋子四面包圍著她，太空的東西四面壓著他，叫她喘氣不得。

她現在知道她的寶兒確乎死了；不願意見這屋子，吹熄了燈，躺著。她一面哭，一面想：想那時候，自己紡著棉紗，寶兒坐在身邊吃茴香豆，瞪著一雙小黑眼睛想了一刻，便說，「媽！爹賣餛飩，我大了也賣餛飩，賣許多許多錢——我都給你。」那時候，真是連紡出的棉紗，也彷彿寸寸都有意思，寸寸都活著。但現在怎麼了？現在的事，單四嫂子卻實在沒有想到什麼——我早經說過：她是粗笨女人，她能想出什麼呢？她單覺得這屋子太靜、太大、太空罷了。

但單四嫂子雖然粗笨，卻知道還魂是不能有的事，她的寶兒也的確不能再見了。嘆一口氣，自言自語地說，「寶兒，你該還在這裡，你給我夢裡見見罷。」於是合上眼，想趕快睡去，會她的寶兒，苦苦的呼吸通過了靜和大和空虛，自己聽得明白。

單四嫂子終於朦朦朧朧地走入睡鄉，全屋子都很靜。這時紅鼻子老拱的小曲，也早經唱完；蹌蹌踉踉出了咸亨，卻又提尖了喉嚨，唱道：

「我的冤家呀！——可憐你——孤另另的……」

藍皮阿五便伸手揪住了老拱的肩頭，兩個人七歪八斜地笑著擠著走去。

單四嫂子早睡著了，老拱們也走了，咸亨也關上門了。這時的魯鎮，便完全落在寂靜裡。只有那暗夜為想變成明天，卻仍在這寂靜裡奔波；另有幾條狗，也躲在暗地裡嗚嗚地叫。

一九二〇年六月

註釋

❶ 中焦塞著：中醫用語，指消化不良一類的病症。中醫學以胃的上口至咽喉，包括心、肺、食管等為上焦；脾、胃為中焦；腎、大小腸和膀胱為下焦。

❷鼻翅子：鼻尖兩旁的部分。

❸火克金：中醫用語。中醫學用古代五行相生相剋的說法解釋病理，認為心、肺、肝、脾、腎五臟與火、金、木、土、水五行相應。火克金，指「心火」克制了「肺金」，引起呼吸系統的疾病。

❹法眼：佛家用語，原指菩薩洞察一切的智慧。此處為稱許對方有鑑定能力的客套語。

❺怏怏：不滿意、不快樂的樣子，也作「鞅鞅」。

❻大悲咒：佛教《觀世音菩薩大悲心陀羅尼經》中的咒文。民間習俗認為給死者念誦或燒化這種咒文，可以使他在陰間消除災難，往生樂土。

❼義塚：掩埋無主屍體的墳墓，也稱為「義地」、「義園」。

一件小事

風全住了，路上還很靜。我走著，一面想，幾乎怕想到自己。以前的事姑且擱起，這一大把銅元又是什麼意思？獎他麼？我還能裁判車夫麼？我不能回答自己。

從鄉下跑到京城裡，一轉眼已經六年了。其間耳聞目睹的所謂國家大事，算起來也很不少，但在我心裡，都不留什麼痕跡。

倘要我尋出這些事的影響來說，便只是增長了我的壞脾氣——老實說，便是教我一天比一天的看不起人。

但有一件小事，卻於我有意義，將我從壞脾氣裡拖開，使我至今忘記不得。

這是民國六年的冬天，大北風刮得正猛，我因為生計關係，不得不一早在路上走。一路幾乎遇不見人，好容易才僱定了一輛人力車，教他拉到S門去。不一會，北風小了，路上浮塵早已刮淨❶，剩下一條潔白的大道來，車夫也跑得更快。剛近S門，忽而車把上帶著一個人，慢慢地倒了。

跌倒的是一個女人，花白頭髮，衣服都很破爛。伊從馬路上突然向車前橫截過來❷，車夫已經讓開道，但伊的破棉背心沒有上扣，微風吹著，向外展開，所以終於兜著車把。幸而車夫早有點停步，否則伊定要栽一個大斤斗，跌到頭破血出了。

伊伏在地上，車夫便也立住腳。我料定這老女人並沒有傷，又沒有別人看見，便很怪他多事，要自己惹出是非，也誤了我的路。

我便對他說，「沒有什麼的。走你的罷！」

車夫毫不理會——或者並沒有聽到——卻放下車子，扶那老女人慢慢起來，攙著臂膊立定，問伊說：

「你怎麼啦？」

「我摔壞了。」

我想，我眼見你慢慢倒地，怎麼會摔壞呢，裝腔作勢罷了，這真可憎惡。車夫多事，也正是自討苦吃，現在你自己想法去。

車夫聽了這老女人的話，卻毫不躊躇，仍然攙著伊的臂膊，便一步一步地向前走。我有些詫異，忙看前面，是一所巡警分駐所；大風之後，外面也不見人。這車夫扶著那老女人，便正是向那大門走去。

我這時突然感到一種異樣的感覺，覺得他滿身灰塵的後影，剎時高大了，而且愈走愈大，須仰視才見。而且他對於我，漸漸的又幾乎變成一種威壓，甚而至於要榨出皮袍下面藏著的「小」來。

我的活力這時大約有些凝滯了，坐著沒有動，也沒有想，直到看見分駐所裡走出一個巡警，才下了車。

巡警走近我說，「你自己雇車罷，他不能拉你了。」

我沒有思索的從外套袋裡抓出一大把銅元，交給巡警，說：「請你給他……」

風全住了，路上還很靜。我走著，一面想，幾乎怕想到自己。以前的事姑且擱起，這一大把銅元又是什麼意思？獎他麼？我還能裁判車夫麼？我不能回答自己。

這事到了現在，還是時時記起。我因此也時時熬了苦痛，努力的要想到我自己。

幾年來的文治武力，在我早如幼小時候所讀過的「子曰詩云」一般❸，背不上半句了。獨有這一件小事，卻總是浮在我眼前，有時反更分明，教我慚愧，催我自新，並且增長我的勇氣和希望。

一九二〇年七月❹

註釋

❶浮塵：在空中飛揚或附於器物表面的灰塵。

❷伊：第三人稱代名詞，相當於「彼」、「他」。

❸子曰詩云：「子曰」即「夫子說」；「詩云」即「《詩經》上說」。泛指儒家古籍，此處指舊時學塾的初級讀物。

❹據報刊發表的年月及《魯迅日記》，本篇寫作時間應為一九一九年十一月。

頭髮的故事

多少故人的臉，都浮在我眼前。幾個少年辛苦奔走了十多年，暗地裡一顆彈丸要了他的性命；幾個少年一擊不中，在監牢裡身受一個多月的苦刑；幾個少年懷著遠志，忽然蹤影全無，連屍首也不知哪裡去了。

星期日的早晨，我揭去一張隔夜的日曆，向著新的那一張上看了又看地說：

「阿，十月十日——今天原來正是雙十節❶。這裡卻一點沒有記載！」

我的一位前輩先生N，正走到我的寓裡來談閒天，一聽這話，便很不高興地對我說：

「他們對！他們不記得，你怎樣他；你記得，又怎樣呢？」

這位N先生本來脾氣有點乖張，時常生些無謂的氣，說些不通世故的話。當這時候，我大抵任他自言自語，不贊一辭；他獨自發完議論，也就算了。

他說：

「我最佩服北京雙十節的情形。早晨，警察到門，吩咐道，『掛旗！』『是，掛旗！』各家大半懶洋洋地踱出一個國民來，撅起一塊斑駁陸離的洋布❷。這樣一直到夜──收了旗關門;幾家偶然忘卻的,便掛到第二天的上午。

「他們忘卻了紀念,紀念也忘卻了他們!

「我也是忘卻了紀念的一個人。倘使紀念起來,那第一個雙十節前後的事,便都上我的心頭,使我坐立不穩了。

「多少故人的臉,都浮在我眼前。幾個少年辛苦奔走了十多年,暗地裡一顆彈丸要了他的性命;幾個少年一擊不中,在監牢裡身受一個多月的苦刑;幾個少年懷著遠志,忽然蹤影全無,連屍首也不知哪裡去了──

「他們都在社會的冷笑惡罵迫害傾陷裡過了一生;現在他們的墳墓也早在忘卻裡漸漸平塌下去了。

「我不堪紀念這些事。

「我們還是記起一點得意的事來談談罷。」

N忽然現出笑容,伸手在自己頭上一摸,高聲說:

「我最得意的是自從第一個雙十節以後,我在路上走,不再被人笑罵了。

「老兄,你可知道頭髮是我們中國人的寶貝和冤家,古今來多少人在這上頭吃些毫無價值的苦呵!

「我們的很古的古人，對於頭髮似乎也還看輕。據刑法看來，最要緊的自然是腦袋，所以大辟是上刑；次要便是生殖器了，所以宮刑和幽閉也是一件嚇人的罰；至於髡，那是微乎其微了❸，然而推想起來，正不知道曾有多少人們因為光著頭皮便被社會踐踏了一生世。

「我們講革命的時候，大談什麼揚州三日，嘉定屠城❹，其實也不過一種手段；老實說：那時中國人的反抗，何嘗因為亡國，只是因為拖辮子❺。

「頑民殺盡了，遺老都壽終了，辮子早留定了，洪楊又鬧起來了❻。我的祖母曾對我說，那時做百姓才難哩！全留著頭髮的被官兵殺，還是辮子的便被長毛殺！

「我不知道有多少中國人只因為這不痛不癢的頭髮而吃苦、受難、滅亡。」

N兩眼望著屋樑，似乎想些事，仍然說：

「誰知道頭髮的苦輪到我了。

「我出去留學，便剪掉了辮子，這並沒有別的奧妙，只為他不太便當罷了。不料有幾位辮子盤在頭頂上的同學們便很厭惡我；監督也大怒，說要停了我的官費，送回中國去。

「不幾天，這位監督卻自己被人剪去辮子逃走了。去剪的人們裡面，一個便是做《革命軍》的鄒容❼，這人也因此不能再留學，回到上海來，後來死在西牢裡。你也早忘卻了罷？

「過了幾年，我的家景大不如前了，非謀點事做便要受餓，只得也回到中國來。我一到上海，便買定一條假辮子，那時是二元的市價，帶著回家。我的母親倒也不說什麼，然而旁人一見面，便都首先研究這辮子，待到知道是假，就一聲冷笑，將我擬為殺頭的罪名；有一位本家，還預備去告官，但後來因為恐怕革命黨的造反或者要成功，這才中止了。

「我想，假的不如真的直截爽快，我便索性廢了假辮子，穿著西裝在街上走。

「一路走去，一路便是笑罵的聲音，有的還跟在後面罵，『這冒失鬼！假洋鬼子！』

「我於是不穿洋服了，改了大衫，他們罵得更利害。

「在這日暮途窮的時候，我的手裡才添出一支手杖來，拚命地打了幾回，他們漸漸的不罵了。只是走到沒有打過的生地方還是罵。

「這件事很使我悲哀，至今還時時記得哩！我在留學的時候，曾經看見日報上登載一個遊歷南洋和中國的本多博士的事❽；這位博士是不懂中國和馬來語的，人問他，你不懂話，怎麼走路呢？他拿起手杖來說，這便是他們的話，他們都懂！我因此氣憤了好幾天，誰知道我竟不知不覺的自己也做了，而且那些人都懂了……。

「宣統初年，我在本地的中學校做監學❾，同事是避之唯恐不遠，官僚是防之惟恐不嚴，我終日如坐在冰窖子裡，如站在刑場旁邊，其實並非別的，只因為缺少了一條辮子！

「有一日，幾個學生忽然走到我的房裡來，說，『先生，我們要剪辮子了。』我說，『不行！』『有辮子好呢？沒有辮子好呢？』『沒有辮子好……』『你怎麼說不行呢？』『犯不上，你們還是不剪上算——等一等罷。』他們不說什麼，撅著嘴唇走出房去，然而終於剪掉了。

「呵！不得了了，人言嘖嘖了；我卻只裝作不知道，一任他們光著頭皮，和許多辮子一齊上講堂。

「然而這剪辮病傳染了；第三天，師範學堂的學生忽然也剪下了六條辮子，晚上便開除了六個學生。這六個人，留校不能，回家不得，一直挨到第一個雙十節之後又一個多月，才消去了犯罪的火烙印。

「我呢？也一樣，只是元年冬天到北京，還被人罵過幾次，後來罵我的人也被警察剪去了辮子，我就不再被人辱罵了；但我沒有到鄉間去。」

N顯出非常得意模樣，忽而又沉下臉來：

「現在你們這些理想家，又在那裡嚷什麼女子剪髮了，又要造出許多毫無所得而痛苦的人！現在不是已經有剪掉頭髮的女人，因此考不進學校去，或者被學校除了名麼？

「改革麼，武器在哪裡？工讀麼，工廠在哪裡？

「仍然留起，嫁給人家做媳婦去：忘卻了一切還是幸福，倘使伊記著些平等自由的話，便要苦痛一生世！

「我要藉了阿爾志跋綏夫的話問你們⓾：『你們將黃金時代的出現預約給這些人們的子孫了，但有什麼給這些人們自己呢？』

「啊！造物的皮鞭沒有到中國的脊樑上時，中國便永遠是這一樣的中國，絕不肯自己改變一支毫毛！你們的嘴裡既然並無毒牙，何以偏要在額上帖起『蝮蛇』兩個大字，引乞丐來打殺？……」

N愈說愈離奇了，但一見到我不很願聽的神情，便立刻閉了口，站起來取帽子。

我說，「回去麼？」

他答道，「是的，天要下雨了。」

我默默地送他到門口。

他戴上帽子說：

「再見！請你恕我打攪，好在明天便不是雙十節，我們統可以忘卻了。」

一九二〇年十月

〔註釋〕

❶雙十節：一九一一年十月十日孫中山領導革命者發起武昌起義（即辛亥革命），次年一月一日建立中華民國，九月二十八日臨時參議院議決十月十日為國慶紀念日，又稱「雙十節」。

❷斑駁陸離的洋布：指辛亥革命後至一九二七年這一時期的國旗，也稱五色旗（紅、黃、藍、白、黑五色橫列）。

❸關於古代刑法，據《尚書・呂刑》及相關的註解分為五等：一是墨刑，即「先刻其面，以墨窒之」；二是劓刑，即「截鼻」；三是剕刑，即「斷足」；四是宮刑，即「男子割勢，婦人幽閉」（指破壞生殖器官）；五是大辟，即斬首。「去髮」的髡刑不在五刑之內，但也是一種刑罰，自隋、唐以後已廢止。

❹揚州三日，嘉定屠城：前者指清順治二年清軍攻破揚州後進行的大屠殺；後者指同年清軍佔領嘉定（今屬上海市）後進行的多次屠殺。清代王秀楚著《揚州十日記》、朱子素著《嘉定屠城記略》，分別記載當時清兵在這兩地屠殺的情況。辛亥革命前，革命者曾大量翻印這類書籍，為推翻清王朝做輿論準備。

❺拖辮子：滿族習俗，男子剃髮垂辮（剃去頭頂前部頭髮，後部結辮垂於腦後）。一六四四年清世祖進入北京以後，幾次下令強迫人民遵從滿族髮式，這一措施曾引起漢族百姓強烈反抗。

❻洪楊：洪，指洪秀全；楊，指楊秀清。二人都是太平天國的領袖，他們領導的起義軍皆留髮而不結辮，被稱為「長毛」。

❼鄒容：字蔚丹，四川巴縣人，清末革命者。一九〇二年留學日本，積極宣傳反清思想；一九〇三年回國後，著《革命軍》一書鼓吹革命。同年七月被清政府勾結上海英租界當局拘捕，判處監禁

二年，一九〇五年四月死於獄中。關於鄒容等剪留學生監督辮子一事，據章太炎所著《鄒容傳》記載：鄒容在日本留學時，「陸軍學生監督姚甲有姦私事，容偕五人排闥入其邸中，榜頰數十，持剪刀斷其辮髮。事覺，潛歸上海」。

❽本多博士：即本多靜六，日本林學博士，著有《造林學》等書。

❾監學：清末學校中負責管理學生的職員，一般也兼任教學工作。

❿阿爾志跋綏夫：俄國小說家。十月革命後逃亡國外，死於波蘭華沙。此處所引的話，見於他的中篇小說《工人綏惠略夫》第九章。

風波

六斤的雙丫角，已經變成一支大辮子了；伊雖然新近裹腳，卻還能幫同七斤嫂做事，捧著十八個銅釘的飯碗，在土場上一瘸一拐地往來。

臨河的土場上，太陽漸漸的收了它通黃的光線了。場邊靠河的烏桕樹葉，乾巴巴的才喘過氣來，幾個花腳蚊子在下面哼著飛舞。面河的農家的煙突裡，逐漸減少了炊煙，女人孩子們都在自己門口的土場上潑些水，放下小桌子和矮凳；人知道，這已經是晚飯的時候了。

老人男人坐在矮凳上，搖著大芭蕉扇閒談，孩子飛也似地跑，或者蹲在烏桕樹下賭玩石子。女人端出烏黑的蒸乾菜和松花黃的米飯，熱蓬蓬冒煙。河裡駛過文人的酒船，文豪見了，大發詩興，說，「無思無慮，這真是田家樂呵！」

但文豪的話有些不合事實，就因為他們沒有聽到九斤老太的話。這時候，九斤老太正在大怒，拿破芭蕉扇敲著凳腳說：

「我活到七十九歲了，活夠了，不願意眼見這些敗家相——還是死的好。立刻就要吃飯了，還吃炒豆子，吃窮了一家子！」

伊的曾孫女兒六斤揑著一把豆，正從對面跑來，見這情形，便直奔河邊，藏在烏桕樹後，伸出雙丫角的小頭，大聲說，「這老不死的！」

九斤老太雖然高壽，耳朵卻還不很聾，但也沒有聽到孩子的話，仍舊自己說，「這真是一代不如一代！」

這村莊的習慣有點特別，女人生下孩子，多喜歡用秤稱了輕重，便用斤數當作小名。九斤老太自從慶祝了五十大壽以後，便漸漸的變了不平家，常說伊年青的時候，天氣沒有現在這般熱，豆子也沒有現在這般硬；總之現在的時世是不對了。何況六斤比伊的曾祖，少了三斤，比伊父親七斤，又少了一斤，這真是一條顛撲不破的實例。所以伊又用勁說，「這真是一代不如一代！」

伊的兒媳七斤嫂子正捧著飯籃走到桌邊❶，便將飯籃在桌上一摔，憤憤地說，「你老人家又這麼說了。六斤生下來的時候，不是六斤五兩麼？你家的秤又是私秤，加重稱，十八兩秤；用了準十六，我們的六斤該有七斤多哩！我想便是太公和公公，也不見得正是九斤八斤十足，用的秤也許是十四兩……」

「一代不如一代！」

七斤嫂還沒有答話，忽然看見七斤從小巷口轉出，便移了方向，對他嚷道，「你這死屍怎麼這時候才回來，死到哪裡去了！不管人家等著你開飯！」

七斤雖然住在農村，卻早有些飛黃騰達的意思。從他的祖父到他，三代不捏鋤頭柄了；他也照例的幫人撐著航船，每日一回，早晨從魯鎮進城，傍晚又回到魯鎮，因此很知道些時事：例如什麼地方，雷公劈死了蜈蚣精；什麼地方，閨女生了一個夜叉之類。他在村人裡面，的確已經是一名出場人物了。但夏天吃飯不點燈，卻還守著農家習慣，所以回家太遲，是該罵的。

七斤一手捏著象牙嘴白銅斗六尺多長的湘妃竹煙管，低著頭，慢慢地走來，坐在矮凳上。六斤也趁勢溜出，坐在他身邊，叫他爹爹。七斤沒有應。

「一代不如一代！」九斤老太說。

七斤慢慢地抬起頭來，嘆一口氣說，「皇帝坐了龍庭了。」

七斤嫂呆了一刻，忽而恍然大悟地道，「這可好了，這不是又要皇恩大赦了麼！」

七斤又嘆一口氣，說，「我沒有辮子。」

「皇帝要辮子麼？」

「皇帝要辮子。」

「你怎麼知道呢？」七斤嫂有些著急，趕忙地問。

「咸亨酒店裡的人，都說要的。」

七斤嫂這時從直覺上覺得事情似乎有些不妙了，因為咸亨酒店是消息靈通的所在。伊一轉眼瞥見七斤的光頭，便忍不住動怒，怪他恨他怨他；忽然又絕望起來，裝好一碗飯，搡在七斤的面前道，「還是趕快吃你的飯罷！哭喪著臉，就會長出辮子來麼？」

太陽收盡了它最末的光線了，水面暗暗地回復過涼氣來；土場上一片碗筷聲響，人人的脊樑上又都吐出汗粒。七斤嫂吃完三碗飯，偶然抬起頭，心坎裡便禁不住突突地發跳。伊透過烏桕葉，看見又矮又胖的趙七爺正從獨木橋上走來，而且穿著寶藍色竹布的長衫。

趙七爺是鄰村茂源酒店的主人，又是這三十里方圓以內的唯一的出色人物兼學問家；因為有學問，所以又有些遺老的臭味。他有十多本金聖歎批評的《三國志》❷，時常坐著一個字一個字地讀；他不但能說出五虎將姓名，甚而至於還知道黃忠表字漢昇和馬超表字孟起。革命以後，他便將辮子盤在頂上，像道士一般；常常嘆息說，「倘若趙子龍在世，天下便不會亂到這地步了。」七斤嫂眼睛好，早望見今天的趙七爺已經不是道士，卻變成光滑頭皮，烏黑髮頂；伊便知道這一定是皇帝坐了龍庭，而且一定須有辮子，而且七斤一定是非常危險。因為趙七爺的這件竹布長衫，輕易是不常穿的，三年以來，只穿過兩次：一次是和他嘔氣的痲子阿四病了的時候，一次是曾經砸爛他酒店的魯大爺死了的時候；現在是第三次了，這一定又是於他有慶，於他的仇家有殃了。

七斤嫂記得，兩年前七斤喝醉了酒，曾經罵過趙七爺是「賤胎」，所以這時便立刻直覺到七斤的危險，心坎裡突突地發起跳來。

趙七爺一路走來，坐著吃飯的人都站起身，拿筷子點著自己的飯碗說，「七爺，請在我們這裡用飯！」七爺也一路點頭，說道「請請」，卻一徑走到七斤家的桌旁。七斤們連忙招呼，七爺也微笑著說「請請」，一面細細地研究他們的飯菜。

「好香的菜乾——聽到了風聲了麼？」趙七爺站在七斤的後面、七斤嫂的對面說。

「皇帝坐了龍庭了。」七斤說。

七斤嫂看著七爺的臉，竭力陪笑道，「皇帝已經坐了龍庭，幾時皇恩大赦呢？」

「皇恩大赦？——大赦是慢慢的總要大赦罷。」七爺說到這裡，聲色忽然嚴厲起來，「但是你家七斤的辮子呢，辮子？這倒是要緊的事。你們知道：長毛時候，留髮不留頭，留頭不留髮……」

七斤和他的女人沒有讀過書，不很懂得這古典的奧妙，但覺得有學問的七爺這麼說，事情自然非常重大，無可挽回，便彷彿受了死刑宣告似的，耳朵裡嗡的一聲，再也說不出一句話來。

「一代不如一代——」九斤老太正在不平，趁這機會，便對趙七爺說，「現在的長毛，只是剪人家的辮子，僧不僧，道不道的。從前的長毛，這樣的麼？我活到七十九歲了，活夠了。從前的長毛是——整匹的紅緞子裹頭，拖下去，拖下去，一直拖到腳跟；王爺是黃緞子，拖下去，黃緞子；紅緞子，黃緞子——我活夠了，七十九歲了。」

七斤嫂站起身，自言自語地說，「這怎麼好呢？這樣的一班老小，都靠他養活的人……」

趙七爺搖頭道，「那也沒法。沒有辮子，該當何罪，書上都一條一條明明白白寫著的。不管他家裡有些什麼人。」

七斤嫂聽到書上寫著，可真是完全絕望了；自己急得沒法，便忽然又恨到七斤。伊用筷子指著他的鼻尖說，「這死屍自作自受！造反的時候，我本來說，不要撐船了，不要上城了。他偏要死進城去，滾進城去，進城便被人剪去了辮子。從前是絹光烏黑的辮子，現在弄得僧不僧道不道的。這囚徒自作自受，帶累了我們又怎麼說呢？這活死屍的囚徒……」

村人看見趙七爺到村，都趕緊吃完飯，聚在七斤家飯桌的周圍。七斤自己知道是出場人物，被女人當大眾這樣辱罵，很不雅觀，便只得抬起頭，慢慢地說道：

「你今天說現成話，那時你……」

「你這活死屍的囚徒……」

看客中間，八一嫂是心腸最好的人，抱著伊的兩周歲的遺腹子，正在七斤嫂身邊看熱鬧；這時過意不去，連忙解勸說，「七斤嫂，算了罷。人不是神仙，誰知道未來事呢？便是七斤嫂，那時不也說，沒有辮子倒也沒有什麼醜麼？況且衙門裡的大老爺也還沒有告示，……」

七斤嫂沒有聽完，兩個耳朵早通紅了；便將筷子轉過向來，指著八一嫂的鼻子，說，「啊呀，這是什麼話呵！八一嫂，我自己看來倒還是一個人，會說出這樣昏誕糊塗話麼？那時我是，整整哭了三天，誰都看見；連六斤這小鬼也都哭，……」六斤剛吃完一大碗飯，拿了空碗，伸手去嚷著要添。七斤嫂正沒好氣，便用筷子在伊的雙丫角中間，直紮下去，大喝道，「誰要你來多嘴！你這偷漢的小寡婦！」

撲的一聲，六斤手裡的空碗落在地上了，恰巧又碰著一塊磚角，立刻破成一個很大的缺口。七斤直跳起來，撿起破碗，合上檢查一回，也喝道，「入娘的！」一巴掌打倒了六斤。六斤躺著哭，九斤老太拉了伊的手，連說著「一代不如一代」，一同走了。

八一嫂也發怒，大聲說，「七斤嫂，你『恨棒打人』……」

趙七爺本來是笑著旁觀的；但自從八一嫂說了「衙門裡的大老爺沒有告示」這話以後，

卻有些生氣了。這時他已經繞出桌旁，接著說，「『恨棒打人』，算什麼呢！大兵是就要到的。你可知道，這回保駕的是張大帥❸，張大帥就是燕人張翼德的後代，他一支丈八蛇矛，就有萬夫不當之勇，誰能抵擋他，」他兩手同時捏起空拳，彷彿握著無形的蛇矛模樣，向八一嫂搶進幾步道，「你能抵擋他麼！」

八一嫂正氣得抱著孩子發抖，忽然見趙七爺滿臉油汗，瞪著眼，準對伊衝過來，便十分害怕，不敢說完話，回身走了。趙七爺也跟著走去，眾人一面怪八一嫂多事，一面讓開路，幾個剪過辮子重新留起的便趕快躲在人叢後面，怕他看見。趙七爺也不細心察訪，通過人叢，忽然轉入烏桕樹後，說道，「你能抵擋他麼！」跨上獨木橋，揚長去了。

村人們呆呆站著，心裡計算，都覺得自己確乎抵不住張翼德，因此也決定七斤便要沒有性命。七斤既然犯了皇法，想起他往常對人談論城中的新聞的時候，就不該含著長煙管顯出那般驕傲模樣，所以對七斤的犯法，也覺得有些暢快。他們也彷彿想發些議論，卻又覺得沒有什麼議論可發。嗡嗡的一陣亂嚷，蚊子都撞過赤膊身子，闖到烏桕樹下去做市；他們也就慢慢地走散回家，關上門去睡覺。七斤嫂咕噥著，也收了傢伙和桌子、矮凳回家，關上門睡覺了。

七斤將破碗拿回家裡，坐在門檻上吸煙；但非常憂愁，忘卻了吸煙，象牙嘴六尺多長湘妃竹煙管的白銅斗裡的火光，漸漸發黑了。他心裡但覺得事情似乎十分危急，也想想些方法、想些計畫，但總是非常模糊，貫穿不得：「辮子呢，辮子？丈八蛇矛。一代不如一代！皇帝坐龍庭。破的碗須得上城去釘好。誰能抵擋他？書上一條一條寫著。入娘的！……」

第二日清晨，七斤依舊從魯鎮撐航船進城，傍晚回到魯鎮，又拿著六尺多長的湘妃竹煙管和一個飯碗回村。他在晚飯席上，對九斤老太說，這碗是在城內釘合的，因為缺口大，所以要十六個銅釘，三文一個，一總用了四十八文小錢。

九斤老太很不高興地說，「一代不如一代，我是活夠了。三文錢一個釘；從前的釘，這樣的麼？從前的釘是……我活了七十九歲了──」

此後七斤雖然是照例日日進城，但家景總有些黯淡，村人大抵迴避著，不再來聽他從城內得來的新聞。七斤嫂也沒有好聲氣，還時常叫他「囚徒」。

過了十多日，七斤從城內回家，看見他的女人非常高興，問他說，「你在城裡可聽到些什麼？」

「沒有聽到些什麼。」

「皇帝坐了龍庭沒有呢？」

「他們沒有說。」

「咸亨酒店裡也沒有人說麼？」

「也沒人說。」

「我想皇帝一定是不坐龍庭了。我今天走過趙七爺的店前，看見他又坐著唸書了，辮子又盤在頂上了，也沒有穿長衫。」

「……」

「你想，不坐龍庭了罷？」

「我想，不坐了罷。」

現在的七斤，是七斤嫂和村人又都早給他相當的尊敬、相當的待遇了。到夏天，他們仍舊在自家門口的土場上吃飯；大家見了，都笑嘻嘻地招呼。九斤老太早已做過八十大壽，仍然不平而且健康。六斤的雙丫角，已經變成一支大辮子了；伊雖然新近裹腳，卻還能幫同七斤嫂做事，捧著十八個銅釘的飯碗❹，在土場上一瘸一拐地往來。

一九二〇年十月

註釋

❶伊的兒媳：從上下文看，此處的「兒媳」應是「孫媳」。

❷金聖歎批評的《三國志》：指小說《三國演義》。金聖歎，明末清初文人，曾批註《水滸傳》、《西廂記》等書，他把所加的序文、讀法和評語等稱為「聖歎外書」。《三國演義》是元末明初羅貫中所著，後經清代毛宗崗改編，附加評語，卷首有假託為金聖歎所作的序，首回前亦有「聖歎外書」字樣，通常都把這些評語認為是金聖歎所作。

❸張大帥：指張勛，江西奉新人，北洋軍閥之一。原為清朝軍官，辛亥革命後，他和所部官兵仍留著辮子，表示忠於清朝，被稱為辮子軍。一九一七年七月一日在北京扶持清廢帝溥儀復辟，七月十二日即告失敗。

❹十八個銅釘：據上文應是「十六個」。魯迅在一九二六年十一月二十三日致李霽野的信中曾說：「六斤家只有這一個釘過的碗，釘是十六或十八，我也記不清了。總之兩數之一是錯的，請改成統一。」

故鄉

> “然而我又不願意他們因為要一氣，都如我的辛苦輾轉而生活，也不願意他們都如閏土的辛苦麻木而生活，也不願意都如別人的辛苦恣睢而生活。他們應該有新的生活，為我們所未經生活過的。”

我冒了嚴寒，回到相隔二千餘里，別了二十餘年的故鄉去。

時候既然是深冬；漸近故鄉時，天氣又陰晦了，冷風吹進船艙中，嗚嗚地響，從蓬隙向外一望，蒼黃的天底下，遠近橫著幾個蕭索的荒村，沒有一些活氣。我的心禁不住悲涼起來了。啊！這不是我二十年來時時記得的故鄉？

我所記得的故鄉全不如此。我的故鄉好得多了。但要我記起他的美麗，說出他的佳處來，卻又沒有影像，沒有言辭了。彷彿也就如此。於是我自己解釋說：故鄉本也如此——雖然沒有進步，也未必有如我所感的悲涼，這只是我自己心情的改變罷了，因為我這次回鄉，本沒有什麼好心緒。

我這次是專為了別他而來的。我們多年聚族而居的老屋，已經公同賣給別姓了，交屋的期限，只在本年，所以必須趕在正月初一以前，永別了熟識的老屋，而且遠離了熟識的故鄉，搬家到我在謀食的異地去。

第二日清早晨我到了我家的門口了。瓦楞上許多枯草的斷莖當風抖著，正在說明這老屋難免易主的原因。幾房的本家大約已經搬走了，所以很寂靜。我到了自家的房外，我的母親早已迎著出來了，接著便飛出了八歲的侄兒宏兒。

我的母親很高興，但也藏著許多淒涼的神情，教我坐下、歇息、喝茶，且不談搬家的事。宏兒沒有見過我，遠遠的對面站著只是看。

但我們終於談到搬家的事。我說外間的寓所已經租定了，又買了幾件家具，此外須將家裡所有的木器賣去，再去增添。母親也說好，而且行李也略已齊集，木器不便搬運的，也小半賣去了，只是收不起錢來。

「你休息一兩天，去拜望親戚本家一回，我們便可以走了。」母親說。

「是的。」

「還有閏土，他每到我家來時，總問起你，很想見你一回面。我已經將你到家的大約日期通知他，他也許就要來了。」

這時候，我的腦裡忽然閃出一幅神異的圖畫來：深藍的天空中掛著一輪金黃的圓月，下面是海邊的沙地，都種著一望無際的碧綠的西瓜，其間有一個十一二歲的少年，項帶銀圈，手捏一柄鋼叉，向一匹猹盡力的刺去❶，那猹卻將身一扭，反從他的胯下逃走了。

這少年便是閏土。我認識他時，也不過十多歲，離現在將有三十年了；那時我的父親還在世，家景也好，我正是一個少爺。那一年，我家是一件大祭祀的值年❷。這祭祀，說是三十多年才能輪到一回，所以很鄭重；正月裡供祖像，供品很多，祭器很講究，拜的人也很多，祭器也很要防偷去。我家只有一個忙月（我們這裡給人做工的分三種：整年給一定人家做工的叫長工；按日給人做工的叫短工；自己也種地，只在過年過節以及收租時候來給一定人家做工的稱忙月），忙不過來，他便對父親說，可以叫他的兒子閏土來管祭器的。

我的父親允許了；我也很高興，因為我早聽到閏土這名字，而且知道他和我彷彿年紀，閏月生的，五行缺土❸，所以他的父親叫他閏土。他是能裝弶捉小鳥雀的。

我於是日日盼望新年，新年到，閏土也就到了。好容易到了年末，有一日，母親告訴我，閏土來了，我便飛跑地去看。他正在廚房裡，紫色的圓臉，頭戴一頂小氈帽，頸上套一個明晃晃的銀項圈，這可見他的父親十分愛他，怕他死去，所以在神佛面前許下願心，用圈子將他套住了。他見人很怕羞，只是不怕我，沒有旁人的時候，便和我說話，於是不到半日，我們便熟識了。

我們那時候不知道談些什麼，只記得閏土很高興，說是上城之後，見了許多沒有見過的東西。

第二日，我便要他捕鳥。他說：

「這不能。須大雪下了才好。我們沙地上，下了雪，我掃出一塊空地來，用短棒支起一個大竹匾，撒下秕穀，看鳥雀來吃時，我遠遠地將縛在棒上的繩子只一拉，那鳥雀就罩在竹匾下了。什麼都有：稻雞、角雞、鵓鴣、藍背……」

我於是又很盼望下雪。

閏土又對我說：

「現在太冷，你夏天到我們這裡來。我們日裡到海邊撿貝殼去，紅的綠的都有，鬼見怕也有，觀音手也有❹。晚上我和爹管西瓜去，你也去。」

「管賊麼？」

「不是。走路的人口渴了摘一個瓜吃，我們這裡是不算偷的。要管的是獾豬、刺猬、猹。月亮底下，你聽，啦啦的響了，猹在咬瓜了。你便捏了胡叉，輕輕地走去……」

我那時並不知道這所謂猹的是怎麼一件東西——便是現在也沒有知道——只是無端的覺得狀如小狗而很兇猛。

「牠不咬人麼？」

「有胡叉呢！走到了，看見猹了，你便刺。這畜生很伶俐，倒向你奔來，反從胯下竄了。牠的皮毛是油一般的滑……」

我素不知道天下有這許多新鮮事：海邊有如許五色的貝殼；西瓜有這樣危險的經歷，我先前單知道它在水果店裡出賣罷了。

「我們沙地裡，潮汛要來的時候，就有許多跳魚兒只是跳，都有青蛙似的兩個腳……」

啊！閏土的心裡有無窮無盡的稀奇的事，都是我往常的朋友所不知道的。他們不知道一些事，閏土在海邊時，他們都和我一樣只看見院子裡高牆上的四角的天空。

可惜正月過去了，閏土須回家裡去，我急得大哭，他也躲到廚房裡，哭著不肯出門，但終於被他父親帶走了。他後來還託他的父親帶給我一包貝殼和幾支很好看的鳥毛，我也曾送他一兩次東西，但從此沒有再見面。

現在我的母親提起了他，我這兒時的記憶，忽而全都閃電似地蘇生過來，似乎看到了我的美麗的故鄉了。我應聲說：

「這好極！他——怎樣？……」

「他？……他景況也很不如意……」母親說著，便向房外看，「這些人又來了。說是買木器，順手也就隨便拿走的，我得去看看。」

母親站起身，出去了。門外有幾個女人的聲音。我便招宏兒走近面前，和他閒話：問他可會寫字、可願意出門。

「我們坐火車去麼？」

「我們坐火車去。」

「船呢？」

「先坐船，……」

「哈！這模樣了！鬍子這麼長了！」一種尖利的怪聲突然大叫起來。

我吃了一嚇，趕忙抬起頭，卻見一個凸顴骨、薄嘴唇、五十歲上下的女人站在我面前，兩手搭在髀間，沒有繫裙，張著兩腳，正像一個畫圖儀器裡細腳伶仃的圓規。

我愕然了。

「不認識了麼？我還抱過你咧！」

我愈加愕然了。幸而我的母親也就進來，從旁說：

「他多年出門，統忘卻了。你該記得罷，」便向著我說，「這是斜對門的楊二嫂……開豆腐店的。」

哦，我記得了。我孩子時候，在斜對門的豆腐店裡確乎終日坐著一個楊二嫂，人都叫伊

「豆腐西施❺」。但是擦著白粉，顴骨沒有這麼高，嘴唇也沒有這麼薄，而且終日坐著，我也從沒有見過這圓規式的姿勢。那時人說：因為伊，這豆腐店的買賣非常好。但這大約因為年齡的關係，我卻並未蒙著一毫感化，所以竟完全忘卻了。然而圓規很不平，顯出鄙夷的神色，彷彿嗤笑法國人不知道拿破崙❻、美國人不知道華盛頓似的❼，冷笑說：

「忘了？這真是貴人眼高……」

「哪有這事……我……」我惶恐著，站起來說。

「那麼，我對你說。迅哥兒，你闊了，搬動又笨重，你還要什麼這些破爛木器，讓我拿去罷。我們小戶人家，用得著。」

「我並沒有闊哩！我須賣了這些，再去……」

「啊呀呀，你放了道台了❽，還說不闊？你現在有三房姨太太；出門便是八抬的大轎，還說不闊？嚇，什麼都瞞不過我。」

我知道無話可說了，便閉了口，默默地站著。

「啊呀啊呀，真是愈有錢，便愈是一毫不肯放鬆，愈是一毫不肯放鬆，便愈有錢……」圓規一面憤憤地迴轉身，一面絮絮地說，慢慢向外走，順便將我母親的一副手套塞在褲腰裡，出去了。

此後又有近處的本家和親戚來訪問我。我一面應酬，偷空便收拾些行李，這樣的過了三四天。

一日是天氣很冷的午後，我吃過午飯，坐著喝茶，覺得外面有人進來了，便回頭去看。我看時，不由的非常出驚，慌忙站起身，迎著走去。

這來的便是閏土。雖然我一見便知道是閏土，但又不是我這記憶上的閏土了。他身材增加了一倍；先前的紫色的圓臉，已經變作灰黃，而且加上了很深的皺紋；眼睛也像他父親一樣，周圍都腫得通紅，這我知道，在海邊種地的人，終日吹著海風，大抵是這樣的。他頭上是一頂破氈帽，身上只一件極薄的棉衣，渾身瑟索著；手裡提著一個紙包和一支長煙管，那手也不是我所記得的紅活圓實的手，卻又粗又笨而且開裂，像是松樹皮了。

我這時很興奮，但不知道怎麼說才好，只是說：

「啊！閏土哥——你來了？……」

我接著便有許多話，想要連珠一般湧出：角雞、跳魚兒、貝殼、猹……但又總覺得被什麼擋著似的，單在腦裡面迴旋，吐不出口外去。

他站住了，臉上現出歡喜和淒涼的神情；動著嘴唇，卻沒有作聲。他的態度終於恭敬起來了，分明地叫道：

「老爺！……」

我似乎打了一個寒噤；我就知道，我們之間已經隔了一層可悲的厚障壁了。我也說不出話。

他回過頭去說，「水生，給老爺磕頭。」便拖出躲在背後的孩子來，這正是一個廿年前的閏土，只是黃瘦些，頸子上沒有銀圈罷了。「這是第五個孩子，沒有見過世面，躲躲閃閃的……」

母親和宏兒下樓來了，他們大約也聽到了聲音。

「老太太。信是早收到了。我實在喜歡的不得了，知道老爺回來……」閏土說。

「啊，你怎的這樣客氣起來。你們先前不是哥弟稱呼麼？還是照舊：迅哥兒。」母親高興地說。

「啊呀，老太太真是……這成什麼規矩。那時是孩子，不懂事……」閏土說著，又叫水生上來打拱，那孩子卻害羞，緊緊的只貼在他背後。

「他就是水生？第五個？都是生人，怕生也難怪的；還是宏兒和他去走走。」母親說。

宏兒聽得這話，便來招水生，水生卻鬆鬆爽爽同他一路出去了。母親叫閏土坐，他遲疑了一回，終於就了坐，將長煙管靠在桌旁，遞過紙包來，說：

「冬天沒有什麼東西了。這一點乾青豆倒是自家曬在那裡的，請老爺……」

我問問他的景況。

他只是搖頭，「非常難。第六個孩子也會幫忙了，卻總是吃不夠……又不太平……什麼地方都要錢，沒有規定……收成又壞。種出東西來，挑去賣，總要捐幾回錢，折了本；不去賣，又只能爛掉……」

他只是搖頭；臉上雖然刻著許多皺紋，卻全然不動，彷彿石像一般。他大約只是覺得苦，卻又形容不出，沉默了片時，便拿起煙管來默默地吸煙了。

母親問他，知道他的家裡事務忙，明天便得回去；又沒有吃過午飯，便叫他自己到廚下炒飯吃去。

他出去了；母親和我都嘆息他的景況：多子、飢荒、苛稅、兵、匪、官、紳，都苦得他像一個木偶人了。母親對我說，凡是不必搬走的東西，盡可以送他，可以聽他自己去揀擇。

下午，他揀好了幾件東西：兩條長桌、四個椅子、一副香爐和燭台、一桿抬秤。他又要所有的草灰（我們這裡煮飯是燒稻草的，那灰，可以做沙地的肥料），待我們啟程的時候，他用船來載去。

夜間，我們又談些閒天，都是無關緊要的話；第二天早晨，他就領了水生回去了。

又過了九日，是我們啟程的日期。閏土早晨便到了，水生沒有同來，卻只帶著一個五歲的女兒管船隻。我們終日很忙碌，再沒有談天的工夫。來客也不少，有送行的、有拿東西的、有送行兼拿東西的。待到傍晚我們上船的時候，這老屋裡的所有破舊大小粗細東西，已經一掃而空了。

我們的船向前走，兩岸的青山在黃昏中，都裝成了深黛顏色，連著退向船後梢去。

宏兒和我靠著船窗，同看外面模糊的風景，他忽然問道：

「大伯！我們什麼時候回來？」

「回來？你怎麼還沒有走就想回來了。」

「可是，水生約我到他家玩去咧……」他睜著大的黑眼睛，痴痴地想。

我和母親也都有些惘然，於是又提起閏土來。母親說，那豆腐西施的楊二嫂，自從我家收拾行李以來，本是每日必到的，前天伊在灰堆裡，掏出十多個碗碟來，議論之後，便定說是閏土埋著的，他可以在運灰的時候，一齊搬回家裡去；楊二嫂發見了這件事，自己很以為功，便拿了那狗氣殺（這是我們這裡養雞的器具，木盤上面有著柵欄，內盛食料，雞可以伸進頸子去啄，狗卻不能，只能看著氣死），飛也似地跑了，虧伊裝著這麼高低的小腳，竟跑得這樣快。

老屋離我愈遠了；故鄉的山水也都漸漸遠離了我，但我卻並不感到怎樣的留戀。我只覺得我四面有看不見的高牆，將我隔成孤身，使我非常氣悶；那西瓜地上的銀項圈的小英雄的影像，我本來十分清楚，現在卻忽地模糊了，又使我非常的悲哀。

母親和宏兒都睡著了。

我躺著，聽船底潺潺的水聲，知道我在走我的路。我想：我竟與閏土隔絕到這地步了，但我們的後輩還是一氣，宏兒不是正在想念水生麼。我希望他們不再像我，又大家隔膜起來……然而我又不願意他們因為要一氣，都如我的辛苦輾轉而生活，也不願意他們都如閏土的辛苦麻木而生活，也不願意都如別人的辛苦恣睢而生活。他們應該有新的生活，為我們所未經生活過的。

我想到希望，忽然害怕起來了。閏土要香爐和燭台的時候，我還暗地裡笑他，以為他總是崇拜偶像，什麼時候都不忘卻。現在我所謂希望，不也是我自己手製的偶像麼？只是他的願望切近，我的願望茫遠罷了。

我在朦朧中，眼前展開一片海邊碧綠的沙地來，上面深藍的天空中掛著一輪金黃的圓月。我想：希望本是無所謂有，無所謂無的。這正如地上的路；其實地上本沒有路，走的人多了，也便成了路。

一九二一年一月

註釋

❶猹：魯迅在一九二九年五月四日致舒新城的信中說：「『猹』字是我據鄉下人所說的聲音，生造出來的，讀如『查』……現在想起來，也許是獾罷。」

❷大祭祀的值年：傳統社會中的大家族，每年都有祭祀祖先的活動，費用從族中「祭產」收入支取，由各房按年輪流主持，輪到的稱為「值年」。

❸五行缺土：舊時的「八字」，即用天干和地支相配，記一個人出生的年、月、日、時，各得兩字，合為「八字」。又認為它們在五行（金、木、水、火、土）中各有所屬，如甲乙寅卯屬木，丙丁巳午屬火等，若八個字包括五者，就是五行俱全。「五行缺土」，就是這八個字中沒有屬土的字，須用土或土偏旁的字取名等辦法彌補。

❹鬼見怕和觀音手都是小貝殼的名稱。舊時浙江沿海的人將這種小貝殼用線串在一起，戴在孩子的手腕或腳踝上，認為可以避邪。這類名稱多是根據避邪之意命名。

❺西施：春秋時越國美女，後用以泛稱一般美女。

❻拿破崙：即拿破崙．波拿巴，法國大革命時期的軍事家、政治家。一七九九年擔任共和國執政。一八〇四年建立法蘭西第一帝國。

❼華盛頓：即喬治．華盛頓，美國政治家。他曾領導一七七五年至一七八三年美國反對英國殖民統治的獨立戰爭，勝利後任美國第一任總統。

❽道台：清朝官職道員的俗稱，分為總管一個區域行政職務的道員和專掌某一特定職務的道員。前者是省以下、府州以上的行政長官；後者掌管一省特定事務，如督糧道、兵備道等。辛亥革命後，北洋軍閥政府也曾沿用此制，改稱道尹。

阿Q正傳

他生怕被人笑話，立志要畫得圓，但這可惡的筆不但很沉重，並且不聽話，剛剛一抖一抖的幾乎要合縫，卻又向外一聳，畫成瓜子模樣了。

第一章・序

我要給阿Q做正傳，已經不止一兩年了。但一面要做，一面又往回想，這足見我不是一個「立言」的人❶，因為從來不朽之筆，須傳不朽之人，於是人以文傳，文以人傳——究竟誰靠誰傳，漸漸地不甚了然起來，而終於歸接到傳阿Q，彷彿思想裡有鬼似的。

然而要做這一篇速朽的文章，才下筆，便感到萬分的困難了。第一是文章的名目。孔子曰，「名不正則言不順」。這原是應該極注意的。傳的名目很繁多：列傳，自傳，內傳❷，外傳，別傳，家傳，小傳……而可惜都不合。「列傳」麼，這一篇並非和許多闊人排在「正史」裡❸；「自傳」麼，我又並非就是阿Q。說是「外傳」，「內傳」在哪裡呢？倘用「內傳」，阿Q又絕不是神仙。「別傳」呢？阿Q實在未曾有大總統上諭宣付國史館立「本傳❹」——雖說英國正史上並無「博徒列傳」，而文豪迭更司也做過《博徒別傳》這一部書❺，但文豪則可，在我輩卻不可。其次是「家傳」，則我既不知與阿Q是否同宗，也未曾受他子孫的拜託；或「小傳」，則阿Q又更無別的「大傳」了。

總而言之，這一篇也便是「本傳」，但從我的文章著想，因為文體卑下，是「引車賣漿者流」所用的話❻，所以不敢僭稱，便從不入三教九流的小說家所謂「閒話休題言歸正傳」這一句套話裡❼，取出「正傳」兩個字來，作為名目，即使與古人所撰《書法正傳》的「正傳」字面上很相混❽，也顧不得了。

第二，立傳的通例，開首大抵該是「某，字某，某地人也」，而我並不知道阿Q姓什麼。有一回，他似乎是姓趙，但第二日便模糊了。那是趙太爺的兒子進了秀才的時候，鑼聲鏜鏜地報到村裡來，阿Q正喝了兩碗黃酒，便手舞足蹈地說，這於他也很光采，因為他和趙太爺原來是本家，細細地排起來他還比秀才長三輩呢！其時幾個旁聽人倒也肅然的有些起敬了。哪知道第二天，地保便叫阿Q到趙太爺家裡去；太爺一見，滿臉濺朱，喝道：

「阿Q，你這渾小子！你說我是你的本家麼？」

阿Q不開口。

趙太爺愈看愈生氣了，搶進幾步說：「你敢胡說！我怎麼會有你這樣的本家？你姓趙麼？」

阿Q不開口，想往後退了；趙太爺跳過去，給了他一個嘴巴。

「你怎麼會姓趙！——你哪裡配姓趙！」

阿Q並沒有抗辯他確鑿姓趙，只用手摸著左頰，和地保退出去了；外面又被地保訓斥了一番，謝了地保二百文酒錢。知道的人都說阿Q太荒唐，自己去招打；他大約未必姓趙，即使真姓趙，有趙太爺在這裡，也不該如此胡說的。此後便再沒有人提起他的氏族來，所以我終於不知道阿Q究竟什麼姓。

第三，我又不知道阿Q的名字是怎麼寫的。他活著的時候，人都叫他阿Quei，死了以後，便沒有一個人再叫阿Quei了，哪裡還會有「著之竹帛」的事[9]。若論「著之竹帛」，這篇文章要算第一次，所以先遇著了這第一個難關。我曾仔細想：阿Quei，阿桂還是阿貴呢？倘使他號月亭，或者在八月間做過生日，那一定是阿桂了；而他既沒有號——也許有號，只是沒有人知道他——又未嘗散過生日徵文的帖子：寫作阿桂，是武斷的。又倘使他有一位老兄或令弟叫阿富，那一定是阿貴了；而他又只是一個人：寫作阿貴，也沒有佐證的。其餘音Quei的偏僻字樣，更加湊不上了。先前，我也曾問過趙太爺的兒子茂才先生[10]，誰料博雅如此公，竟也茫然，但據結論說，是因為陳獨秀辦了《新青年》提倡洋字[11]，所以國粹淪亡，無可查考了。我的最後的手段，只有託一個同鄉去查阿Q犯事的案卷，八個月之後才有回信，說案卷裡並無與阿 Quei 的聲音相近的人。我雖不知道是真沒有，還是沒有查，然而也再沒有別的方法了。生怕注音字母還未通行，只好用了「洋字」，照英國流行的拼法寫他為阿 Quei，略作阿Q。這近於盲從《新青年》，自己也很抱歉，但茂才公尚且不知，我還有什麼好辦法呢！

第四，是阿Q的籍貫了。倘他姓趙，則據現在好稱郡望的老例，可以照《郡名百家姓》上的註解⓬，說是「隴西天水人也」，但可惜這姓是不甚可靠的，因此籍貫也就有些決不定。他雖然多住未莊，然而也常常宿在別處，不能說是未莊人，即使說是「未莊人也」，也仍然有乖史法的。

我所聊以自慰的，是還有一個「阿」字非常正確，絕無附會假借的缺點，頗可以就正於通人。至於其餘，卻都非淺學所能穿鑿，只希望有「歷史癖與考據癖」的胡適之先生的門人們⓭，將來或者能夠尋出許多新端緒來，但是我這《阿Q正傳》到那時卻又怕早經消滅了。

以上可以算是序。

第二章・優勝記略

阿Q不獨是姓名籍貫有些渺茫，連他先前的「行狀」也渺茫⓮。因為未莊的人們之於阿

Q，只要他幫忙，只拿他玩笑，從來沒有留心他的「行狀」的。而阿Q自己也不說，獨有和別人口角的時候，間或瞪著眼睛道：

「我們先前——比你闊的多啦！你算是什麼東西！」

阿Q沒有家，住在未莊的土谷祠裡⑮；也沒有固定的職業，只給人家做短工，割麥便割麥，舂米便舂米，撐船便撐船。工作略長久時，他也或住在臨時主人的家裡，但一完就走了。所以，人們忙碌的時候，也還記起阿Q來，然而記起的是做工，並不是「行狀」；一閒空，連阿Q都早忘卻，更不必說「行狀」了。只是有一回，有一個老頭子頌揚說：「阿Q真能做！」這時阿Q赤著膊，懶洋洋的瘦伶仃的正在他面前，別人也摸不著這話是真心還是譏笑，然而阿Q很喜歡。

阿Q又很自尊，所有未莊的居民，全不在他眼神裡，甚而至於對於兩位「文童」也有以為不值一笑的神情⑯。夫文童者，將來恐怕要變秀才者也；趙太爺、錢太爺大受居民的尊敬，除有錢之外，就因為都是文童的爹爹，而阿Q在精神上獨不表格外的崇奉，他想：我的兒子會闊的多啦！

加以進了幾回城，阿Q自然更自負，然而他又很鄙薄城裡人，譬如用三尺三寸寬的木板做成的凳子，未莊人叫「長凳」，他也叫「長凳」，城裡人卻叫「條凳」，他想：這是錯的，可笑！油煎大頭魚，未莊都加上半寸長的蔥葉，城裡卻加上切細的蔥絲，他想：這也是錯的，可笑！然而未莊人真是不見世面的可笑的鄉下人呵，他們沒有見過城裡的煎魚！

阿Q「先前闊」、見識高，而且「真能做」，本來幾乎是一個「完人」了，但可惜他體質上還有一些缺點。最惱人的是在他頭皮上，頗有幾處不知於何時的癩瘡疤。這雖然也在他身上，而看阿Q的意思，倒也似乎以為不足貴的，因為他諱說「癩」以及一切近於「賴」的音，後來推而廣之，「光」也諱，「亮」也諱，再後來，連「燈」、「燭」都諱了。一犯諱，不問有心與無心，阿Q便全疤通紅地發起怒來，估量了對手，口訥的他便罵，氣力小的他便打；然而不知怎麼一回事，總還是阿Q吃虧的時候多。於是他漸漸的變換了方針，大抵改為怒目而視了。

誰知道阿Q採用怒目主義之後，未莊的閒人們便愈喜歡玩笑他。一見面，他們便假作吃驚地說：「快，亮起來了。」

阿Q照例的發了怒，他怒目而視了。

「原來有保險燈在這裡！」他們並不怕。

阿Q沒有法，只得另外想出報復的話來：

「你還不配……」這時候，又彷彿在他頭上的是一種高尚的光容的癩頭瘡，並非平常的癩頭瘡了；但上文說過，阿Q是有見識的，他立刻知道和「犯忌」有點抵觸，便不再往底下說了。

閒人還不完，只撩他，於是終而至於打。阿Q在形式上打敗了，被人揪住黃辮子，在壁上碰了四五個響頭，閒人這才心滿意足的得勝的走了，阿Q站了一刻，心裡想，「我總算被兒子打了，現在的世界真不像樣……」於是也心滿意足的得勝的走了。

阿Q想在心裡的，後來每每說出口來，所以凡是和阿Q玩笑的人們，幾乎全知道他有這一種精神上的勝利法，此後每逢揪住他黃辮子的時候，人就先一著對他說：

「阿Q，這不是兒子打老子，是人打畜生。自己說：人打畜生！」

阿Q兩隻手都捏住了自己的辮根，歪著頭，說道：

「打蟲豸，好不好？我是蟲豸——還不放麼？」

但雖然是蟲豸，閒人也並不放，仍舊在就近什麼地方給他碰了五六個響頭，這才心滿意足的得勝的走了，他以為阿Q這回可遭了瘟。然而不到十秒鐘，阿Q也心滿意足的得勝的走了，他覺得他是第一個能夠自輕自賤的人，除了「自輕自賤」不算外，餘下的就是「第一個」。狀元不也是「第一個」麼⓱？你算是什麼東西呢？

阿Q以如是等等妙法克服怨敵之後，便愉快地跑到酒店裡喝幾碗酒，又和別人調笑一通、口角一通，又得了勝，愉快地回到土谷祠，放倒頭睡著了。

假使有錢，他便去押牌寶[18]，一推人蹲在地面上，阿Q即汗流滿面地夾在這中間，聲音他最響：「青龍四百！」

「咳——開——啦！」莊家揭開盒子蓋，也是汗流滿面地唱。「天門啦——角回啦——！人和穿堂空在那裡啦——！阿Q的銅錢拿過來——！」

「穿堂一百——一百五十！」

阿Q的錢便在這樣的歌吟之下，漸漸的輸入別個汗流滿面的人物的腰間。他終於只好擠出堆外，站在後面看，替別人著急，一直到散場，然後戀戀地回到土谷祠，第二天，腫著眼睛去工作。

但真所謂「塞翁失馬安知非福」罷[19]，阿Q不幸而贏了一回，他倒幾乎失敗了。

這是未莊賽神的晚上[20]。這晚上照例有一台戲，戲台左近，也照例有許多的賭攤。做戲的鑼鼓，在阿Q耳朵裡彷彿在十里之外；他只聽得莊家的歌唱了。他贏而又贏，銅錢變成角洋，角洋變成大洋，大洋又成了疊。他興高采烈的非常：

「天門兩塊！」

他不知道誰和誰為什麼打起架來了。罵聲、打聲、腳步聲，昏頭昏腦的一大陣，他才爬起來，賭攤不見了，人們也不見了，身上有幾處很似乎有些痛，似乎也挨了幾拳幾腳似的，幾個人詫異的對他看。他如有所失地走進土谷祠，定一定神，知道他的一堆洋錢不見了。趕賽會的賭攤多不是本村人，還到哪裡去尋根柢呢？

很白很亮的一堆洋錢！而且是他的——現在不見了！說是算被兒子拿去了罷，總還是忽忽不樂；說自己是蟲豸罷，也還是忽忽不樂：他這回才有些感到失敗的苦痛了。

但他立刻轉敗為勝了。他擎起右手，用力的在自己臉上連打了兩個嘴巴，熱剌剌的有些痛；打完之後，便心平氣和起來，似乎打的是自己，被打的是別一個自己，不久也就彷彿是自己打了別個一般——雖然還有些熱剌剌——心滿意足的得勝的躺下了。

他睡著了。

第三章・續優勝記略

然而阿Q雖然常優勝，卻直待蒙趙太爺打他嘴巴之後，這才出了名。

他付過地保二百文酒錢，憤憤地躺下了，後來想：「現在的世界太不成話，兒子打老子……」於是忽而想到趙太爺的威風，而現在是他的兒子了，便自己也漸漸的得意起來，爬起身，唱著《小孤孀上墳》到酒店去[21]。這時候，他又覺得趙太爺高人一等了。

說也奇怪，從此之後，果然大家也彷彿格外尊敬他。這在阿Q，或者以為因為他是趙太爺的父親，而其實也不然。未莊通例，倘如阿七打阿八，或者李四打張三，向來本不算口碑。一上口碑，則打的既有名，被打的也就托庇有了名。至於錯在阿Q，那自然是不必說。所以者何？就因為趙太爺是不會錯的。但他既然錯，為什麼大家又彷彿格外尊敬他呢？這可難解，穿鑿起來說，或者因為阿Q說是趙太爺的本家，雖然挨了打，大家也還怕有些真，總不如尊敬一些穩當。否則，也如孔廟裡的太牢一般㉒，雖然與豬羊一樣，同是畜生，但既經聖人下箸，先儒們便不敢妄動了。

阿Q此後倒得意了許多年。

有一年的春天，他醉醺醺的在街上走，在牆根的日光下，看見王胡在那裡赤著膊捉蝨子，他忽然覺得身上也癢起來了。這王胡，又癩又胡，別人都叫他王癩胡，阿Q卻刪去了一個癩字，然而非常渺視他。阿Q的意思，以為癩是不足為奇的，只有這一部絡腮鬍子，實在太新奇，令人看不上眼。他於是並排坐下去了。倘是別的閒人們，阿Q本不敢大意坐下去。但這王胡旁邊，他有什麼怕呢？老實說：他肯坐下去，簡直還是抬舉他。

阿Q也脫下破夾襖來，翻撿了一回，不知道因為新洗呢還是因為粗心，許多工夫，只捉到三四個。他看那王胡，卻是一個又一個，兩個又三個，只放在嘴裡畢畢剝剝的響。

阿Q最初是失望，後來卻不平了：看不上眼的王胡尚且那麼多，自己倒反這樣少，這是怎樣的大失體統的事呵！他很想尋一兩個大的，然而竟沒有，好容易才捉到一個中的，恨恨的塞在厚嘴脣裡，狠命一咬，劈的一聲，又不及王胡的響。

他癩瘡疤塊塊通紅了，將衣服摔在地上，吐一口唾沫，說：

「這毛蟲！」

「癩皮狗，你罵誰？」王胡輕蔑地抬起眼來說。

阿Q近來雖然比較的受人尊敬，自己也更高傲些，但和那些打慣的閒人們見面還膽怯，獨有這回卻非常武勇了。這樣滿臉鬍子的東西，也敢出言無狀麼？

「誰認便罵誰！」他站起來，兩手叉在腰間說。

「你的骨頭癢了麼？」王胡也站起來，披上衣服說。

阿Q以為他要逃了，搶進去就是一拳。這拳頭還未達到身上，已經被他抓住了，只一拉，阿Q蹌蹌踉踉地跌進去，立刻又被王胡扭住了辮子，要拉到牆上照例去碰頭。

「君子動口不動手！」阿Q歪著頭說。

王胡似乎不是君子，並不理會，一連給他碰了五下，又用力的一推，至於阿Q跌出六尺多遠，這才滿足的去了。

在阿Q的記憶上，這大約要算是生平第一件的屈辱，因為王胡以絡腮鬍子的缺點，向來只被他奚落，從沒有奚落他，更不必說動手了。而他現在竟動手，很意外，難道真如市上所說，皇帝已經停了考㉓，不要秀才和舉人了，因此趙家減了威風，因此他們也便小覷了他麼？

阿Q無可適從地站著。

遠遠的走來了一個人，他的對頭又到了。這也是阿Q最厭惡的一個人，就是錢太爺的大兒子。他先前跑上城裡去進洋學堂，不知怎麼又跑到東洋去了，半年之後他回到家裡來，腿也直了，辮子也不見了，他的母親大哭了十幾場，他的老婆跳了三回井。後來，他的母親到處說，「這辮子是被壞人灌醉了酒剪去了。本來可以做大官，現在只好等留長再說了。」然而阿Q不肯信，偏稱他「假洋鬼子」，也叫作「裡通外國的人」，一見他，一定在肚子裡暗暗地咒罵。

阿Q尤其「深惡而痛絕之」的，是他的一條假辮子。辮子而至於假，就是沒了做人的資格；他的老婆不跳第四回井，也不是好女人。

這「假洋鬼子」近來了。

「禿兒、驢……」阿Q歷來本只在肚子裡罵，沒有出過聲，這回因為正氣忿，因為要報仇，便不由的輕輕的說出來了。

不料這禿兒卻拿著一支黃漆的棍子——就是阿Q所謂哭喪棒㉔——大踏步走了過來。阿Q在這剎那，便知道大約要打了，趕緊抽緊筋骨，聳了肩膀等候著，果然，拍的一聲，似乎確鑿打在自己頭上了。

「我說他！」阿Q指著近旁的一個孩子，分辯說。

拍！拍拍！

在阿Q的記憶上，這大約要算是生平第二件的屈辱。幸而拍拍的響了之後，於他倒似乎完結了一件事，反而覺得輕鬆些，而且「忘卻」這一件祖傳的寶貝也發生了效力，他慢慢地走，將到酒店門口，早已有些高興了。

但對面走來了靜修庵裡的小尼姑。阿Q便在平時，看見伊也一定要唾罵，而況在屈辱之後呢？他於是發生了回憶，又發生了敵愾了。

「我不知道我今天為什麼這樣晦氣，原來就因為見了妳！」他想。

他迎上去，大聲的吐一口唾沫：

「咳，呸！」

小尼姑全不睬，低了頭只是走。阿Q走近伊身旁，突然伸出手去摩著伊新剃的頭皮，呆笑著，說：

「禿兒！快回去，和尚等著你……」

「你怎麼動手動腳……」尼姑滿臉通紅地說，一面趕快走。

酒店裡的人大笑了。阿Q看見自己的勳業得了賞識，便愈加興高采烈起來：

「和尚動得，我動不得？」他扭住伊的面頰。

酒店裡的人大笑了。阿Q更得意，而且為了滿足那些賞鑑家起見，再用力的一擰，這才放手。

他這一戰，早忘卻了王胡，也忘卻了假洋鬼子，似乎對於今天的一切「晦氣」都報了仇；而且奇怪，又彷彿全身比拍拍的響了之後輕鬆，飄飄然的似乎要飛去了。

「這斷子絕孫的阿Q！」遠遠地聽得小尼姑的帶哭的聲音。

「哈哈哈！」阿Q十分得意的笑。

「哈哈哈！」酒店裡的人也九分得意的笑。

第四章・戀愛的悲劇

有人說：有些勝利者，願意敵手如虎、如鷹，他才感得勝利的歡喜；假使如羊、如小雞，他便反覺得勝利的無聊。又有些勝利者，當克服一切之後，看見死的死了，降的降了，「臣誠惶誠恐死罪死罪」，他於是沒有了敵人、沒有了對手、沒有了朋友，只有自己在上，一個，孤另另，淒涼，寂寞，便反而感到了勝利的悲哀。然而我們的阿Q卻沒有這樣乏，他是永遠得意的：這或者也是中國精神文明冠於全球的一個證據了。

看哪，他飄飄然的似乎要飛去了！

然而這一次的勝利，卻又使他有些異樣。他飄飄然的飛了大半天，飄進土谷祠，照例應該躺下便打鼾。誰知道這一晚，他很不容易合眼，他覺得自己的大拇指和第二指有點古怪：彷彿比平常滑膩些。不知道是小尼姑的臉上有一點滑膩的東西黏在他指上，還是他的指頭在小尼姑臉上磨得滑膩了？

「斷子絕孫的阿Q！」

阿Q的耳朵裡又聽到這句話。他想：不錯，應該有一個女人，斷子絕孫便沒有人供一碗飯……應該有一個女人。夫「不孝有三無後為大[25]」，而「若敖之鬼餒而[26]」，也是一件人生的大哀，所以他那思想，其實是樣樣合於聖經賢傳的，只可惜後來有些「不能收其放心」了[27]。

「女人，女人！……」他想。

「……和尚動得……女人，女人！……女人！」他又想。

我們不能知道這晚上阿Q在什麼時候才打鼾。但大約他從此總覺得指頭有些滑膩，所以他從此總有些飄飄然。「女……」他想。

即此一端，我們便可以知道女人是害人的東西。

中國的男人，本來大半都可以做聖賢，可惜全被女人毀掉了。商是妲己鬧亡的㉘；周是褒姒弄壞的；秦……雖然史無明文，我們也假定它因為女人，大約未必十分錯；而董卓可是的確給貂蟬害死了。

阿Q本來也是正人，我們雖然不知道他曾蒙什麼明師指授過，但他對於「男女之大防」卻歷來非常嚴㉙；也很有排斥異端——如小尼姑及假洋鬼子之類——的正氣。他的學說是：凡尼姑，一定與和尚私通；一個女人在外面走，一定想引誘野男人；一男一女在那裡講話，一定要有勾當了。為懲治他們起見，所以他往往怒目而視，或者大聲說幾句「誅心」話㉚，或者在冷僻處，便從後面擲一塊小石頭。

誰知道他將到「而立」之年㉛，竟被小尼姑害得飄飄然了。這飄飄然的精神，在禮教上是不應該有的——所以女人真可惡，假使小尼姑的臉上不滑膩，阿Q便不至於被蠱，又假使小尼姑的臉上蓋一層布，阿Q便也不至於被蠱了——他五、六年前，曾在戲台下的人叢中擰過一個女人的大腿，但因為隔一層褲，所以此後並不飄飄然——而小尼姑並不然，這也足見異端之可惡。

「女……」阿Q想。

他對於以為「一定想引誘野男人」的女人，時常留心看，然而伊並不對他笑。他對於和他講話的女人，也時常留心聽，然而伊又並不提起關於什麼勾當的話來。哦，這也是女人可惡之一節：伊們全都要裝「假正經」的。

這一天，阿Q在趙太爺家裡舂了一天米，吃過晚飯，便坐在廚房裡吸旱煙。倘在別家，吃過晚飯本可以回去的了，但趙府上晚飯早，雖說定例不准掌燈，一吃完便睡覺，然而偶然也有一些例外：其一，是趙大爺未進秀才的時候，准其點燈讀文章；其二，便是阿Q來做短工的時候，准其點燈舂米。因為這一條例外，所以阿Q在動手舂米之前，還坐在廚房裡吸旱煙。

吳媽，是趙太爺家裡唯一的女僕，洗完了碗碟，也就在長凳上坐下了，而且和阿Q談閒天：「太太兩天沒有吃飯哩！因為老爺要買一個小的……」

「女人……吳媽……這小孤孀……」阿Q想。

「我們的少奶奶是八月裡要生孩子了……」

「女人……」阿Q想。

阿Q放下煙管，站了起來。

「我們的少奶奶……」吳媽還嘮叨說。

「我和你困覺，我和你困覺！」阿Q忽然搶上去，對伊跪下了。

一剎時中很寂然。

「啊呀！」吳媽楞了一息，突然發抖，大叫著往外跑，且跑且嚷，似乎後來帶哭了。

阿Q對了牆壁跪著也發楞，於是兩手扶著空板凳，慢慢地站起來，彷彿覺得有些糟。他這時確也有些忐忑了，慌張的將煙管插在褲帶上，就想去舂米。蓬的一聲，頭上著了很粗的一下，他急忙迴轉身去，那秀才便拿了一支大竹槓站在他面前。

「你反了……你這……」

大竹槓又向他劈下來了。阿Q兩手去抱頭，拍的正打在指節上，這可很有些痛。他衝出廚房門，彷彿背上又著了一下似的。

「忘八蛋！」秀才在後面用了官話這樣罵。

阿Q奔入舂米場，一個人站著，還覺得指頭痛，還記得「忘八蛋」，因為這話是未莊的鄉下人從來不用，專是見過官府的闊人用的，所以格外怕，而印象也格外深。但這時，他那「女……」的思想卻也沒有了。而且打罵之後，似乎一件事也已經收束，倒反覺得一無掛礙似的，便動手去舂米。舂了一會，他熱起來了，又歇了手脫衣服。

脫下衣服的時候，他聽得外面很熱鬧，阿Q生平本來最愛看熱鬧，便即尋聲走出去了。尋聲漸漸的尋到趙太爺的內院裡，雖然在昏黃中，卻辨得出許多人，趙府一家連兩日不吃飯的太太也在內，還有間壁的鄒七嫂，真正本家的趙白眼，趙司晨。

少奶奶正拖著吳媽走出下房來，一面說：

「你到外面來……不要躲在自己房裡想……」

「誰不知道你正經……短見是萬萬尋不得的。」鄒七嫂也從旁說。

吳媽只是哭，夾些話，卻不甚聽得分明。

阿Q想：「哼，有趣，這小孤孀不知道鬧著什麼玩意兒了？」他想打聽，走近趙司晨的身邊。這時他猛然間看見趙大爺向他奔來，而且手裡捏著一支大竹槓。他看見這一支大竹槓，便猛然間悟到自己曾經被打，和這一場熱鬧似乎有點相關。他翻身便走，想逃回舂米場，不圖這支竹槓阻了他的去路，於是他又翻身便走，自然而然地走出後門，不多工夫，已在土谷祠內了。

阿Q坐了一會，皮膚有些起粟，他覺得冷了，因為雖在春季，而夜間頗有餘寒，尚不宜於赤膊。他也記得布衫留在趙家，但倘若去取，又深怕秀才的竹槓。然而地保進來了。

「阿Q，你的媽媽的！你連趙家的用人都調戲起來，簡直是造反。害得我晚上沒有覺睡，你的媽媽的！……」

如是云云地教訓了一通，阿Q自然沒有話。臨末，因為在晚上，應該送地保加倍酒錢四百文，阿Q正沒有現錢，便用一頂氈帽做抵押，並且訂定了五條件：

一、明天用紅燭——要一斤重的——一對，香一封，到趙府上去賠罪。

二、趙府上請道士祓除縊鬼，費用由阿Q負擔。

三、阿Q從此不准踏進趙府的門檻。

四、吳媽此後倘有不測，惟阿Q是問。

五、阿Q不准再去索取工錢和布衫。

阿Q自然都答應了，可惜沒有錢。幸而已經春天，棉被可以無用，便質了二千大錢，履行條約。赤膊磕頭之後，居然還剩幾文，他也不再贖氈帽，統統喝了酒了。但趙家也並不燒香點燭，因為太太拜佛的時候可以用，留著了。那破布衫是大半做了少奶奶八月間生下來的孩子的襯尿布，那小半破爛的便都做了吳媽的鞋底。

第五章・生計問題

阿Q禮畢之後，仍舊回到土谷祠，太陽下去了，漸漸覺得世上有些古怪。他仔細一想，終於省悟過來：其原因蓋在自己的赤膊。他記得破夾襖還在，便披在身上，躺倒了，待張開眼睛，原來太陽又已經照在西牆上頭了。他坐起身，一面說道，「媽媽的……」

他起來之後，也仍舊在街上逛，雖然不比赤膊之有切膚之痛，卻又漸漸的覺得世上有些古怪了。彷彿從這一天起，未莊的女人們忽然都怕了羞，伊們一見阿Q走來，便個個躲進門裡去。甚而至於將近五十歲的鄒七嫂，也跟著別人亂鑽，而且將十一的女兒都叫進去了。阿Q很以為奇，而且想：「這些東西忽然都學起小姐模樣來了。這娼婦們……」

但他更覺得世上有些古怪，卻是許多日以後的事。其一，酒店不肯賒欠了；其二，管土谷祠的老頭子說些廢話，似乎叫他走；其三，他雖然記不清多少日，但確乎有許多日，沒有一個人來叫他做短工。酒店不賒，熬著也罷了；老頭子催他走，嚕囌一通也就算了；只是沒有人來叫他做短工，卻使阿Q肚子餓：這委實是一件非常「媽媽的」的事情。

阿Q忍不下去了，他只好到老主顧的家裡去探問——但獨不許踏進趙府的門檻——然而情形也異樣：一定走出一個男人來，現了十分煩厭的相貌，像回復乞丐一般地搖手道：

「沒有沒有！你出去！」

阿Q愈覺得稀奇了。他想，這些人家向來少不了要幫忙，不至於現在忽然都無事，這總該有些蹊蹺在裡面了。他留心打聽，才知道他們有事都去叫小Don[32]。這小D，是一個窮小子，又瘦又乏，在阿Q的眼睛裡，位置是在王胡之下的，誰料這小子竟謀了他的飯碗去。所以阿Q這一氣，更與平常不同，當氣憤憤地走著的時候，忽然將手一揚，唱道：

「我手執鋼鞭將你打[33]！……」

幾天之後，他竟在錢府的照壁前遇見了小D。「仇人相見分外眼明」，阿Q便迎上去，小D也站住了。

「畜生！」阿Q怒目而視地說，嘴角上飛出唾沫來。

「我是蟲豸，好麼？……」小D說。

這謙遜反使阿Q更加憤怒起來，但他手裡沒有鋼鞭，於是只得撲上去，伸手去拔小D的辮子。小D一手護住了自己的辮根，一手也來拔阿Q的辮子，阿Q便也將空著的一隻手護住了自己的辮根。從先前的阿Q看來，小D本來是不足齒數的，但他近來挨了餓，又瘦又乏已經不下於小D，所以便成了勢均力敵的現象，四隻手拔著兩顆頭，都彎了腰，在錢家粉牆上映出一個藍色的虹形，至於半點鐘之久了。

「好了，好了！」看的人們說，大約是解勸的。

「好，好！」看的人們說，不知道是解勸，是頌揚，還是煽動。

然而他們都不聽。阿Q進三步，小D便退三步，都站著；小D進三步，阿Q便退三步，又都站著。大約半點鐘——未莊少有自鳴鐘，所以很難說，或者二十分——他們的頭髮裡便都冒煙，額上便都流汗，阿Q的手放鬆了，在同一瞬間，小D的手也正放鬆了，同時直起，同時退開，都擠出人叢去。

「記著罷，媽媽的……」阿Q回過頭去說。

「媽媽的，記著罷……」小D也回過頭來說。

這一場「龍虎鬥」似乎並無勝敗，也不知道看的人可滿足，都沒有發什麼議論，而阿Q卻仍然沒有人來叫他做短工。

有一日很溫和，微風拂拂的頗有些夏意了，阿Q卻覺得寒冷起來，但這還可擔當，第一倒是肚子餓。棉被、氈帽、布衫，早已沒有了，其次就賣了棉襖；現在有褲子，卻萬不可脫的；有破夾襖，又除了送人做鞋底之外，決定賣不出錢。他早想在路上拾得一注錢，但至今還沒有見；他想在自己的破屋裡忽然尋到一注錢，慌張的四顧，但屋內是空虛而且了然。於是他決計出門求食去了。

他在路上走著要「求食」，看見熟識的酒店，看見熟識的饅頭，但他都走過了，不但沒有暫停，而且並不想要。他所求的不是這類東西了；他求的是什麼東西，他自己不知道。

未莊本不是大村鎮，不多時便走盡了。村外多是水田，滿眼是新秧的嫩綠，夾著幾個圓形的活動的黑點，便是耕田的農夫。阿Q並不賞鑑這田家樂，卻只是走，因為他直覺的知道這與他的「求食」之道是很遼遠的。但他終於走到靜修庵的牆外了。

庵周圍也是水田，粉牆突出在新綠裡，後面的低土牆裡是菜園。阿Q遲疑了一會，四面一看，並沒有人。他便爬上這矮牆去，扯著何首烏藤，但泥土仍然簌簌地掉，阿Q的腳也索索地抖；終於攀著桑樹枝，跳到裡面了。裡面真是鬱鬱蔥蔥，但似乎並沒有黃酒饅頭，以及此外可吃的之類。靠西牆是竹叢，下面許多筍，只可惜都是並未煮熟的，還有油菜早經結子，芥菜已將開花，小白菜也很老了。

阿Q彷彿文童落第似的覺得很冤屈，他慢慢走近園門去，忽而非常驚喜了，這分明是一畦老蘿蔔。他於是蹲下便拔，而門口突然伸出一個很圓的頭來，又即縮回去了，這分明是小尼姑。小尼姑之流是阿Q本來視若草芥的，但世事須「退一步想」，所以他便趕緊拔起四個蘿蔔，擰下青葉，兜在大襟裡。然而老尼姑已經出來了。

「阿彌陀佛，阿Q，你怎麼跳進園裡來偷蘿蔔！……啊呀，罪過呵，啊唷，阿彌陀佛！……」

「我什麼時候跳進你的園裡來偷蘿蔔？」阿Q且看且走地說。

「現在……這不是？」老尼姑指著他的衣兜。

「這是你的？你能叫得它答應你麼？你……」

阿Q沒有說完話，拔步便跑；追來的是一匹很肥大的黑狗。這本來在前門的，不知怎的到後園來了。黑狗哼而且追，已經要咬著阿Q的腿，幸而從衣兜裡落下一個蘿蔔來，那狗給一嚇，略略一停，阿Q已經爬上桑樹，跨到土牆，連人和蘿蔔都滾出牆外面了。只剩著黑狗還在對著桑樹嗥，老尼姑念著佛。

阿Q怕尼姑又放出黑狗來，拾起蘿蔔便走，沿路又撿了幾塊小石頭，但黑狗卻並不再現。阿Q於是拋了石塊，一面走一面吃，而且想道，這裡也沒有什麼東西尋，不如進城去……

待三個蘿蔔吃完時，他已經打定了進城的主意了。

第六章・從中興到末路

在未莊再看見阿Q出現的時候，是剛過了這年的中秋。人們都驚異，說是阿Q回來了，於是又回上去想道，他先前哪裡去了呢？阿Q前幾回的上城，大抵早就興高采烈地對人說，但這一次卻並不，所以也沒有一個人留心到。他或者也曾告訴過管土谷祠的老頭子，然而未莊老例，只有趙太爺、錢太爺和秀才大爺上城才算一件事。假洋鬼子尚且不足數，何況是阿

Q？因此老頭子也就不替他宣傳，而未莊的社會上也就無從知道了。

但阿Q這回的回來，卻與先前大不同，確乎很值得驚異。天色將黑，他睡眼矇矓地在酒店門前出現了，他走近櫃檯，從腰間伸出手來，滿把是銀的和銅的，在櫃上一扔說，「現錢！打酒來！」穿的是新夾襖，看去腰間還掛著一個大搭連，沉鈿鈿的將褲帶墜成了很彎很彎的弧線。未莊老例，看見略有些醒目的人物，是與其慢也寧敬的，現在雖然明知道是阿Q，但因為和破夾襖的阿Q有些兩樣了，古人云，「士別三日便當刮目相待34。」所以堂倌、掌櫃、酒客、路人，便自然顯出一種凝而且敬的形態來。掌櫃既先之以點頭，又繼之以談話：

「豁，阿Q，你回來了！」

「回來了。」

「發財發財，你是——在……」

「上城去了！」

這一件新聞，第二天便傳遍了全未莊。人人都願意知道現錢和新夾襖的阿Q的中興史，所以在酒店裡、茶館裡、廟簷下，便漸漸地探聽出來了。這結果，是阿Q得了新敬畏。

據阿Q說，他是在舉人老爺家裡幫忙。這一節，聽的人都肅然了。這老爺本姓白，但因為合城裡只有他一個舉人，所以不必再冠姓，說起舉人來就是他。這也不獨在未莊是如此，便是一百里方圓之內也都如此，人們幾乎多以為他的姓名就叫舉人老爺的了。在這人的府上幫忙，那當然是可敬的。但據阿Q又說，他卻不高興再幫忙了，因為這舉人老爺實在太「媽媽的」了。這一節，聽的人都嘆息而且快意，因為阿Q本不配在舉人老爺家裡幫忙，而不幫忙是可惜的。

據阿Q說，他的回來，似乎也由於不滿意城裡人，這就在他們將長凳稱為條凳，而且煎魚用蔥絲，加以最近觀察所得的缺點，是女人的走路也扭得不很好。然而也偶有大可佩服的地方，即如未莊的鄉下人不過打三十二張的竹牌35，只有假洋鬼子能夠叉「麻醬」，城裡卻連小烏龜子都叉得精熟的。什麼假洋鬼子，只要放在城裡的十幾歲的小烏龜子的手裡，也就立刻是「小鬼見閻王」。這一節，聽的人都赧然了。

「你們可看見過殺頭麼？」阿Q說，「咳，好看。殺革命黨。唉，好看好看……」他搖搖頭，將唾沫飛在正對面的趙司晨的臉上。這一節，聽的人都凜然了。但阿Q又四面一看，忽然揚起右手，照著伸長脖子聽得出神的王胡的後項窩上直劈下去道：

「嚓！」

王胡驚得一跳，同時電光石火似的趕快縮了頭，而聽的人又都悚然而且欣然了。從此王胡瘟頭瘟腦的許多日，並且再不敢走近阿Q的身邊；別的人也一樣。

阿Q這時在未莊人眼睛裡的地位，雖不敢說超過趙太爺，但謂之差不多，大約也就沒有什麼語病的了。

然而不多久，這阿Q的大名忽又傳遍了未莊的閨中。雖然未莊只有錢、趙兩姓是大屋，此外十之九都是淺閨，但閨中究竟是閨中，所以也算得一件神異。女人們見面時一定說，鄒七嫂在阿Q那裡買了一條藍綢裙，舊固然是舊的，但只化了九角錢。還有趙白眼的母親——一說是趙司晨的母親，待考——也買了一件孩子穿的大紅洋紗衫，七成新，只用三百大錢九二串[36]。於是伊們都眼巴巴的想見阿Q，缺綢裙的想問他買綢裙，要洋紗衫的想問他買洋紗衫，不但見了不逃避，有時阿Q已經走過了，也還要追上去叫住他，問道：

「阿Q，你還有綢裙麼？沒有？紗衫也要的，有罷？」

後來這終於從淺閨傳進深閨裡去了。因為鄒七嫂得意之餘，將伊的綢裙請趙太太去鑑賞，趙太太又告訴了趙太爺而且著實恭維了一番。趙太爺便在晚飯桌上，和秀才大爺討論，以為阿Q實在有些古怪，我們門窗應該小心些；但他的東西，不知道可還有什麼可買，也許有點好東西罷。加以趙太太也正想買一件價廉物美的皮背心。於是家族決議，便托鄒七嫂即刻去尋阿Q，而且為此新闢了第三種的例外：這晚上也姑且特准點油燈。

油燈乾了不少了，阿Q還不到。趙府的全眷都很焦急，打著呵欠，或恨阿Q太飄忽，或怨鄒七嫂不上緊。趙太太還怕他因為春天的條件不敢來，而趙太爺以為不足慮：因為這是「我」去叫他的。果然，到底趙太爺有見識，阿Q終於跟著鄒七嫂進來了。

「他只說沒有沒有，我說你自己當面說去，他還要說，我說……」鄒七嫂氣喘吁吁地走著說。

「太爺！」阿Q似笑非笑地叫了一聲，在簷下站住了。

「阿Q，聽說你在外面發財，」趙太爺踱開去，眼睛打量著他的全身，一面說。「那很好，那很好的。這個……聽說你有些舊東西……可以都拿來看一看……這也並不是別的，因為我倒要……」

「我對鄒七嫂說過了，都完了。」

「完了？」趙太爺不覺失聲地說，「哪裡會完得這樣快呢？」

「那是朋友的，本來不多。他們買了些……」

「總該還有一點罷。」

「現在，只剩了一張門幕了。」

「就拿門幕來看看罷。」趙太太慌忙說。

「那麼，明天拿來就是，」趙太爺卻不甚熱心了。「阿Q，你以後有什麼東西的時候，你盡先送來給我們看……」

「價錢絕不會比別家出得少！」秀才說。秀才娘子忙一瞥阿Q的臉，看他感動了沒有。

「我要一件皮背心。」趙太太說。

阿Q雖然答應著，卻懶洋洋地出去了，也不知道他是否放在心上。這使趙太爺很失望，氣憤而且擔心，至於停止了打呵欠。秀才對於阿Q的態度也很不平，於是說，這忘八蛋要提防，或者不如吩咐地保，不許他住在未莊。但趙太爺以為不然，說這也怕要結怨，況且做這路生意的大概是「老鷹不吃窩下食」，本村倒不必擔心的；只要自己夜裡警醒點就是了。秀才聽了這「庭訓[37]」，非常之以為然，便即刻撤消了驅逐阿Q的提議，而且叮囑鄒七嫂，請伊千萬不要向人提起這一段話。

但第二日，鄒七嫂便將那藍裙去染了皂，又將阿Q可疑之點傳揚出去了，可是確沒有提起秀才要驅逐他這一節。然而這已經於阿Q很不利。最先，地保尋上門了，取了他的門幕去，阿Q說是趙太太要看的，而地保也不還並且要議定每月的孝敬錢。其次，是村人對於他的敬畏忽而變相了，雖然還不敢來放肆，卻很有遠避的神情，而這神情和先前的防他來「嚓」的時候又不同，頗混著「敬而遠之」的分子了。

只有一班閒人們卻還要尋根究底地去探阿Q的底細。阿Q也並不諱飾，傲然地說出他的經驗來。從此他們才知道，他不過是一個小角色，不但不能上牆，並且不能進洞，只站在洞外接東西。有一夜，他剛才接到一個包，正手再進去，不一會，只聽得裡面大嚷起來，他便趕緊跑，連夜爬出城，逃回未莊來了，從此不敢再去做。然而這故事卻於阿Q更不利，村人對於阿Q的「敬而遠之」者，本因為怕結怨，誰料他不過是一個不敢再偷的偷兒呢？這實在是「斯亦不足畏也矣」。

第七章・革命

宣統三年九月十四日[38]——即阿Q將搭連賣給趙白眼的這一天——三更四點，有一隻大烏篷船到了趙府上的河埠頭。這船從黑魆魆中盪來，鄉下人睡得熟，都沒有知道；出去時將近黎明，卻很有幾個看見的了。據探頭探腦的調查來的結果，知道那竟是舉人老爺的船！

那船便將大不安載給了未莊，不到正午，全村的人心就很動搖。船的使命，趙家本來是很秘密的，但茶坊酒肆裡卻都說，革命黨要進城，舉人老爺到我們鄉下來逃難了。惟有鄒七嫂不以為然，說那不過是幾口破衣箱，舉人老爺想來寄存的，卻已被趙太爺回復轉去。其實舉人老爺和趙秀才素不相能，在理本不能有「共患難」的情誼，況且鄒七嫂又和趙家是鄰居，見聞較為切近，所以大概該是伊對的。

然而謠言很旺盛，說舉人老爺雖然似乎沒有親到，卻有一封長信，和趙家排了「轉折親」。趙太爺肚裡一輪，覺得於他總不會有壞處，便將箱子留下了，現就塞在太太的床底下。至於革命黨，有的說是便在這一夜進了城，個個白盔白甲：穿著崇正皇帝的素[39]。

阿Q的耳朵裡，本來早聽到過革命黨這一句話，今年又親眼見過殺掉革命黨。但他有一種不知從哪裡來的意見，以為革命黨便是造反，造反便是與他為難，所以一向是「深惡而痛絕之」的。殊不料這卻使百里聞名的舉人老爺有這樣怕，於是他未免也有些「神往」了，況且未莊的一群鳥男女的慌張的神情，也使阿Q更快意。

「革命也好罷，」阿Q想，「革這夥媽媽的命，太可惡！太可恨！……便是我，也要投降革命黨了。」

阿Q近來用度窘，大約略略有些不平；加以午間喝了兩碗空肚酒，愈加醉得快，一面想一面走，便又飄飄然起來。不知怎麼一來，忽而似乎革命黨便是自己，未莊人卻都是他的俘虜了。他得意之餘，禁不住大聲地嚷道：

「造反了！造反了！」

未莊人都用了驚懼的眼光對他看。這一種可憐的眼光，是阿Q從來沒有見過的，一見之下，又使他舒服得如六月裡喝了雪水。他更加高興地走而且喊道：

「好……我要什麼就是什麼，我歡喜誰就是誰。

「得得，鏘鏘！

「悔不該，酒醉錯斬了鄭賢弟，

「悔不該，呀呀呀……

「得得，鏘鏘，得，鏘令鏘！

「我手執鋼鞭將你打……」

趙府上的兩位男人和兩個真本家，也正站在大門口論革命。阿Q沒有見，昂了頭直唱過去，「得得……」

「老Q。」趙太爺怯怯地迎著低聲地叫。

「鏘鏘，」阿Q料不到他的名字會和「老」字聯結起來，以為是一句別的話，與己無干，只是唱，「得，鏘，鏘令鏘，鏘！」

「老Q。」

「悔不該……」

「阿Q！」秀才只得直呼其名了。

阿Q這才站住，歪著頭問道，「什麼？」

「老Q……現在……」趙太爺卻又沒有話，「現在……發財麼？」

「發財？自然。要什麼就是什麼……」

「阿……Q哥，像我們這樣窮朋友是不要緊的……」趙白眼惴惴地說，似乎想探革命黨的口風。

「窮朋友？你總比我有錢。」阿Q說著自去了。

大家都憮然，沒有話。趙太爺父子回家，晚上商量到點燈。趙白眼回家，便從腰間扯下搭連來，交給他女人藏在箱底裡。

阿Q飄飄然地飛了一通，回到土谷祠，酒已經醒透了。這晚上，管祠的老頭子也意外的和氣，請他喝茶；阿Q便向他要了兩個餅，吃完之後，又要了一支點過的四兩燭和一個樹燭台，點起來，獨自躺在自己的小屋裡。他說不出的新鮮而且高興，燭火像元夜似的閃閃的跳，他的思想也迸跳起來了：

「造反？有趣……來了一陣白盔白甲的革命黨，都拿著板刀、鋼鞭、炸彈、洋砲，三尖兩刃刀，鉤鐮槍，走過土谷祠，叫道，『阿Q！同去同去！』於是一同去……

「這時未莊的一夥鳥男女才好笑哩，跪下叫道，『阿Q，饒命！』誰聽他！第一個該死的是小D和趙太爺，還有秀才，還有假洋鬼子……留幾條麼？王胡本來還可留，但也不要了……

「東西……直走進去打開箱子來：元寶、洋錢、洋紗衫……秀才娘子的一張寧式床先搬到土谷祠❹，此外便擺了錢家的桌椅——或者也就用趙家的罷。自己是不動手的了，叫小D來搬，要搬得快，搬得不快打嘴巴……

「趙司晨的妹子真醜。鄒七嫂的女兒過幾年再說。假洋鬼子的老婆會和沒有辮子的男人睡覺，嚇，不是好東西！秀才的老婆是眼胞上有疤的……吳媽長久不見了，不知道在哪裡——可惜腳太大。」

阿Q沒有想得十分停當，已經發了鼾聲，四兩燭還只點去了小半寸，紅焰焰的光照著他張開的嘴。

「荷荷！」阿Q忽而大叫起來，抬了頭倉皇地四顧，待到看見四兩燭，卻又倒頭睡去了。

第二天他起得很遲，走出街上看時，樣樣都照舊。他也仍然肚餓，他想著，想不起什麼來；但他忽而似乎有了主意了，慢慢地跨開步，有意無意地走到靜修庵。

庵和春天時節一樣靜，白的牆壁和漆黑的門。他想了一想，前去打門，一隻狗在裡面叫。他急急拾了幾塊斷磚，再上去較為用力地打，打到黑門上生出許多麻點的時候，才聽得有人來開門。

阿Q連忙捏好磚頭，擺開馬步，準備和黑狗來開戰。但庵門只開了一條縫，並無黑狗從中衝出，望進去只有一個老尼姑。

「你又來什麼事？」伊大吃一驚地說。

「革命了……你知道？……」阿Q說得很含糊。

「革命革命，革過一革的……你們要革得我們怎麼樣呢？」老尼姑兩眼通紅地說。

「什麼？……」阿Q詫異了。

「你不知道，他們已經來革過了！」

「誰？……」阿Q更其詫異了。

「那秀才和洋鬼子！」

阿Q很出意外，不由地一錯愕；老尼姑見他失了銳氣，便飛速地關了門，阿Q再推時，牢不可開，再打時，沒有回答了。

那還是上午的事。趙秀才消息靈，一知道革命黨已在夜間進城，便將辮子盤在頂上，一早去拜訪那歷來也不相能的錢洋鬼子。這是「咸與維新」的時候了[41]，所以他們便談得很投機，立刻成了情投意合的同志，也相約去革命。他們想而又想，才想出靜修庵裡有一塊「皇帝萬歲萬萬歲」的龍牌，是應該趕緊革掉的，於是又立刻同到庵裡去革命。因為老尼姑來阻擋，說了三句話，他們便將伊當作滿政府，在頭上很給了不少的棍子和栗鑿。尼姑待他們走後，定了神來檢點，龍牌固然已經碎在地上了，而且又不見了觀音娘娘座前的一個宣德爐[42]。

這事阿Q後來才知道。他頗悔自己睡著，但也深怪他們不來招呼他。他又退一步想道：

「難道他們還沒有知道我已經投降了革命黨麼？」

第八章・不准革命

未莊的人心日見其安靜了。據傳來的消息，知道革命黨雖然進了城，倒還沒有什麼大異樣。知縣大老爺還是原官，不過改稱了什麼，而且舉人老爺也做了什麼官——這些名目，未莊人都說不明白——帶兵的也還是先前的老把總[43]。只有一件可怕的事是另有幾個不好的革命黨夾在裡面搗亂，第二天便動手剪辮子，聽說那鄰村的航船七斤便著了道兒，弄得不像人樣子了。但這卻還不算大恐怖，因為未莊人本來少上城，即使偶有想進城的，也就立刻變了計，碰不著這危險。阿Q本也想進城去尋他的老朋友，一得這消息，也只得作罷了。

但未莊也不能說是無改革。幾天之後，將辮子盤在頂上的逐漸增加起來了，早經說過，最先自然是茂才公，其次便是趙司晨和趙白眼，後來是阿Q。倘在夏天，大家將辮子盤在頭頂上或者打一個結，本不算什麼稀奇事，但現在是暮秋，所以這「秋行夏令」的情形，在盤辮家不能不說是萬分的英斷，而在未莊也不能說無關於改革了。

趙司晨腦後空蕩蕩地走來，看見的人大嚷說，

「豁，革命黨來了！」

阿Q聽到了很羨慕。他雖然早知道秀才盤辮的大新聞，但總沒有想到自己可以照樣做，現在看見趙司晨也如此，才有了學樣的意思，定下實行的決心。他用一支竹筷將辮子盤在頭頂上，遲疑多時，這才放膽地走去。

他在街上走，人也看他，然而不說什麼話，阿Q當初很不快，後來便很不平。他近來很容易鬧脾氣了；其實他的生活，倒也並不比造反之前反艱難，人見他也客氣，店鋪也不說要現錢。而阿Q總覺得自己太失意：既然革了命，不應該只是這樣的。況且有一回看見小D，愈使他氣破肚皮了。

小D也將辮子盤在頭頂上了，而且也居然用一支竹筷。阿Q萬料不到他也敢這樣做，自己也絕不准他這樣做！小D是什麼東西呢？他很想即刻揪住他，拗斷他的竹筷，放下他的辮子，並且批他幾個嘴巴，聊且懲罰他忘了生辰八字，也敢來做革命黨的罪。但他終於饒放了，單是怒目而視地吐一口唾沫道，「呸！」

這幾日裡，進城去的只有一個假洋鬼子。趙秀才本也想靠著寄存箱子的淵源，親身去拜訪舉人老爺的，但因為有剪辮的危險，所以也中止了。他寫了一封「黃傘格」的信[44]，托假洋鬼子帶上城，而且託他給自己紹介紹介，去進自由黨。假洋鬼子回來時，向秀才討還了四塊洋錢，秀才便有一塊銀桃子掛在大襟上了；未莊人都驚服，說這是柿油黨的頂子[45]，抵得一個翰林[46]；趙太爺因此也驟然大闊，遠過於他兒子初雋秀才的時候，所以目空一切，見了阿Q，也就很有些不放在眼裡了。

阿Q正在不平，又時時刻刻感著冷落，一聽得這銀桃子的傳說，他立即悟出自己之所以冷落的原因了：要革命，單說投降，是不行的；盤上辮子，也不行的；第一著仍然要和革命黨去結識。他生平所知道的革命黨只有兩個，城裡的一個早已「嚓」地殺掉了，現在只剩了一個假洋鬼子。他除卻趕緊去和假洋鬼子商量之外，再沒有別的道路了。

錢府的大門正開著，阿Q便怯怯地躄進去。他一到裡面，很吃了驚，只見假洋鬼子正站在院子的中央，一身烏黑的大約是洋衣，身上也掛著一塊銀桃子，手裡是阿Q曾經領教過的棍子，已經留到一尺多長的辮子都拆開了披在肩背上，蓬頭散髮的像一個劉海仙[47]。對面挺直的站著趙白眼和三個閒人，正在必恭必敬地聽他說話。

阿Q輕輕地走近了，站在趙白眼的背後，心裡想招呼，卻不知道怎麼說才好：叫他假洋鬼子固然是不行的了，洋人也不妥，革命黨也不妥，或者就應該叫洋先生了罷。

洋先生卻沒有見他，因為白著眼睛講得正起勁：

「我是性急的，所以我們見面，我總是說：『洪哥48！我們動手罷！』他卻總說道：『NO！』——這是洋話，你們不懂的。否則早已成功了。然而這正是他做事小心的地方。他再三再四的請我上湖北，我還沒有肯。誰願意在這小縣城裡做事情。……」

「唔……這個……」阿Q候他略停，終於用十二分的勇氣開口了，但不知道因為什麼，又並不叫他洋先生。

聽著說話的四個人都吃驚地回顧他。洋先生也才看見：

「什麼？」

「我……」

「出去！」

「我要投……」

「滾出去！」洋先生揚起哭喪棒來了。

趙白眼和閒人們便都吆喝道：「先生叫你滾出去，你還不聽麼！」

阿Q將手向頭上一遮，不自覺地逃出門外；洋先生倒也沒有追。他快跑了六十多步，這才慢慢地走，於是心裡便湧起了憂愁：洋先生不准他革命，他再沒有別的路；從此絕不能望有白盔白甲的人來叫他，他所有的抱負、志向、希望、前程，全被一筆勾銷了。至於閒人們傳揚開去，給小D、王胡等輩笑話，倒是還在其次的事。

他似乎從來沒有經驗過這樣的無聊。他對於自己的盤辮子，彷彿也覺得無意味，要侮蔑；為報仇起見，很想立刻放下辮子來，但也沒有竟放。他游到夜間，賒了兩碗酒，喝下肚去，漸漸地高興起來了，思想裡才又出現白盔白甲的碎片。

有一天，他照例的混到夜深，待酒店要關門，才踱回土谷祠去。

拍，吧……！

他忽而聽得一種異樣的聲音，又不是爆竹。阿Q本來是愛看熱鬧、愛管閒事的，便在暗中直尋過去。似乎前面有些腳步聲；他正聽，猛然間一個人從對面逃來了。阿Q一看見，便趕緊翻身跟著逃。那人轉彎，阿Q也轉彎，那人站住了，阿Q也站住。他看後面並無什麼，看那人便是小D。

「什麼？」阿Q不平起來了。

「趙……趙家遭搶了！」小D氣喘吁吁地說。

阿Q的心怦怦地跳了。小D說了便走；阿Q卻逃而又停的兩三回。但他究竟是做過「這路生意」，格外膽大，於是躄出路角，仔細的聽，似乎有些嚷嚷，又仔細的看，似乎許多白盔白甲的人，絡繹的將箱子抬出了，器具抬出了，秀才娘子的寧式床也抬出了，但是不分明，他還想上前，兩隻腳卻沒有動。

這一夜沒有月，未莊在黑暗裡很寂靜，寂靜到像羲皇時候一般太平㊾。阿Q站著看到自己發煩，也似乎還是先前一樣，在那裡來來往往地搬，箱子抬出了，器具抬出了，秀才娘子的寧式床也抬出了……抬得他自己有些不信他的眼睛了。但他決計不再上前，卻回到自己的祠裡去了。

土谷祠裡更漆黑；他關好大門，摸進自己的屋子裡。他躺了好一會，這才定了神，而且發出關於自己的思想來：白盔白甲的人明明到了，並不來打招呼，搬了許多好東西，又沒有自己的份——這全是假洋鬼子可惡，不准我造反，否則，這次何至於沒有我的份呢？阿Q越想越氣，終於禁不住滿心痛恨起來，毒毒地點一點頭：「不准我造反，只准你造反？媽媽的假洋鬼子——好，你造反！造反是殺頭的罪名呵，我總要告一狀，看你抓進縣裡去殺頭——滿門抄斬——嚓！嚓！」

第九章・大團圓

趙家遭搶之後，未莊人大抵很快意而且恐慌，阿Q也很快意而且恐慌。但四天之後，阿Q在半夜裡忽被抓進縣城裡去了。那時恰是暗夜，一隊兵、一隊團丁、一隊警察、五個偵探，悄悄地到了未莊，趁昏暗圍住土谷祠，正對門架好機關槍；然而阿Q不衝出。許多時沒有動靜，把總焦急起來了，懸了二十千的賞，才有兩個團丁冒了險，踰垣進去，裡應外合，一擁而入，將阿Q抓出來；直待擒出祠外面的機關槍左近，他才有些清醒了。

到進城，已經是正午，阿Q見自己被攙進一所破衙門，轉了五六個彎，便推在一間小屋裡。他剛剛一蹌踉，那用整株的木料做成的柵欄門便跟著他的腳跟闔上了，其餘的三面都是牆壁，仔細看時，屋角上還有兩個人。

阿Q雖然有些忐忑，卻並不很苦悶，因為他那土谷祠裡的臥室，也並沒有比這間屋子更高明。那兩個也彷彿是鄉下人，漸漸和他兜搭起來了，一個說是舉人老爺要追他祖父欠下來的陳租，一個不知道為了什麼事。他們問阿Q，阿Q爽利地答道，「因為我想造反。」

他下半天便又被抓出柵欄門去了，到得大堂，上面坐著一個滿頭剃得精光的老頭子。阿Q疑心他是和尚，但看見下面站著一排兵，兩旁又站著十幾個長衫人物，也有滿頭剃得精光像這老頭子的，也有將一尺來長的頭髮披在背後像那假洋鬼子的，都是一臉橫肉，怒目而視地看他；他便知道這人一定有些來歷，膝關節立刻自然而然的寬鬆，便跪了下去了。

「站著說！不要跪！」長衫人物都吆喝說。

阿Q雖然似乎懂得，但總覺得站不住，身不由己的蹲了下去，而且終於趁勢改為跪下了。

「奴隸性！……」長衫人物又鄙夷似地說，但也沒有叫他起來。

「你從實招來罷，免得吃苦。我早都知道了。招了可以放你。」那光頭的老頭子看定了阿Q的臉，沉靜地清楚地說。

「招罷！」長衫人物也大聲說。

「我本來要……來投……」阿Q糊里糊塗的想了一通，這才斷斷續續地說。

「那麼，為什麼不來的呢？」老頭子和氣地問。

「假洋鬼子不准我！」

「胡說！此刻說，也遲了。現在你的同黨在哪裡？」

「什麼？……」

「那一晚打劫趙家的一夥人。」

「他們沒有來叫我。他們自己搬走了。」阿Q提起來便憤憤。

「走到哪裡去了呢？說出來便放你了。」老頭子更和氣了。

「我不知道……他們沒有來叫我……」

然而老頭子使了一個眼色，阿Q便又被抓進柵欄門裡了。他第二次抓出柵欄門，是第二天的上午。

大堂的情形都照舊。上面仍然坐著光頭的老頭子，阿Q也仍然下了跪。

老頭子和氣地問道，「你還有什麼話說麼？」

阿Q一想，沒有話，便回答說，「沒有。」

於是一個長衫人物拿了一張紙，並一支筆送到阿Q的面前，要將筆塞在他手裡。阿Q這時很吃驚，幾乎「魂飛魄散」了：因為他的手和筆相關，這回是初次。他正不知怎樣拿；那人卻又指著一處地方教他畫花押。

「我……我……不認得字。」阿Q一把抓住了筆，惶恐而且慚愧地說。

「那麼，便宜你，畫一個圓圈！」

阿Q要畫圓圈了，那手捏著筆卻只是抖。於是那人替他將紙鋪在地上，阿Q伏下去，使盡了平生的力氣畫圓圈。他生怕被人笑話，立志要畫得圓，但這可惡的筆不但很沉重，並且不聽話，剛剛一抖一抖的幾乎要合縫，卻又向外一聳，畫成瓜子模樣了。

阿Q正羞愧自己畫得不圓，那人卻不計較，早已掣了紙筆去，許多人又將他第二次抓進柵欄門。

他第二次進了柵欄，倒也並不十分懊惱。他以為人生天地之間，大約本來有時要抓進抓出，有時要在紙上畫圓圈的，唯有圈而不圓，卻是他「行狀」上的一個污點。但不多時也就釋然了，他想：孫子才畫得很圓的圓圈呢！於是他睡著了。

然而這一夜，舉人老爺反而不能睡：他和把總嘔了氣了。舉人老爺主張第一要追贓，把總主張第一要示眾。把總近來很不將舉人老爺放在眼裡了，拍案打凳地說道，「懲一儆百！你看，我做革命黨還不上二十天，搶案就是十幾件，全不破案，我的面子在哪裡？破了案，你又來迂。不成！這是我管的！」舉人老爺窘急了，然而還堅持，說是倘若不追贓，他便立刻辭了幫辦民政的職務。而把總卻道，「請便罷！」於是舉人老爺在這一夜竟沒有睡，但幸第二天倒也沒有辭。

阿Q第三次抓出柵欄門的時候，便是舉人老爺睡不著的那一夜的明天的上午了。他到了大堂，上面還坐著照例的光頭老頭子；阿Q也照例的下了跪。

老頭子很和氣地問道，「你還有什麼話麼？」

阿Q一想，沒有話，便回答說，「沒有。」

許多長衫和短衫人物，忽然給他穿上一件洋布的白背心，上面有些黑字。阿Q很氣苦：因為這很像是帶孝，而帶孝是晦氣的。然而同時他的兩手反縛了，同時又被一直抓出衙門外去了。

阿Q被抬上了一輛沒有蓬的車，幾個短衣人物也和他同坐在一處。這車立刻走動了，前面是一班背著洋砲的兵們和團丁，兩旁是許多張著嘴的看客，後面怎樣，阿Q沒有見。但他突然覺到了：這豈不是去殺頭麼？他一急，兩眼發黑，耳朵裡喤的一聲，似乎發昏了。然而他又沒有全發昏，有時雖然著急，有時卻也泰然；他意思之間，似乎覺得人生天地間，大約本來有時也未免要殺頭的。

他還認得路，於是有些詫異了：怎麼不向著法場走呢？他不知道這是在遊街、在示眾。但即使知道也一樣，他不過便以為人生天地間，大約本來有時也未免要遊街、要示眾罷了。

他省悟了，這是繞到法場去的路，這一定是「嚓」的去殺頭。他惘惘地向左右看，全跟著馬蟻似的人，而在無意中，卻在路旁的人叢中發見了一個吳媽。很久違，伊原來在城裡做工了。阿Q忽然很羞愧自己沒志氣：竟沒有唱幾句戲。他的思想彷彿旋風似的在腦裡一迴旋：《小孤孀上墳》欠堂皇，《龍虎鬥》裡的「悔不該……」也太乏，還是「手執鋼鞭將你打」罷。他同時想手一揚，才記得這兩手原來都捆著，於是「手執鋼鞭」也不唱了。

「過了二十年又是一個……」阿Q在百忙中，「無師自通」地說出半句從來不說的話。

「好！」從人叢裡，便發出豺狼的嗥叫一般的聲音來。

車子不住地前行，阿Q在喝采聲中，輪轉眼睛去看吳媽，似乎伊一向並沒有見他，卻只是出神地看著兵們背上的洋砲。

阿Q於是再看那些喝采的人們。

這剎那中，他的思想又彷彿旋風似的在腦裡一迴旋了。四年之前，他曾在山腳下遇見一隻餓狼，永是不近不遠地跟定他，要吃他的肉。他那時嚇得幾乎要死，幸而手裡有一柄斫柴刀，才得仗這壯了膽，支持到未莊；可是永遠記得那狼眼睛，又兇又怯，閃閃的像兩顆鬼火，似乎遠遠的來穿透了他的皮肉。而這回他又看見從來沒有見過的更可怕的眼睛了，又鈍又鋒利，不但已經咀嚼了他的話，並且還要咀嚼他皮肉以外的東西，永是不近不遠地跟他走。

這些眼睛們似乎連成一氣，已經在那裡咬他的靈魂。

「救命……」

然而阿Q沒有說。他早就兩眼發黑，耳朵裡嗡的一聲，覺得全身彷彿微塵似地迸散了。

至於當時的影響，最大的倒反在舉人老爺，因為終於沒有追贓，他全家都號咷了。其次是趙府，非特秀才因為上城去報官，被不好的革命黨剪了辮子，而且又破費了二十千的賞錢，所以全家也號咷了。從這一天以來，他們便漸漸的都發生了遺老的氣味。

至於輿論，在未莊是無異議，自然都說阿Q壞，被槍斃便是他的壞的證據：不壞又何至於被槍斃呢？而城裡的輿論卻不佳，他們多半不滿足，以為槍斃並無殺頭這般好看；而且那是怎樣的一個可笑的死囚呵，遊了那麼久的街，竟沒有唱一句戲：他們白跟一趟了。

一九二一年十二月

註釋

❶立言：古代所謂「三不朽」之一。《左傳》襄公二十四年載魯國大夫叔孫豹說：「太上有立德，其次有立功，其次有立言，雖久不廢，此之謂不朽。」

❷傳：小說體傳記的一種。魯迅在一九三一年三月三日給《阿Q正傳》日譯者山上正義的校釋中說：「昔日道士寫仙人的事多以『內傳』題名。」

❸正史：由官方撰修或認可的史書。清代乾隆時規定自《史記》至《明史》歷代二十四部紀傳體史書為「正史」。「正史」中的「列傳」部分，一般都是著名人物的傳記。

❹宣付國史館立「本傳」：舊時效忠於統治階級的重要人物或名人，死後由政府明令褒揚，令文末常有「宣付國史館立傳」。歷代編纂史書的機構名稱不一，清代為國史館。辛亥革命後，北洋軍閥及民國政府都曾沿用這一名稱。

❺ 迭更司：狄更斯，英國小說家。著有《塊肉餘生錄》、《雙城記》等。《博徒別傳》原名《羅德尼．斯通》，英國小說家柯南．道爾著。魯迅在一九二六年八月八日致韋素園信中曾說：「《博徒別傳》是 Rodney Stone 的譯名，但是 C.Doyle 作的。《阿 Q 正傳》中說是迭更司作，乃是我誤記。」

❻「引車賣漿者流」所用的話：指白話文。一九三一年三月三日魯迅給山上正義的校釋中提到：「『引車賣漿』，即拉車賣豆腐漿之謂，係指蔡元培氏之父。那時，蔡元培氏為北京大學校長，亦係主張白話者之一，故亦受到攻擊之矢。」

❼ 不入三教九流的小說家：三教，指儒教、佛教、道教；九流，即九家。《漢書．藝文志》中分諸子為十家：儒家、道家、陰陽家、法家、名家、墨家、縱橫家、雜家、農家、小說家，並說：「諸子十家，其可觀者九家而已。」「小說家者流，蓋出於稗官。街談巷語，道聽途說者之所造也……是以君子弗為也。」

❽ 書法正傳：一部關於書法的書，清代馮武著，共十卷。此處的「正傳」是「正確的傳授」之意。

❾ 著之竹帛：語出《呂氏春秋．仲春紀》：「著乎竹帛，傳乎後世。」竹，竹簡；帛，絹綢，古代未發明造紙前曾用以書寫文字。

❿ 茂才：秀才。東漢時，為避光武帝劉秀的名諱，改秀才為茂才；後來也沿用為秀才的別稱。

⓫ 陳獨秀辦了《新青年》提倡洋字：指一九一八年前後錢玄同等人在《新青年》雜誌上開展關於廢除漢字、改用羅馬字母拼音的討論一事。一九三一年三月三日魯迅在給山上正義的校釋中說：「主張使用羅馬字母的是錢玄同，此處說是陳獨秀，系茂才公之誤。」

⓬ 郡名百家姓：《百家姓》為從前學塾所用的識字課本之一，宋初人編纂。為便於誦讀，將姓氏連綴為四言韻語。《郡名百家姓》則在每一姓上都附註郡名（地方區域的名稱），表示某姓望族曾

居某地，如趙為「天水」、錢為「彭城」等。

⑬胡適之：胡適。他於一九二〇年七月所作的《〈水滸傳〉考證》中自稱「有歷史癖與考據癖」。

⑭行狀：原指記述死者世系、籍貫、生卒、事蹟的文字，一般由其家屬撰寫。此處泛指經歷。

⑮土谷祠：即土地公廟。土谷，指土地公和五穀神。

⑯文童：也稱「童生」。即應秀才考試的士子，又稱儒童。

⑰狀元：經殿試取中的第一名進士稱狀元。

⑱押牌寶：一種賭博。賭局中為主的人稱「莊家」；下文的「青龍」、「天門」、「穿堂」等都是押牌寶的用語，指押賭注的位置；「四百」、「一百五十」是押賭注的錢數。

⑲塞翁失馬安知非福：據《淮南子・人間訓》：「近塞上之人有善術者，馬無故亡而入胡，人皆弔之。其父曰：『此何遽不為福乎！』居數月，其馬將胡駿馬而歸，人皆賀之。其父曰：『此何遽不能為禍乎！』家富良馬，其子好騎，墮而折髀，人皆弔之。其父曰：『此何遽不為福乎！』居一年，胡人大入塞，丁壯者引弦而戰，近塞之人死者十九，此獨以跛之故，父子相保。故福之為禍，禍之為福，化不可極，深不可測也。」

⑳賽神：迎神賽會。以鼓樂儀仗和雜戲等迎神出廟，周遊街巷，以酬神祈福。

㉑小孤孀上墳：當時流行的紹興地方戲。

㉒太牢：按古代祭禮，原指牛、羊、豬三牲，但後來單稱牛為太牢。

㉓皇帝已經停了考：光緒三十一年，清政府下令自丙午科起，廢止科舉考試。

㉔哭喪棒：為父母送殯時，兒子須手拄「孝杖」，以表示悲痛難支。阿Q因厭惡假洋鬼子，所以將

他的手杖咒為「哭喪棒」。

㉕不孝有三無後為大：語見《孟子．離婁》。據漢代趙岐注：「於禮有不孝者三事，謂阿意曲從，陷親不義，一不孝也；家窮親老，不為祿仕，二不孝也；不娶無子，絕先祖祀，三不孝也。三者之中，無後為大。」

㉖若敖之鬼餒而：語出《左傳》宣公四年：楚國令尹子良（若敖氏）的兒子越椒長相兇惡，子良的哥哥子文認為越椒長大後會招致滅族之禍，命子良殺死他，子良沒有依從。子文臨死時說：「鬼猶求食，若敖氏之鬼不其餒而。」意思是若敖氏日後沒有子孫供飯，鬼魂都要挨餓了。

㉗不能收其放心：《尚書．畢命》：「雖收放心，閑之維艱。」放心，心無約束的意思。

㉘妲己：殷紂王的妃子，下文的褒姒是周幽王的妃子。《史記》中有商因妲己而亡，周因褒姒而衰的記載。貂蟬是《三國演義》中王允家的一個歌妓，書中有呂布為爭奪她而殺死董卓的故事。魯迅在此處諷刺歷史上將亡國敗家的原因都歸罪於婦女的觀點。

㉙男女之大防：指對男女之間規定的嚴格界限，如「男子居外，女子居內」（《禮記．內則》）、「男女授受不親」（《孟子．離婁》）。

㉚誅心：猶「誅意」。《後漢書．霍諝傳》：「《春秋》之義，原情定過，赦事誅意。」誅心、誅意，指不問實際情形如何而主觀地推究別人的居心。

㉛「而立」：語出《論語．為政》：「三十而立」。原是孔子說自己在三十歲時，於學問上有所自立，後來常被用作三十歲的代詞。

㉜小Don：即小同。魯迅在《且介亭雜文．寄戲周刊編者信》中說：「他叫『小同』，大起來，和阿Q一樣。」

33 我手執鋼鞭將你打：這一句和下文的「悔不該，酒醉錯斬了鄭賢弟」，都是當時紹興地方戲《龍虎門》中的唱詞，這齣戲演的是宋太祖趙匡胤和呼延贊交戰的故事。

34 士別三日便當刮目相待：語出《三國志．吳書．呂蒙傳》裴松之注：「士別三日，即更刮目相待。」刮目，拭目的意思。

35 三十二張的竹牌：一種賭具。即牙牌或骨牌，用象牙或獸骨所製，簡陋的就用竹製成。下文的「麻醬」指麻雀牌，俗稱麻將，亦是一種賭具。阿Q將「麻將」訛為「麻醬」。

36 三百大錢九二串：即「三百大錢，以九十二文作為一百」（見《華蓋集續編．阿Q正傳的成因》）。舊時用的銅錢，中有方孔，可用繩子串在一起，每千枚（或每枚「當十」的大錢一百枚）為一串，稱作一吊，但實際上常不足數。

37 庭訓：《論語．季氏》載：孔子「嘗獨立，鯉（即孔子的兒子）趨而過庭」，孔子要他學「詩」、學「禮」。後來就常有人稱父親的教訓為「庭訓」或「過庭之訓」。

38 宣統三年九月十四日：西元一九一一年十一月四日，辛亥革命武昌起義後的第二十五天。辛亥九月十四日杭州府為民軍佔領，紹興府即日宣佈光復。

39 穿著崇正皇帝的素：崇正，此小說中角色對崇禎的訛稱。崇禎是明思宗（朱由檢）的年號。明亡於清，後來有些革命部隊常用「反清復明」的口號反對清朝統治，因此直到清末還有人認為起義是為了替崇禎皇帝報仇。

40 寧式床：浙江寧波一帶製作的一種較為講究的床。

41 咸與維新：語見《尚書．胤徵》：「舊染污俗，咸與維新。」原意是對一切受惡習影響的人都給以棄舊從新的機會。此處指辛亥革命時革命派與反對勢力妥協，地主官僚等趁此投機的現象。

42 宣德爐：明宣宗宣德年間製造的一種較為名貴的小型銅香爐，爐底有「大明宣德年制」字樣。

43 把總：清代最基層的武官。

44 黃傘格：一種寫信格式，表示對於對方的恭敬。

45 柿油黨的頂子：柿油黨是「自由黨」的諧音，魯迅在《華蓋集續集．阿Q正傳的成因》中提到：「『柿油黨』……原是『自由黨』，鄉下人不能懂，便訛成他們能懂的『柿油黨』了。」頂子，清代官員帽頂上表示官階的帽珠，此處是指未莊人把自由黨的徽章比作官員的「頂子」。

46 翰林：唐代以來皇帝的文學侍從。明、清時代凡進士選入翰林院供職者通稱翰林，擔任編修國史、起草文件等工作，是一種名望較高的文職官銜。

47 劉海仙：指五代時的劉海蟾，相傳他在終南山修道成仙。他流行於民間的畫像，一般都是披著長髮，前額覆有短髮。

48 洪哥：指黎元洪。原任清朝新軍第二十一混成協的協統（相當於旅長），一九一一年武昌起義後，擔任湖北都督、中華民國副總統。

49 羲皇：指伏羲氏，傳說中上古時代的帝王。他統治的時代曾被形容為太平盛世。

端午節

「胡說！做老子的辦事教書都不給錢，兒子去唸幾句書倒要錢？」伊覺得他已經不很顧忌道理，似乎就要將自己當作校長來出氣，犯不上，便不再言語了。

方玄綽近來愛說「差不多」這一句話，幾乎成了「口頭禪」似的；而且不但說，的確也盤據在他腦裡了。他最初說的是「都一樣」，後來大約覺得欠穩當了，便改為「差不多」，一直使用到現在。

他自從發見了這一句平凡的警句以後，雖然引起了不少的新感慨，同時卻也得到許多新安慰。譬如看見老輩威壓青年，在先是要憤憤的，但現在卻就轉念道，將來這少年有了兒孫時，大抵也要擺這架子的罷，便再沒有什麼不平了。又如看見兵士打車夫，在先也要憤憤的，但現在也就轉念道，倘使這車夫當了兵，這兵拉了車，大抵也就這麼打，便再也不放在心上了。他這樣想著的時候，有時也疑心是因為自己沒有和惡社會奮鬥的勇氣，所以瞞心昧己的故意造出來一條逃路，很近於「無是非之心」，遠不如改正了好。然而這意見總反而在他腦裡生長起來。

他將這「差不多說」最初公表的時候是在北京首善學校的講堂上，其時大概是提起關於歷史上的事情來，於是說到「古今人不相遠」，說到各色人等的「性相近」，終於牽扯到學生和官僚身上，大發其議論道：

「現在社會上時髦的都通行罵官僚，而學生罵得尤利害。然而官僚並不是天生的特別種族，就是平民變就的。現在學生出身的官僚就不少，和老官僚有什麼兩樣呢？『易地則皆然』，思想言論舉動丰采都沒有什麼大區別……便是學生團體新辦的許多事業，不是也已經難免出弊病，大半煙消火滅了麼？差不多的。但中國將來之可慮就在此……」

散坐在講堂裡的二十多個聽講者，有的悵然了，或者是以為這話對；有的勃然了，大約是以為侮辱了神聖的青年；有幾個卻對他微笑了，大約以為這是他替自己的辯解：因為方玄綽就是兼做官僚的。

而其實卻是都錯誤。這不過是他的一種新不平；雖說不平，又只是他的一種安分的空論。他自己雖然不知道是因為懶，還是因為無用，總之覺得是一個不肯運動，十分安分守己的人。總長冤他有神經病，只要地位還不至於動搖，他絕不開一開口；教員的薪水欠到大半年了，只要別有官俸支持，他也絕不開一開口。不但不開口，當教員聯合索薪的時候，他還暗地裡以為欠斟酌，太嚷嚷；直到聽得同僚過分地奚落他們了，這才略有些小感慨，後來一轉念，這或者因為自己正缺錢，而別的官並不兼做教員的緣故罷，於是就釋然了。

他雖然也缺錢，但從沒有加入教員的團體內，大家議決罷課，可是不去上課了。政府說，「上了課才給錢。」他才略恨他們類乎用果子耍猴子；一個大教育家說道，「教員一手挾書包一手要錢不高尚❶。」他才對於他的太太正式地發牢騷了。

「喂，怎麼只有兩盤？」聽了「不高尚說」這一日的晚餐時候，他看著菜蔬說。

他們是沒有受過新教育的，太太並無學名或雅號，所以也就沒有什麼稱呼了，照老例雖然也可以叫「太太」但他又不願意太守舊，於是就發明了一個「喂」字。太太對他卻連「喂」字也沒有，只要臉向著他說話，依據習慣法，他就知道這話是對他而發的。

「可是上月領來的一成半都完了……昨天的米，也還是好容易才賒來的呢！」伊站在桌旁臉對著他說。

「你看，還說教書的要薪水是卑鄙哩！這種東西似乎連人要吃飯，飯要米做，米要錢買這一點粗淺事情都不知道……」

「對啦。沒有錢怎麼買米，沒有米怎麼煮……」

他兩頰都鼓起來了，彷彿氣惱這答案正和他的議論「差不多」，近乎隨聲附和模樣；接著便將頭轉向別一面去了，依據習慣法，這是宣告討論中止的表示。

待到淒風冷雨這一天，教員們因為向政府去索欠薪❷，在新華門前爛泥裡被國軍打得頭破血出之後，倒居然也發了一點薪水。方玄綽不費舉手之勞的領了錢，酌還些舊債，卻還缺一大筆款，這是因為官俸也頗有些拖欠了。當是時，便是廉吏清官們也漸以為薪之不可不索，而況兼做教員的方玄綽，自然更表同情於學界起來，所以大家主張繼續罷課的時候，他雖然仍未到場，事後卻尤其心悅誠服的確守了公共的決議。

然而政府竟又付錢，學校也就開課了。但在前幾天，卻有學生總會上一個呈文給政府，說，「教員倘若不上課，便要付欠薪。」這雖然並無效，而方玄綽卻忽而記起前回政府所說的「上了課才給錢」的話來，「差不多」這一個影子在他眼前又一幌，而且並不消滅，於是他便在講堂上公表了。

準此，可見如果將「差不多說」鍛煉羅織起來，自然也可以判作一種挾帶私心的不平，但總不能說是專為自己做官的辯解。只是每到這些時，他又常常喜歡拉上中國將來的命運之類的問題，一不小心，便連自己也以為自己是一個憂國的志士；人們是每苦於沒有「自知之明」的。

但是「差不多」的事實又發生了，政府當初雖只不理那些招人頭痛的教員，後來竟不理到無關痛癢的官吏，欠而又欠，終於逼得先前鄙薄教員要錢的好官，也很有幾員化為索薪大會裡的驍將了。唯有幾種日報上卻很發了些鄙薄譏笑他們的文字。方玄綽也毫不為奇，毫不介意，因為他根據了他的「差不多說」，知道這是新聞記者還未缺少潤筆的緣故❸，萬一政府或是闊人停了津貼，他們多半也要開大會的。

他既已表同情於教員的索薪，自然也贊成同僚的索俸，然而他仍安坐在衙門中，照例的並不一同去討債。至於有人疑心他孤高，那可也不過是一種誤解罷了。他自己說，他是自從出世以來，只有人向他來要債，他從沒有向人去討過債，所以這一端是「非其所長」。而且他是不敢見手握經濟之權的人物，這種人待到失了權勢之後，捧著一本《大乘起信論》講佛學的時候❹，固然也很是「藹然可親」的了，但還在寶座上時，卻總是一副閻王臉，將別人都當奴才看，自以為手操著你們這些窮小子們的生殺之權。他因此不敢見，也不願見他們。這種脾氣，雖然有時連自己也覺得是孤高，但往往同時也疑心這其實是沒本領。

大家左索右索，總自一節一節的挨過去了，但比起先前來，方玄綽究竟是萬分的拮据，所以使用的小廝和交易的店家不消說，便是方太太對於他也漸漸的缺了敬意，只要看伊近來不很附和，而且常常提出獨創的意見，有些唐突的舉動，也就可以了然了。到了陰曆五月初四的午前，他一回來，伊便將一疊帳單塞在他的鼻子跟前，這也是往常所沒有的。

「一總總得一百八十塊錢才夠開消……發了麼？」伊並不對著他看的說。

「哼，我明天不做官了。錢的支票是領來的了，可是索薪大會的代表不發放，先說是沒有同去的人都不發，後來又說是要到他們跟前去親領。他們今天單捏著支票，就變了閻王臉了，我實在怕看見……我錢也不要了，官也不做了，這樣無限量的卑屈……」

方太太見了這少見的義憤，倒有些愕然了，但也就沉靜下來。

「我想，還不如去親領罷，這算什麼呢！」伊看著他的臉說。

「我不去！這是官俸，不是賞錢，照例應該由會計科送來的。」

「可是不送來又怎麼好呢……哦，昨夜忘記說了，孩子們說那學費，學校裡已經催過好幾次了，說是倘若再不繳……」

「胡說！做老子的辦事教書都不給錢，兒子去唸幾句書倒要錢？」

伊覺得他已經不很顧忌道理，似乎就要將自己當作校長來出氣，犯不上，便不再言語了。

兩個默默地吃了午飯。他想了一會，又懊惱地出去了。

照舊例，近年是每逢節根或年關的前一天，他一定須在夜裡的十二點鐘才回家，一面走，一面掏著懷中，一面大聲地叫道，「喂，領來了！」於是遞給伊一疊簇新的中交票❺，臉上很有些得意的形色。誰知道初四這一天卻破了例，他不到七點鐘便回家來。方太太很驚疑，以為他竟已辭了職了，但暗暗地察看他臉上，卻也並不見有什麼格外倒運的神情。

「怎麼了？……這樣早？……」伊看定了他說。

「發不及了，領不出了，銀行已經關了門，得等初八。」

「親領？……」伊惴惴地問。

「親領這一層也已經取消了，聽說仍舊由會計科分送。可是銀行今天已經關了門，休息三天，得等到初八的上午。」他坐下，眼睛看著地面了，喝過一口茶，才又慢慢地開口說，「幸而衙門裡也沒有什麼問題了，大約到初八就準有錢……向不相干的親戚朋友去借錢，實在是一件煩難事。我午後硬著頭皮去尋金永生，談了一會，他先恭維我不去索薪，不肯親領，非常之清高，一個人正應該這樣做；待到知道我想要向他通融五十元，就像我在他嘴裡塞了一大把鹽似的，凡有臉上可以打皺的迫都打起皺來，說房租怎樣的收不起，買賣怎樣的賠本，在同事面前親身領款，也不算什麼的，即刻將我支使出來了。」

「這樣緊急的節根，誰還肯借出錢去呢！」方太太卻只淡淡地說，並沒有什麼慨然。

方玄綽低下頭來了，覺得這也無怪其然的，況且自己和金永生本來很疏遠。他接著就記起去年年關的事來，那時有一個同鄉來借十塊錢，他其時明明已經收到了衙門的領款憑單的了，因為死怕這人將來未必會還錢，便裝了副為難的神色，說道衙門裡既然領不到俸錢，學校裡又不發薪水，實在「愛莫能助」，將他空手送走了。他雖然自已並不看見裝了怎樣的臉，但此時卻覺得很局促，嘴唇微微一動，又搖一搖頭。

然而不多久，他忽而恍然大悟似地發命令了：叫小廝即刻上街去賒一瓶蓮花白。他知道店家希圖明天多還帳，大抵是不敢不賒的，假如不賒，則明天分文不還，正是他們應得的懲罰。

蓮花白竟賒來了，他喝了兩杯，青白色的臉上泛了紅，吃完飯，又頗有些高興了，他點上一枝大號哈德門香煙，從桌上抓起一本《嘗試集》來❻，躺在床上就要看。

「那麼明天怎麼對付店家呢？」方太太追上去，站在床面前看著他的臉說。

「店家？……教他們初八的下半天來。」

「我可不能這麼說。他們不相信、不答應的。」

「有什麼不相信。他們可以問去，全衙門裡什麼人也沒有領到，都得初八！」他戟著第二個指頭在帳子裡的空中畫了一個半圓，方太太跟著指頭也看了一個半圓，只見這手便去翻開了《嘗試集》。

方太太見他強橫到出乎情理之外了，也暫時開不得口。

「我想，這模樣是鬧不下去的，將來總得想點法，做點什麼別的事……」伊終於尋到了別的路，說。

「什麼法呢？我『文不像謄錄生，武不像救火兵』，別的做什麼？」

「你不是給上海的書舖子做過文章麼？」

「上海的書舖子？買稿要一個一個的算字，空格不算數。你看我作在那裡的白話詩去，空白有多少，怕只值三百大錢一本罷。收版權稅又半年六月沒消息，『遠水救不得近火』，誰耐煩。」

「那麼，給這裡的報館裡……」

「給報館裡？便在這裡很大的報館裡，我靠著一個學生在那裡做編輯的大情面，一千字也就是這幾個錢，即使一早做到夜，能夠養活你們麼？況且我肚子裡也沒有這許多文章。」

「那麼，過了節怎麼辦呢？」

「過了節麼？——仍舊做官……明天店家來要錢，你只要說初八的下午。」

他又要看《嘗試集》了。方太太怕失了機會，連忙吞吞吐吐地說：

「我想，過了節，到了初八，我們……倒不如去買一張彩票……」

「胡說！會說這樣無教育的……」

這時候，他忽而又記起被金永生支使出來以後的事了。那時他惘惘地走過稻香村，看店門口豎著許多斗大的字的廣告道「頭彩幾萬元」，彷彿記得心裡也一動，或者也許放慢了腳步的罷，但似乎因為捨不得皮夾裡僅存的六角錢，所以竟也毅然決然地走遠了。他臉色一變，方太太料想他是在惱著伊的無教育，便趕緊退開，沒有說完話。方玄綽也沒有說完話，將腰一伸，咿咿嗚嗚的就念《嘗試集》。

一九二二年六月

註釋

❶ 大教育家：指范源濂。據北京《語絲》周刊第十四期《理想中的教師》一文追述：「前教育總長……范靜生先生（即范源濂）也曾非難過北京各校的教員，說他們一手拿錢，一手拿書包上課。」

❷ 指當時曾發生的索薪事件。一九二一年六月三日，國立北京專門以上八校辭職教職員代表聯席會，聯合全市各校教職員工和學生群眾一萬多人舉行示威遊行，向以徐世昌為首的北洋軍閥政府索取欠薪，遭到鎮壓，多人受傷。下文的新華門，在北京西長安街，當時曾是北洋軍閥政府總統府的大門。

❸ 潤筆：原指給撰作詩文或寫字、畫畫者的報酬，後來也用作稿酬的別稱。

❹ 《大乘起信論》：佛經名，印度馬鳴菩薩作。

❺ 中交票：中國銀行和交通銀行（當時的國家銀行）發行的鈔票。

❻ 《嘗試集》：胡適的白話詩集。

白光

> 他又就了坐，眼光格外的閃爍；他目睹著許多東西，然而很模糊——是倒塌了的糖塔一般的前程躺在他面前，這前程又只是廣大起來，阻住了他的一切路。

陳士成看過縣考的榜，回到家裡的時候，已經是下午了。他去得本很早，一見榜，便先在這上面尋陳字。陳字也不少，似乎也都爭先恐後地跳進他眼睛裡來，然而接著的卻全不是士成這兩個字。他於是重新再在十二張榜的圓圖裡細細地搜尋[1]，看的人全已散盡了，而陳士成在榜上終於沒有見，單站在試院的照壁的面前。

涼風雖然拂拂地吹動他斑白的短髮，初冬的太陽卻還是很溫和的來曬他。但他似乎被太陽曬得頭暈了，臉色越加變成灰白，從勞乏的紅腫的兩眼裡，發出古怪的閃光。這時他其實早已不看到什麼牆上的榜文了，只見有許多烏黑的圓圈，在眼前泛泛地遊走。

雋了秀才，上省去鄉試，一徑聯捷上去……紳士們既然千方百計地來攀親，人們又都像看見神明似的敬畏，深悔先前的輕薄、發昏，……趕走了租住在自己破宅門裡的雜姓——那是不勞說趕，自己就搬的——

屋宇全新了，門口是旗竿和扁額❷……要清高可以做京官，否則不如謀外放……他平日安排停當的前程，這時候又像受潮的糖塔一般，剎時倒塌，只剩下一堆碎片了。他不自覺地旋轉了覺得渙散了身軀，惘惘地走向歸家的路。

他剛到自己的房門口，七個學童便一齊放開喉嚨，吱的念起書來。他大吃一驚，耳朵邊似乎敲了一聲磬❸，只見七個頭拖了小辮子在眼前幌，幌得滿房，黑圈子也夾著跳舞。他坐下了，他們送上晚課來，臉上都顯出小覷他的神色。

「回去罷。」他遲疑了片時，這才悲慘地說。

他們胡亂地包了書包，挾著，一溜煙跑走了。

陳士成還看見許多小頭夾著黑圓圈在眼前跳舞，有時雜亂，有時也擺成異樣的陣圖，然而漸漸地減少了、模糊了。

「這回又完了！」

他大吃一驚，直跳起來，分明就在耳邊的話，回過頭去卻並沒有什麼人，彷彿又聽得嗡的敲了一聲磬，自己的嘴也說道：

「這回又完了！」

他忽而舉起一隻手來，屈指計數著想，十一，十三回，連今年是十六回，竟沒有一個考官懂得文章，有眼無珠，也是可憐的事，便不由嘻嘻地失了笑。然而他憤然了，驀地從書包布底下抽出謄真的製藝和試帖來❹，拿著往外走，剛近房門，卻看見滿眼都明亮，連一群雞也正在笑他，便禁不住心頭突突地狂跳，只好縮回裡面了。

他又就了坐，眼光格外的閃爍；他目睹著許多東西，然而很模糊——是倒塌了的糖塔一般的前程躺在他面前，這前程又只是廣大起來，阻住了他的一切路。

別家的炊煙早消歇了，碗筷也洗過了，而陳士成還不去做飯。寓在這裡的雜姓是知道老例的❺，凡遇到縣考的年頭，看見發榜後的這樣的眼光，不如及早關了門，不要多管事。最先就絕了人聲，接著是陸續的熄了燈火，獨有月亮，卻緩緩地出現在寒夜的空中。

空中青碧到如一片海，略有些浮雲，彷彿有誰將粉筆洗在筆洗裡似的搖曳。月亮對著陳士成注下寒冷的光波來，當初也不過像是一面新磨的鐵鏡罷了，而這鏡卻詭秘的照透了陳士成的全身，就在他身上映出鐵的月亮的影。

他還在房外的院子裡徘徊，眼裡頗清靜了，四近也寂靜。但這寂靜忽又無端地紛擾起來，他耳邊又確鑿聽到急促的低聲說：

「左彎右彎……」

他聳然了，傾耳聽時，那聲音卻又提高地複述道：

「右彎！」

他記得了。這院子，是他家還未如此凋零的時候，一到夏天的夜間，夜夜和他的祖母在此納涼的院子。那時他不過十歲有零的孩子，躺在竹榻上，祖母便坐在榻旁邊，講給他有趣的故事聽。伊說是曾經聽得伊的祖母說，陳氏的祖宗是巨富的，這屋子便是祖基❻，祖宗埋著無數的銀子，有福氣的子孫一定會得到的罷，然而至今還沒有現。至於處所，那是藏在一個謎語的中間：

「左彎右彎，前走後走，量金量銀不論斗。」

對於這謎語，陳士成便在平時，本也常常暗地裡加以揣測的，可惜大抵剛以為可以通，卻又立刻覺得不合了。有一回，他確有把握，知道這是在租給唐家的房底下的了，然而總沒有前去發掘的勇氣；過了幾時，可又覺得太不相像了。

至於他自己房子裡的幾個掘過的舊痕跡，那卻全是先前幾回下第以後的發了怔忡的舉動❼，後來自己一看到，也還感到慚愧而且羞人。

但今天鐵的光罩住了陳士成，又軟軟地來勸他了，他或者偶一遲疑，便給他正經的證明，又加上陰森的摧逼，使他不得不又向自己的房裡轉過眼光去。

白光如一柄白團扇，搖搖擺擺地閃起在他房裡了。

「也終於在這裡！」

他說著，獅子似的趕快走進那房裡去，但跨進裡面的時候，便不見了白光的影蹤，只有莽蒼蒼的一間舊房❽，和幾個破書桌都沒在昏暗裡。他爽然地站著，慢慢的再定睛，然而白光卻分明的又起來了，這回更廣大，比硫黃火更白淨，比朝霧更霏微，而且便在靠東牆的一張書桌下。

陳士成獅子似地奔到門後邊，伸手去摸鋤頭，撞著一條黑影。他不知怎的有些怕了，張惶地點了燈，看鋤頭無非倚著。他移開桌子，用鋤頭一氣掘起四塊大方磚，蹲身一看，照例是黃澄澄的細沙，揎了袖爬開細沙，便露出下面的黑土來。他極小心的、幽靜的，一鋤一鋤往下掘，然而深夜究竟太寂靜了，尖鐵觸土的聲音，總是鈍重的不肯瞞人的發響。

土坑深到二尺多了，並不見有甕口，陳士成正心焦，一聲脆響，頗震得手腕痛，鋤尖碰到什麼堅硬的東西了；他急忙拋下鋤頭，摸索著看時，一塊大方磚在下面。他的心抖得很利害，聚精會神地挖起那方磚來，下面也滿是先前一樣的黑土，爬鬆了許多土，下面似乎還無窮。但忽而又觸著堅硬的小東西了，圓的，大約是一個銹銅錢；此外也還有幾片破碎的磁片。

陳士成心裡彷彿覺得空虛了，渾身流汗，急躁的只爬搔；這其間，心在空中一抖動，又觸著一種古怪的小東西了，這似乎約略有些馬掌形的，但觸手很鬆脆。他又聚精會神地挖起那東西來，謹慎地撮著，就燈光下仔細看時，那東西斑斑剝剝的像是爛骨頭，上面還帶著一排零落不全的牙齒。他已經悟到這許是下巴骨了，而那下巴骨也便在他手裡索索地動彈起來，而且笑吟吟地顯出笑影，終於聽得他開口道：

「這回又完了！」

他栗然的發了大冷，同時也放了手，下巴骨輕飄飄地回到坑底裡不多久，他也就逃到院子裡了。他偷看房裡面，燈火如此輝煌，下巴骨如此嘲笑，異乎尋常的怕人，便再不敢向那邊看。他躲在遠處的簷下的陰影裡，覺得較為安全了；但在這平安中，忽而耳朵邊又聽得竊竊的低聲說：

「這裡沒有……到山裡去……」

陳士成似乎記得白天在街上也曾聽得有人說這種話，他不待再聽完，已經恍然大悟了。他突然仰面向天，月亮已向西高峰這方面隱去，遠想離城三十五里的西高峰正在眼前，朝笏一般黑魆魆地挺立著❾，周圍便放出浩大閃爍的白光來。

而且這白光又遠遠的就在前面了。

「是的，到山裡去！」

他決定地想，慘然地奔出去了。幾回的開門之後，門裡面便再不聞一些聲息。燈火結了大燈花照著空屋和坑洞，畢畢剝剝地炸了幾聲之後，便漸漸的縮小以至於無有，那是殘油已經燒盡了。

「開城門來……」

含著大希望的恐怖的悲聲，游絲似的在西關門前的黎明中，戰戰兢兢地叫喊。

第二天的日中，有人在離西門十五里的萬流湖裡看見一個浮屍，當即傳揚開去，終於傳到地保的耳朵裡了，便叫鄉下人撈將上來。那是一個男屍，五十多歲，「身中面白無鬚」，渾身也沒有什麼衣褲。或者說這就是陳士成。但鄰居懶得去看，也並無屍親認領，於是經縣委員相驗之後，便由地保埋了。至於死因，那當然是沒有問題的，剝取死屍的衣服本來是常有的事，夠不上疑心到謀害去：而且仵作也證明是生前的落水[10]，因為他確鑿曾在水底裡掙命，所以十個指甲裡都滿嵌著河底泥。

一九二二年六月

註釋

❶ 圓圖：科舉時代縣考初試公布的名榜，也稱圖榜，一般不計名次。為了便於計算，將每五十名考

取者的姓名寫成一個圓圖；最初一名以較大的字提高，其次沿順時針方向自右至左寫去。

❷ 扁額：題大字於木板，高掛於門上的橫額。也作「匾額」。

❸ 磬：樂器名。一、古代用玉石或金屬製成的打擊樂器。形狀像曲尺，可懸掛於架上。數量不一，有單一的，也有成組排列的。二、寺觀禮佛時所敲的銅製樂器。中空，形狀似缽。僧人敲擊用以表示活動的開始或結束。

❹ 製藝和試帖：科舉考試規定的公式化詩文。

❺ 雜姓：在某個較小的地域範圍內，住戶較多的姓氏之外的各姓。

❻ 祖基：祖先的產業。

❼ 下第：指殿試或鄉試沒有考中。

❽ 莽蒼蒼：空闊、迷茫。

❾ 朝笏：古代臣子朝見皇帝時所執狹長而稍彎的手板，按品級不同，分別用玉、象牙或竹製成，將要啟奏的事書記其上，以免遺忘。

❿ 仵作：於官署中擔任檢驗死傷工作的官吏，相當於現在的法醫。也作「伍作」、「件匠」、「忤作」。

兔和貓

然而我向來無所容心於其間，而別人並且不聽到……假使造物也可以責備，那麼，我以為祂實在將生命造得太濫了，毀得太濫了。

住在我們後進院子裡的三太太，在夏間買了一對白兔，是給伊的孩子們看的。

這一對白兔，似乎離娘並不久，雖然是異類，也可以看出他們的天真爛熳來。但也豎直了小小的通紅的長耳朵，動著鼻子，眼睛裡頗現些驚疑的神色，大約究竟覺得人地生疏，沒有在老家時候的安心了。這種東西，倘到廟會日期自己出去買❶，每個至多不過兩吊錢，而三太太卻花了一元，因為是叫小使上店買來的。

孩子們自然大得意了，嚷著圍住了看；大人也都圍著看；還有一匹小狗名叫S的也跑來，闖過去一嗅，打了一個噴嚏，退了幾步。三太太吆喝道，「S，聽著，不准你咬他！」於是在牠頭上打了一拳，S便退開了，從此並不咬。

這一對兔總是關在後窗後面的小院子裡的時候多，聽說是因為太喜歡撕壁紙，也常常啃木器腳。這小院子裡有一株野桑樹，桑子落地，牠們最愛吃，便連餵牠們的菠菜也不吃了。烏鴉、喜鵲想要下來時，牠們便躬著身子用後腳在地上使勁的一彈，砉的一聲直跳上來，像飛起了一團雪，鴉鵲嚇得趕緊走，這樣的幾回，再也不敢近來了。三太太說，鴉鵲倒不打緊，至多也不過搶吃一點食料，可惡的是一匹大黑貓，常在矮牆上惡狠狠地看，這卻要防的，幸而S和貓是對頭，或者還不至於有什麼罷。

孩子們時時捉他們來玩耍；牠們很和氣，豎起耳朵，動著鼻子，馴良地站在小手的圈子裡，但一有空，卻也就溜開去了。牠們夜裡的臥榻是一個小木箱，裡面鋪些稻草，就在後窗的房檐下。

這樣的幾個月之後，牠們忽而自己掘土了，掘得非常快，前腳一抓，後腳一踢，不到半天，已經掘成一個深洞。大家都奇怪，後來仔細看時，原來一個的肚子比別一個的大得多了。他們第二天便將乾草和樹葉銜進洞裡去，忙了大半天。大家都高興，說又有小兔可看了；三太太便對孩子們下了戒嚴令，從此不許再去捉。我的母親也很喜歡他們家族的繁榮，還說待生下來的離了乳，也要去討兩匹來養在自己的窗外面。

牠們從此便住在自造的洞府裡，有時也出來吃些食，後來不見了，可不知道牠們是預先運糧存在裡面呢還是竟不吃。過了十多天，三太太對我說，那兩匹又出來了，大約小兔是生下來又都死掉了，因為雌的一匹的奶非常多，卻並不見有進去哺養孩子的形跡。伊言語之間頗氣憤，然而也沒有法。

有一天，太陽很溫暖，也沒有風，樹葉都不動，我忽聽得許多人在那裡笑，尋聲看時，卻見許多人都靠著三太太的後窗看：原來有一個小兔，在院子裡跳躍了。這比牠的父母買來的時候還小得遠，但也已經能用後腳一彈地，迸跳起來了。孩子們爭著告訴我說，還看見一個小兔到洞口來探一探頭，但是即刻便縮回去了，那該是牠的弟弟罷。

那小的也撿些草葉吃，然而大的似乎不許牠，往往夾口的搶去了，而自己並不吃。孩子們笑得響，那小的終於吃驚了，便跳著鑽進洞裡去；大的也跟到洞門口，用前腳推著牠的孩子的脊梁，推進之後，又爬開泥土來封了洞。

從此小院子裡更熱鬧，窗口也時時有人窺探了。

然而竟又全不見了那小的和大的。這時是連日的陰天，三太太又慮到遭了那大黑貓的毒手的事去。我說不然，那是天氣冷，當然都躲著，太陽一出，一定出來的。

太陽出來了，牠們卻都不見。於是大家就忘卻了。

唯有三太太是常在那裡餵牠們菠菜的，所以常想到。伊有一回走進窗後的小院子去，忽然在牆角上發見了一個別的洞，再看舊洞口，卻依稀的還見有許多爪痕。這爪痕倘說是大兔的，爪該不會有這樣大，伊又疑心到那常在牆上的大黑貓去了，伊於是也就不能不定下發掘的決心了。伊終於出來取了鋤子，一路掘下去，雖然疑心，卻也希望著意外地見了小白兔的，但是待到底，卻只見一堆爛草夾些兔毛，怕還是臨蓐時候所鋪的罷，此外是冷清清的，全沒有什麼雪白的小兔的蹤跡，以及牠那隻一探頭未出洞外的弟弟了。

氣憤和失望和淒涼，使伊不能不再掘那牆角上的新洞了。一動手，那大的兩匹便先竄出洞外面。伊以為牠們搬了家了，很高興，然而仍然掘，待見底，那裡面也鋪著草葉和兔毛，而上面卻睡著七個很小的兔，遍身肉紅色，細看時，眼睛全都沒有開。

一切都明白了，三太太先前的預料果不錯。伊為預防危險起見，便將七個小的都裝在木箱中，搬進自己的房裡，又將大的也捺進箱裡面，勒令伊去哺乳。

三太太從此不但深恨黑貓，而且頗不以大兔為然了。據說當初那兩個被害之先，死掉的該還有，因為他們生一回，絕不至於只兩個，但為了哺乳不勻，不能爭食的就先死了。這大概也不錯的，現在七個之中，就有兩個很瘦弱。所以三太太一有閒空，便捉住母兔，將小兔一個一個輪流的擺在肚子上來喝奶，不准有多少。

母親對我說，那樣麻煩的養兔法，伊歷來連聽也未曾聽到過，恐怕是可以收入《無雙譜》的❷。白兔的家族更繁榮；大家也又都高興了。

但自此之後，我總覺得淒涼。夜半在燈下坐著想，那兩條小性命，竟是人不知鬼不覺的早在不知什麼時候喪失了，生物史上不著一些痕跡，並S也不叫一聲。我於是記起舊事來，先前我住在會館裡，清早起身，只見大槐樹下一片散亂的鴿子毛，這明明是膏於鷹吻的了，上午長班來一打掃❸，便什麼都不見，誰知道曾有一個生命斷送在這裡呢？我又曾路過西四牌樓，看見一匹小狗被馬車軋得快死，待回來時，什麼也不見了，搬掉了罷，過往行人憧憧地走著，誰知道曾有一個生命斷送在這裡呢？夏夜，窗外面，常聽到蒼蠅的悠長的吱吱的叫聲，這一定是給蠅虎咬住了，然而我向來無所容心於其間，而別人並且不聽到……

假使造物也可以責備，那麼，我以為祂實在將生命造得太濫了，毀得太濫了。

嗥的一聲，又是兩條貓在窗外打起架來。

「迅兒！你又在那裡打貓了？」

「不，牠們自己咬。牠哪裡會給我打呢！」

我的母親是素來很不以我的虐待貓為然的，現在大約疑心我要替小兔抱不平，下什麼辣手，便起來探問了。而我在全家的口碑上，卻的確算一個貓敵。我曾經害過貓，平時也常打貓，尤其是在牠們配合的時候。但我之所以打的原因並非因為牠們配合，是因為牠們嚷，嚷到使我睡不著，我以為配合是不必這樣大嚷而特嚷的。

況且黑貓害了小兔，我更是「師出有名」的了。我覺得母親實在太修善，於是不由的就說出模棱的近乎不以為然的答話來。

造物太胡鬧，我不能不反抗祂了，雖然也許倒是幫祂的忙……

那黑貓是不能久在矮牆上高視闊步的了，我決定的想，於是又不由的一瞥那藏在書箱裡的一瓶青酸鉀❹。

一九二二年十月

註釋

❶廟會：又稱「廟市」，在節日或規定的日子，設在寺廟或其附近的集市。

❷無雙譜：清代金古良編繪，內收從漢到宋四十個行為獨特人物的畫像，並各附一詩。此處借用以形容獨一無二。

❸長班：舊時官員的隨身僕人，也用以稱一般的「聽差」。

❹青酸鉀：即氰酸鉀，一種劇毒化學品。

鴨的喜劇

等到攔牠們上了岸，全池已經是渾水，過了半天，澄清了，只見泥裡露出幾條細藕來；而且再也尋不出一個已經生了腳的蝌蚪了。

俄國的盲詩人愛羅先珂君帶了他那六弦琴到北京之後不久❶，便向我訴苦說：「寂寞呀，寂寞呀，在沙漠上似的寂寞呀！」

這應該是真實的，但在我卻未曾感得；我住得久了，「入芝蘭之室，久而不聞其香」，只以為很是嚷嚷罷了。然而我之所謂嚷嚷，或者也就是他之所謂寂寞罷。

我可是覺得在北京彷彿沒有春和秋。老於北京的人說，地氣北轉了，這裡在先是沒有這麼和暖。只是我總以為沒有春和秋；冬末和夏初銜接起來，夏才去，冬又開始了。

一日就是這冬末夏初的時候，而且是夜間，我偶而得了閒暇，去訪問愛羅先珂君。他一向寓在仲密君的家裡；這時一家的人都睡了覺了，天下很安靜。他獨自靠在自己的臥榻上，很高的眉棱在金黃色的長髮之間微蹙了，是在想他舊遊之地的緬甸，緬甸的夏夜。

「這樣的夜間，」他說，「在緬甸是遍地是音樂。房裡，草間，樹上，都有昆蟲吟叫，各種聲音，成為合奏，很神奇。其間時時夾著蛇鳴：『嘶嘶！』可是也與蟲聲相和諧……」他沉思了，似乎想要追想起那時的情景來。

我開不得口。這樣奇妙的音樂，我在北京確乎未曾聽到過，所以即使如何愛國，也辯護不得，因為他雖然目無所見，耳朵是沒有聾的。

「北京卻連蛙鳴也沒有……」他又嘆息說。

「蛙鳴是有的！」這嘆息，卻使我勇猛起來了，於是抗議說，「到夏天，大雨之後，你便能聽到許多蝦蟆叫，那是都在溝裡面的，因為北京到處都有溝。」

「哦……」

過了幾天，我的話居然證實了，因為愛羅先珂君已經買到了十幾個蝌蚪子。他買來便放在他窗外的院子中央的小池裡。那池的長有三尺，寬有二尺，是仲密所掘，以種荷花的荷池。從這荷池裡，雖然從來沒有見過養出半朵荷花來，然而養蝦蟆卻實在是一個極合適的處所。蝌蚪成群結隊的在水裡面游泳；愛羅先珂君也常常踱來訪他們。有時候，孩子告訴他說，「愛羅先珂先生，他們生了腳了。」他便高興地微笑道，「哦！」

然而養成池沼的音樂家卻只是愛羅先珂君的一件事。他是向來主張自食其力的，常說女人可以畜牧，男人就應該種田。所以遇到很熟的友人，他便要勸誘他就在院子裡種白菜；也屢次對仲密夫人勸告，勸伊養蜂、養雞、養豬、養牛、養駱駝。後來仲密家果然有了許多小雞，滿院飛跑，啄完了鋪地錦的嫩葉，大約也許就是這勸告的結果了。

從此賣小雞的鄉下人也時常來，來一回便買幾隻，因為小雞是容易積食、發痧，很難得長壽的；而且有一匹還成了愛羅先珂君在北京所作唯一的小說——《小雞的悲劇》裡的主人公❷。有一天的上午，那鄉下人竟意外的帶了小鴨來了，咻咻地叫著；但是仲密夫人說不要。愛羅先珂君也跑出來，他們就放一個在他兩手裡，而小鴨便在他兩手裡咻咻地叫。他以為這也很可愛，於是又不能不買了，一共買了四個，每個八十文。

小鴨也誠然是可愛，遍身松花黃，放在地上，便蹣跚地走，互相招呼，總是在一處。大家都說好，明天去買泥鰍來餵牠們罷。愛羅先珂君說，「這錢也可以歸我出的。」

他於是教書去了；大家也走散。不一會，仲密夫人拿冷飯來餵牠們時，在遠處已聽得潑水的聲音，跑到一看，原來那四個小鴨都在荷池裡洗澡了，而且還翻筋斗、吃東西呢！等到攔牠們上了岸，全池已經是渾水，過了半天，澄清了，只見泥裡露出幾條細藕來；而且再也尋不出一個已經生了腳的蝌蚪了。

「伊和希珂先，沒有了，蝦蟆的兒子。」傍晚時候，孩子們一見他回來，最小的一個便趕緊說。

「唔，蝦蟆？」

仲密夫人也出來了，報告了小鴨吃完蝌蚪的故事。

「唉，唉……」他說。

待到小鴨褪了黃毛，愛羅先珂君卻忽而渴念著他的「俄羅斯母親」了❸，便匆匆地向赤塔去。

待到四處蛙鳴的時候，小鴨也已經長成，兩個白的，兩個花的，而且不復咻咻地叫，都是「鴨鴨」地叫了。荷花池也早已容不下牠們盤桓了，幸而仲密的住家的地勢是很低的，夏雨一降，院子裡滿積了水，牠們便欣欣然，游水、鑽水、拍翅子、「鴨鴨」地叫。

現在又從夏末交了冬初，而愛羅先珂君還是絕無消息，不知道究竟在哪裡了。

只有四個鴨，卻還在沙漠上「鴨鴨」地叫。

一九二二年十月

註釋

❶ 愛羅先珂：俄國詩人和童話作家，童年時因病雙目失明。曾先後到過日本、泰國、緬甸、印度，一九二一年在日本因參加「五一」遊行被驅逐出境，後輾轉來到中國。一九二二年從上海到北京，曾在北京大學、北京世界語專門學校任教。一九二三年回國。他用世界語和日語寫作，魯迅曾翻譯他的《桃色的雲》、《愛羅先珂童話集》等作品。

❷ 小雞的悲劇：童話。魯迅於一九二二年七月翻譯，發表於同年九月上海《婦女雜誌》第八卷第九號，後收入《愛羅先珂童話集》。

❸ 俄羅斯母親：俄羅斯人對自己國家的稱呼。

社戲

> 月還沒有落，彷彿看戲也並不很久似的，而一離趙莊，月光又顯得格外的皎潔。回望戲台在燈火光中，卻又如初來未到時候一般，又漂渺得像一座仙山樓閣，滿被紅霞罩著了。

我在倒數上去的二十年中，只看過兩回中國戲，前十年是絕不看，因為沒有看戲的意思和機會，那兩回全在後十年，然而都沒有看出什麼來就走了。

第一回是民國元年我初到北京的時候，當時一個朋友對我說，北京戲最好，你不去見見世面麼？我想，看戲是有味的，而況在北京呢！

於是都興致勃勃地跑到什麼園，戲文已經開場了，在外面也早聽到鼕鼕地響。我們挨進門，幾個紅的綠的在我的眼前一閃爍，便又看見戲台下滿是許多頭，再定神四面看，卻見中間也還有幾個空座。擠過去要坐時，又有人對我發議論，我因為耳朵已經嗡嗡地響著了，用了心，才聽到他是說，「有人，不行！」

我們退到後面，一個辮子很光的卻來領我們到了側面，指出一個地位來。這所謂地位者，原來是一條長凳，然而他那坐板比我的上腿要狹到四分之三，他的腳比我的下腿要長過三分之二。我先是沒有爬上去的勇氣，接著便聯想到私刑拷打的刑具，不由的毛骨悚然地走出了。

走了許多路，忽聽得我的朋友的聲音道，「究竟怎的？」我回過臉去，原來他也被我帶出來了。他很詫異地說，「怎麼總是走，不答應？」我說，「朋友，對不起，我耳朵只在鼕鼕喤喤地響，並沒有聽到你的話。」

後來我每一想到，便很以為奇怪，似乎這戲太不好——否則便是我近來在戲台下不適於生存了。

第二回忘記了哪一年，總之是募集湖北水災捐而譚叫天還沒有死❶。捐法是兩元錢買一張戲票，可以到第一舞台去看戲，扮演的多是名角，其一就是小叫天。我買了一張票，本是對於勸募人聊以塞責的，然而似乎又有好事家趁機對我說了些叫天不可不看的大法要了。我於是忘了前幾年的鼕鼕喤喤之災，竟到第一舞台去了，但大約一半也因為重價購來的寶票，總得使用了才舒服。我打聽得叫天出台是遲的，而第一舞台卻是新式構造，用不著爭座位，便放了心，延宕到九點鐘才去，誰料照例，人都滿了，連立足也難，我只得擠在遠處的人叢中看一個老旦在台上唱。那老旦嘴邊插著兩個點火的紙捻子，旁邊有一個鬼卒，我費盡思量，才疑心他或者是目連的母親❷，因為後來又出來了一個和尚。然而我又不知道那名角是誰，就去問擠小在我的左邊的一位胖紳士。他很看不起似地斜瞥了我一眼，說道，「襲雲甫❸！」我深愧淺陋而且粗疏，臉上一熱，同時腦裡也制出了絕不再問的定章，於是看小旦唱、看花旦唱、看老生唱、看不知什麼角色唱、看一大班人亂打、看兩三個人互打，從九點多到十點、從十點到十一點、從十一點到十一點半、從十一點半到十二點——然而叫天竟還沒有來。

我向來沒有這樣忍耐的等待過什麼事物，而況這身邊的胖紳士的吁吁地喘氣，這台上的鼕鼕喤喤地敲打，紅紅綠綠地晃蕩，加之以十二點，忽而使我省悟到在這裡不適於生存了。我同時便機械地擰轉身子，用力往外只一擠，覺得背後便已滿滿的，大約那彈性的胖紳士早在我的空處胖開了他的右半身了。

我後無迴路，自然擠而又擠，終於出了大門。街上除了專等看客的車輛之外，幾乎沒有什麼行人了，大門口卻還有十幾個人昂著頭看戲目，別有一堆人站著並不看什麼，我想：他們大概是看散戲之後出來的女人們的，而叫天卻還沒有來……然而夜氣很清爽，真所謂「沁人心脾」，我在北京遇著這樣的好空氣，彷彿這是第一遭了。

這一夜，就是我對於中國戲告了別的一夜，此後再沒有想到他，即使偶而經過戲園，我們也漠不相關，精神上早已一在天之南一在地之北了。

但是前幾天，我忽在無意之中看到一本日本文的書，可惜忘記了書名和著者，總之是關於中國戲的。其中有一篇，大意彷彿說，中國戲是大敲、大叫、大跳，使看客頭昏腦眩，很不適於劇場，但若在野外散漫的所在，遠遠的看起來，也自有他的風致。我當時覺著這正是說了在我意中而未曾想到的話，因為我確記得在野外看過很好的戲，到北京以後的連進兩回戲園去，也許還是受了那時的影響哩！可惜我不知道怎麼一來，竟將書名忘卻了。

至於我看好戲的時候，卻實在已經是「遠哉遙遙」的了，其時恐怕我還不過十一二歲。我們魯鎮的習慣，本來是凡有出嫁的女兒，倘自己還未當家，夏間便大抵回到母家去消夏。那時我的祖母雖然還康建，但母親也已分擔了些家務，所以夏期便不能多日的歸省了，只得在掃墓完畢之後，抽空去住幾天，這時我便每年跟了我的母親住在外祖母的家裡。那地方叫平橋村，是一個離海邊不遠，極偏僻的，臨河的小村莊；住戶不滿三十家，都種田、打魚，只有一家很小的雜貨店。但在我是樂土：因為我在這裡不但得到優待，又可以免念「秩秩斯干幽幽南山」了❹。

和我一同玩的是許多小朋友，因為有了遠客，他們也都從父母那裡得了減少工作的許可，伴我來遊戲。在小村裡，一家的客，幾乎也就是公共的。我們年紀都相仿，但論起行輩來，卻至少是叔子，有幾個還是太公，因為他們合村都同姓，是本家。然而我們是朋友，即使偶而吵鬧起來，打了太公，一村的老老少少，也絕沒有一個會想出「犯上」這兩個字來，而他們也百分之九十九不識字。

我們每天的事情大概是掘蚯蚓，掘來穿在銅絲做的小鉤上，伏在河沿上去釣蝦。蝦是水世界裡的呆子，絕不憚用了自己的兩個鉗捧著鉤尖送到嘴裡去的，所以不半天便可以釣到一大碗。這蝦照例是歸我吃的。其次便是一同去放牛，但或者因為高等動物了的緣故罷，黃牛水牛都欺生，敢於欺侮我，因此我也總不敢走近身，只好遠遠地跟著，站著。這時候，小朋友們便不再原諒我會讀「秩秩斯干」，卻全都嘲笑起來了。

至於我在那裡所第一盼望的，卻在到趙莊去看戲。趙莊是離平橋村五里的較大的村莊；平橋村太小，自己演不起戲，每年總付給趙莊多少錢，算作合做的。當時我並不想到他們為什麼年年要演戲。現在想，那或者是春賽、是社戲了❺。

就在我十一、二歲時候的這一年，這日期也看看等到了。不料這一年真可惜，在早上就叫不到船。平橋村只有一隻早出晚歸的航船是大船，絕沒有留用的道理。其餘的都是小船，不合用；央人到鄰村去問，也沒有，早都給別人訂下了。外祖母很氣惱，怪家裡的人不早訂，絮叨起來。母親便寬慰伊，說我們魯鎮的戲比小村里的好得多，一年看幾回，今天就算了。只有我急得要哭，母親卻竭力地囑咐我，說萬不能裝模裝樣，怕又招外祖母生氣，又不准和別人一同去，說是怕外祖母要擔心。

總之，是完了。到下午，我的朋友都去了，戲已經開場了，我似乎聽到鑼鼓的聲音，而且知道他們在戲台下買豆漿喝。

這一天我不釣蝦，東西也少吃。母親很為難，沒有法子想。到晚飯時候，外祖母也終於覺察了，並且說我應當不高興，他們太怠慢，是待客的禮數裡從來沒有的。吃飯之後，看過戲的少年們也都聚攏來了，高高興興地來講戲。只有我不開口；他們都嘆息而且表同情。忽然間，一個最聰明的雙喜大悟似地提議了，他說，「大船？八叔的航船不是回來了麼？」十幾個別的少年也大悟，立刻攛掇起來，說可以坐了這航船和我一同去。我高興了。然而外祖母又怕都是孩子，不可靠；母親又說是若叫大人一同去，他們白天全有工作，要他熬夜，是不合情理的。在這遲疑之中，雙喜可又看出底細來了，便又大聲地說道，「我寫包票❻！船又大；迅哥兒向來不亂跑；我們又都是識水性的！」

誠然！這十多個少年，委實沒有一個不會鳧水的❼，而且兩三個還是弄潮的好手。

外祖母和母親也相信，便不再駁回，都微笑了。我們立刻一哄的出了門。

我的很重的心忽而輕鬆了，身體也似乎舒展到說不出的大。一出門，便望見月下的平橋內泊著一隻白篷的航船，大家跳下船，雙喜拔前篙❽，阿發拔後篙，年幼的都陪我坐在艙中，較大的聚在船尾。母親送出來吩咐「要小心」的時候，我們已經點開船，在橋石上一磕，退後幾尺，即又上前出了橋。於是架起兩支櫓，一支兩人，一里一換，有說笑的、有嚷的，夾著潺潺的船頭激水的聲音，在左右都是碧綠的豆麥田地的河流中，飛一般徑向趙莊前進了。

兩岸的豆麥和河底的水草所發散出來的清香，夾雜在水氣中撲面地吹來；月色便朦朧在這水氣裡。淡黑的起伏的連山，彷彿是踴躍的鐵的獸脊似的，都遠遠的向船尾跑去了，但我卻還以為船慢。他們換了四回手，漸望見依稀的趙莊，而且似乎聽到歌吹了，還有幾點火，料想便是戲台，但或者也許是漁火。

那聲音大概是橫笛，宛轉，悠揚，使我的心也沉靜，然而又自失起來，覺得要和它彌散在含著豆麥蘊藻之香的夜氣裡。

那火接近了，果然是漁火；我才記得先前望見的也不是趙莊。那是正對船頭的一叢松柏林，我去年也曾經去遊玩過，還看見破的石馬倒在地下，一個石羊蹲在草裡呢！過了那林，船便彎進了叉港，於是趙莊便真在眼前了。

最惹眼的是屹立在莊外臨河的空地上的一座戲台，模糊在遠處的月夜中，和空間幾乎分不出界限，我疑心畫上見過的仙境，就在這裡出現了。這時船走得更快，不多時，在台上顯出人物來，紅紅綠綠地動，近台的河裡一望烏黑的是看戲的人家的船篷。

「近台沒有什麼空了，我們遠遠地看罷。」阿發說。

這時船慢了，不久就到，果然近不得台旁，大家只能下了篙，比那正對戲台的神棚還要遠。其實我們這白篷的航船，本也不願意和烏篷的船在一處，而況沒有空地呢……。

在停船的匆忙中，看見台上有一個黑的長鬍子的背上插著四張旗，捏著長槍，和一群赤膊的人正打仗。雙喜說，那就是有名的鐵頭老生，能連翻八十四個筋斗，他日裡親自數過的。

我們便都擠在船頭上看打仗，但那鐵頭老生卻又並不翻筋斗，只有幾個赤膊的人翻，翻了一陣，都進去了，接著走出一個小旦來，咿咿呀呀地唱。雙喜說，「晚上看客少，鐵頭老生也懈了，誰肯顯本領給白地看呢？」我相信這話對，因為其時台下已經不很有人，鄉下人為了明天的工作，熬不得夜，早都睡覺去了，疏疏朗朗地站著的不過是幾十個本村和鄰村的閒漢。烏篷船裡的那些土財主的家眷固然在，然而他們也不在乎看戲，多半是專到戲台下來吃糕餅、水果和瓜子的。所以簡直可以算白地。

然而我的意思卻也並不在乎看翻筋斗。我最願意看的是一個人蒙了白布，兩手在頭上捧著一支棒似的蛇頭的蛇精，其次是套了黃布衣跳老虎。但是等了許多時都不見，小旦雖然進去了，立刻又出來了一個很老的小生。我有些疲倦了，托桂生買豆漿去。他去了一刻，回來說，「沒有。賣豆漿的聾子也回去了。日裡倒有，我還喝了兩碗呢！現在去舀一瓢水來給你喝罷。」

我不喝水，支撐著仍然看，也說不出見了些什麼，只覺得戲子的臉都漸漸的有些稀奇了，那五官漸不明顯，似乎融成一片的再沒有什麼高低。年紀小的幾個多打呵欠了，大的也各管自己談話。忽而一個紅衫的小丑被綁在台柱子上，給一個花白鬍子的用馬鞭打起來了，大家才又振作精神地笑著看。在這一夜裡，我以為這實在要算是最好的一折。

然而老旦終於出台了。老旦本來是我所最怕的東西，尤其是怕他坐下了唱。這時候，看見大家也都很掃興，才知道他們的意見是和我一致的。那老旦當初還只是踱來踱去地唱，後來竟在中間的一把交椅上坐下了。我很擔心；雙喜他們卻就破口喃喃地罵。我忍耐地等著，許多工夫，只見那老旦將手一抬，我以為就要站起來了，不料他卻又慢慢地放下在原地方，仍舊唱。全船裡幾個人不住的籲氣，其餘的也打起哈欠來。雙喜終於熬不住了，說道，「怕他會唱到天明還不完，還是我們走的好罷。」大家立刻都贊成，和開船時候一樣踴躍，三四人徑奔船尾，拔了篙，點退幾丈，迴轉船頭，駕起櫓，罵著老旦，又向那松柏林前進了。

月還沒有落，彷彿看戲也並不很久似的，而一離趙莊，月光又顯得格外的皎潔。回望戲台在燈火光中，卻又如初來未到時候一般，又漂渺得像一座仙山樓閣，滿被紅霞罩著了。吹到耳邊來的又是橫笛，很悠揚；我疑心老旦已經進去了，但也不好意思說再回去看。

不多久，松柏林早在船後了，船行也並不慢，但周圍的黑暗只是濃，可知已經到了深夜。

他們一面議論著戲子，或罵，或笑，一面加緊的搖船。這一次船頭的激水聲更其響亮了，那航船，就像一條大白魚背著一群孩子在浪花裡躥，連夜漁的幾個老漁父，也停了艇子看著喝采起來。

離平橋村還有一里模樣，船行卻慢了，搖船的都說很疲乏，因為太用力，而且許久沒有東西吃。這回想出來的是桂生，說是羅漢豆正旺相❾，柴火又現成，我們可以偷一點來煮吃。大家都贊成，立刻近岸停了船；岸上的田裡，烏油油的都是結實的羅漢豆。

「阿阿，阿發，這邊是你家的，這邊是老六一家的，我們偷哪一邊的呢？」雙喜先跳下去了，在岸上說。

我們也都跳上岸。阿發一面跳，一面說道，「且慢，讓我來看一看罷，」他於是往來的摸了一回，直起身來說道，「偷我們的罷，我們的大得多呢！」一聲答應，大家便散開在阿發家的豆田裡，各摘了一大捧，拋入船艙中。雙喜以為再多偷，倘給阿發的娘知道是要哭罵的，於是各人便到六一公公的田裡又各偷了一大捧。

我們中間幾個年長的仍然慢慢地搖著船，幾個到後艙去生火，年幼的和我都剝豆。不久豆熟了，便任憑航船浮在水面上，都圍起來用手撮著吃。吃完豆，又開船，一面洗器具，豆莢、豆殼全拋在河水裡，什麼痕跡也沒有了。雙喜所慮的是用了八公公船上的鹽和柴，這老頭子很細心，一定要知道，會罵的。然而大家議論之後，歸結是不怕。他如果罵，我們便要他歸還去年在岸邊拾去的一枝枯柏樹❿，而且當面叫他「八癩子」。

「都回來了！哪裡會錯。我原說過寫包票的！」雙喜在船頭上忽而大聲地說。

我向船頭一望，前面已經是平橋。橋腳上站著一個人，卻是我的母親，雙喜便是對伊說著話。我走出前艙去，船也就進了平橋了，停了船，我們紛紛都上岸。母親頗有些生氣，說是過了三更了，怎麼回來得這樣遲，但也就高興了，笑著邀大家去吃炒米。

大家都說已經吃了點心，又渴睡，不如及早睡的好，各自回去了。

第二天，我向午才起來⓫，並沒有聽到什麼關係八公公鹽柴事件的糾葛，下午仍然去釣蝦。

「雙喜，你們這班小鬼，昨天偷了我的豆了罷？又不肯好好地摘，踏壞了不少。」我抬頭看時，是六一公公棹著小船，賣了豆回來了，船肚裡還有剩下的一堆豆。

「是的，我們請客。我們當初還不要你的呢！你看，你把我的蝦嚇跑了！」雙喜說。

六一公公看見我，便停了楫，笑道，「請客？——這是應該的。」於是對我說，「迅哥兒，昨天的戲可好麼？」

我點一點頭，說道，「好。」

「豆可中吃呢？」

我又點一點頭，說道，「很好。」

不料六一公公竟非常感激起來，將大拇指一翹，得意地說道，「這真是大市鎮裡出來的讀過書的人才，識貨！我的豆種是粒粒挑選過的，鄉下人不識好歹，還說我的豆比不上別人的呢！我今天也要送些給我們的姑奶奶嘗嘗去……」他於是打著楫子過去了。

待到母親叫我回去吃晚飯的時候，桌上便有一大碗煮熟了的羅漢豆，就是六一公公送給母親和我吃的。聽說他還對母親極口誇獎我，說，「小小年紀便有見識，將來一定要中狀元。姑奶奶，你的福氣是可以寫包票的了。」但我吃了豆，卻並沒有昨夜的豆那麼好。

真的，一直到現在，我實在再沒有吃到那夜似的好豆——也不再看到那夜似的好戲了。

一九二二年十月

註釋

❶譚叫天：即譚鑫培，又稱小叫天。當時的京劇演員，擅長老生戲。

❷目連：釋迦牟尼的弟子。據《盂蘭盆經》記載，目連的母親因生前違反佛教戒律，墮入地獄，他

曾入地獄救母。《目連救母》一劇，當時在民間很流行。

❸ 龔雲甫：當時的京劇演員，擅長老旦戲。

❹ 秩秩斯干幽幽南山：語見《詩經．小雅．斯干》。據漢代鄭玄注：「秩秩，流行也；干，澗也；幽幽，深遠也。」

❺ 社戲：「社」原指土地公或土地廟。在紹興，社是一種區域名稱，社戲就是社中每年所演的「年規戲」。

❻ 包票：在一定期限內，對於行為、財力或貨物品質表示負責保證的單據。也稱為「保單」。

❼ 鳧水：游泳

❽ 篙：撐船的竹竿或木棍。

❾ 羅漢豆：即蠶豆。

❿ 柏樹：種子外面包著一層白色蠟層稱「柏脂」，可製蠟燭和肥皂，種子可榨油。葉可製黑色染料，樹皮和葉均可入藥。

⓫ 向午：接近中午，也作「晌午」。

Chapter 2-2

魯迅的作品

俄文譯本《阿Q正傳》序及著者自敘傳略

靈台無計逃神矢，風雨如磐暗故園。

寄意寒星荃不察，我以我血薦軒轅。

——自題小像

俄文譯本《阿Q正傳》序及著者自敘傳略

至於百姓，卻就默默地生長、萎黃、枯死了，像壓在大石底下的草一樣，已經有四千年！

《阿Q正傳》序

這在我是很應該感謝，也是很覺得欣幸的事，就是——我的一篇短小的作品，仗著深通中國文學的王希禮先生的翻譯❶，竟得展開在俄國讀者的面前了。

我雖然已經試做，但終於自己還不能很有把握，我是否真能夠寫出一個現代的我們國人的魂靈來。別人我不得而知，在我自己，總彷彿覺得我們人人之間各有一道高牆，將各個分離，使大家的心無從相印。這就是我們古代的聰明人，即所謂聖賢，將人們分為十等❷，說是高下各不相同。其名目現在雖然不用了，但那鬼魂卻依然存在，並且，變本加厲，連一個人的身體也有了等差，使手對於足也不免視為下等的異類。造化生人，已經非常巧妙，使一個人不會感到別人的肉體上的痛苦了，我們的聖人和聖人之徒卻又補了造化之缺，並且使人們不再會感到別人的精神上的痛苦。

我們的古人又造出了一種難到可怕的一塊一塊的文字；但我還並不十分怨恨，因為我覺得他們倒並不是故意的。然而，許多人卻不能藉此說話了，加以古訓所築成的高牆，更使他們連想也不敢想。現在我們所能聽到的不過是幾個聖人之徒的意見和道理，為了他們自己；至於百姓，卻就默默地生長、萎黃、枯死了，像壓在大石底下的草一樣，已經有四千年！

要畫出這樣沉默的國民的魂靈來，在中國實在算一件難事，因為，已經說過，我們究竟還是未經革新的古國的人民，所以也還是各不相通，並且連自己的手也幾乎不懂自己的足。我雖然竭力想摸索人們的魂靈，但時時總自憾有些隔膜。在將來，圍在高牆裡面的一切人眾，該會自己覺醒、走出、都來開口的罷，而現在還少見。所以我也只得依了自己的覺察，孤寂地姑且將這些寫出，作為在我的眼裡所經過的中國的人生。

我的小說出版之後，首先收到的是一個青年批評家的譴責❸；後來，也有以為是病的，也有以為滑稽的，也有以為諷刺的；或者還以為冷嘲❹，至於使我自己也要疑心自己的心裡真藏著可怕的冰塊。然而我又想，看人生是因作者而不同，看作品又因讀者而不同，那麼，這一篇在毫無「我們的傳統思想」的俄國讀者的眼中，也許又會照見別樣的情景的罷，這實在是使我覺得很有意味的。

一九二五年五月二十六日，於北京，魯迅

著者自敘傳略

我於一八八一年生在浙江省紹興府城裡的一家姓周的家裡。父親是讀書的；母親姓魯，鄉下人，她以自修得到能夠看書的學力。聽人說，在我幼小時候，家裡還有四、五十畝水田，並不很愁生計。但到我十三歲時，我家忽而遭了一場很大的變故❺，幾乎什麼也沒有了；我寄住在一個親戚家，有時還被稱為乞食者。我於是決心回家，而我的父親又生了重病，約有三年多，死去了。我漸至於連極少的學費也無法可想；我的母親便給我籌辦了一點旅費，教我去尋無需學費的學校去，因為我總不肯學做幕友或商人——這是我鄉衰落了的讀書人家、子弟所常走的兩條路。

其時我是十八歲，便旅行到南京，考入水師學堂了❻，分在機關科❼。大約過了半年我又走出，改進礦路學堂去學開礦❽，畢業之後，即被派往日本去留學。但待到在東京的豫備學校畢業❾，我已經決意要學醫了，原因之一是因為我確知道了新的醫學對於日本的維新有很大的助力❿。我於是進了仙台醫學專門學校，學了兩年。這時正值俄日戰爭⓫，我偶然在電影上看見一個中國人因做偵探而將被斬，因此又覺得在中國還應該先提倡新文藝。我便棄了學籍，再到東京，和幾個朋友立了些小計畫⓬，但都陸續失敗了。我又想往德國去，也失敗了。終於，因為我的母親和幾個別的人很希望我有經濟上的幫助⓭，我便回到中國來；這時我是二十九歲。

我一回國，就在浙江杭州的兩級師範學堂做化學和生理學教員，第二年就走出，到紹興中學堂去做教務長，第三年又走出，沒有地方可去，想在一個書店去做編譯員，到底被拒絕了，但革命也就發生。紹興光復後，我做了師範學校的校長。革命政府在南京成立，教育部長招我去做部員，移入北京，一直到現在。近幾年，我還兼做北京大學、師範大學、女子師範大學的國文系講師⓮。

我在留學時候，只在雜誌上登過幾篇不好的文章。初做小說是一九一八年，因了我的朋友錢玄同的勸告，做來登在《新青年》上的。這時才用「魯迅」的筆名；也常用別的名字做一點短論。現在匯印成書的只有一本短篇小說集《吶喊》，其餘還散在幾種雜誌上。別的，除翻譯不計外，印成的又有一本《中國小說史略》。

註釋

❶王希禮：原名波．阿．瓦西里耶夫，蘇聯人，河南國民革命第二軍俄國顧問團成員。

❷將人們分為十等：《左傳》昭公七年：「天有十日，人有十等。下所以事上，上所以共（供）神也。故王臣公，公臣大夫，大夫臣士，士臣皁（皂），皁臣輿，輿臣隸，隸臣僚，僚臣僕，仆臣台」。

❸青年批評家：指成仿吾。他於《創造季刊》第二卷第二號發表的《吶喊的評論》一文中說：「《阿Q正傳》為淺薄的紀實的傳記……描寫雖佳，而結構極壞。」

❹《阿Q正傳》發表後，曾出現以下評論：如張定璜的《魯迅先生》：「《吶喊》的作家的看法帶點病態，所以他看的人生也帶點病態，其實實在的人生並不如此。」馮文炳的《吶喊》：「魯迅君的刺笑的筆鋒，隨在可以碰見……至於阿Q，更要使人笑得不亦樂乎。」周作人的《阿Q正傳》：「《阿Q正傳》是一篇諷刺小說……因為他多是反語，便是所謂冷的諷刺——『冷嘲』。」

❺此處的變故指魯迅祖父周福清因科場案入獄一事。

❻水師學堂：即江南水師學堂，清政府一八九〇年設立的一所海軍學校。初分駕駛、管輪兩科，不久增添魚雷科。

❼機關科：即管輪科。

❽礦路學堂：即江南陸師學堂附設的礦務鐵路學堂。

❾東京的豫備學校：指東京弘文學院，創辦於一九〇二年，是日本人嘉納治五郎為中國留學生開設的補習日語和基礎課程學校。

❿日本的維新：指日本明治年間的維新運動。在此以前，日本一部分學者曾大量輸入和講授西方醫

學，宣傳西方科學技術，積極主張革新。

⓫ 俄日戰爭：指一九〇四年二月至一九〇五年九月，日本帝國和前蘇聯為爭奪朝鮮半島和滿洲地區勢力範圍的戰爭。

⓬ 小計畫：指和許壽裳、周作人等籌辦《新生》雜誌和譯介被壓迫民族文學等事。

⓭ 幾個別的人：指周作人和他的妻子羽太信子等。

⓮ 一九一二年一月中華民國臨時政府在南京成立，魯迅應教育總長蔡元培之約赴教育部任職，同年五月隨臨時政府遷至北京，任社會教育司第二科科長。不久，第一科移交內務部，第二科改為第一科，一九一二年八月二十六日，魯迅被委任為第一科科長。

Chapter 2-3

魯迅的作品

《且介亭雜文附集・死》

寂寞新文苑，平安舊戰場。

兩間餘一卒，荷戟獨徬徨。

——題《徬徨》

且介亭雜文附集・死

就大體而言，除極富貴者和冥律無關外，大抵窮人利於立即投胎，小康者利於長久做鬼。小康者的甘心做鬼，是因為鬼的生活（這兩字大有語病，但我想不出適當的名詞來），就是他還未過厭的人的生活的連續。

當印造凱綏・珂勒惠支所作版畫的選集時，曾請史沫德黎女士做一篇序。自以為這請得非常合適，因為她們倆原極熟識的。不久做來了，又逼著茅盾先生譯出，現已登在選集上。其中有這樣的文字：「許多年來，凱綏・珂勒惠支——她從沒有一次利用過贈授給她的頭銜——做了大量的畫稿、速寫——鉛筆作的和鋼筆作的速寫——木刻、銅刻。把這些來研究，就表示著有二大主題支配著，她早年的主題是反抗，而晚年的是母愛、母性的保障、救濟，以及死。而籠照於她所有的作品之上的，是受難的、悲劇的，以及保護被壓迫者深切熱情的意識。

「有一次我問她：『從前你用反抗的主題，但是現在你好像很有點拋不開死這觀念。這是為什麼呢？』用了深有所苦的語調，她回答道：『也許因為我是一天一天老了！』……」

我那時看到這裡，就想了一想。算起來：她用

「死」來做畫材的時候，是一九一〇年頃；這時她不過四十三、四歲。我今年的這「想了一想」，當然和年紀有關，但回憶十餘年前，對於死卻還沒有感到這麼深切。大約我們的生死久已被人們隨意處置，認為無足重輕，所以自己也看得隨隨便便，不像歐洲人那樣的認真了。有些外國人說，「中國人最怕死。」這其實是不確的——但自然，每不免模模糊糊的死掉則有之。

大家所相信的死後的狀態，更助成了對於死的隨便。誰都知道，我們中國人是相信有鬼（近時或謂之「靈魂」）的，既有鬼，則死掉之後，雖然已不是人，卻還不失為鬼，總還不算是一無所有。不過設想中的做鬼的久暫，卻因其人的生前的貧富而不同。窮人們是大抵以為死後就去輪迴的，根源出於佛教。佛教所說的輪迴，當然手續繁重，並不這麼簡單，但窮人往往無學，所以不明白。這就是使死罪犯人綁赴法場時，大叫「二十年後又是一條好漢」，面無懼色的原因。況且相傳鬼的衣服，是和臨終時一樣的，窮人無好衣裳，做了鬼也絕不怎麼體面，實在遠不如立刻投胎，化為赤條條的嬰兒的上算。我們曾見誰家生了小孩，胎裡就穿著叫化子或是游泳家的衣服的麼？從來沒有。這就好，從新來過。也許有人要問，既然相信輪迴，那就說不定來生會墮入更窮苦的景況，或者簡直是畜生道，更加可怕了。但我看他們是並不這樣想的，他們確信自己並未造出該入畜生道的罪孽，他們從來沒有能墮畜生道的地位、權勢和金錢。

然而有著地位、權勢和金錢的人，卻又並不覺得該墮畜生道；他們倒一面化為居士，準備成佛，一面自然也主張讀經復古，兼做聖賢。他們像活著時候的超出人理一樣，自以為死後也超出了輪迴的。至於小有金錢的人，則雖然也不覺得該受輪回，但此外也別無雄才大略，只預備安心做鬼。所以年紀一到五十上下，就給自己尋葬地、合壽材，又燒紙錠，先在冥中存儲，生下子孫，每年可吃羹飯。這實在比做人還享福。假使我現在已經是鬼，在陽間又有好子孫，那麼，又何必零星賣稿，或向北新書局去算帳呢？只要很閒適地躺在楠木或陰沉木的棺材裡，逢年逢節，就自有一桌盛饌和一堆國幣擺在眼前了，豈不快哉！

就大體而言，除極富貴者和冥律無關外，大抵窮人利於立即投胎，小康者利於長久做鬼。小康者的甘心做鬼，是因為鬼的生活（這兩字大有語病，但我想不出適當的名詞來），就是他還未過厭的人的生活的連續。陰間當然也有主宰者，而且極其嚴厲、公平，但對於他獨獨頗肯通融，也會收點禮物，恰如人間的好官一樣。

有一批人是隨隨便便，就是臨終也恐怕不大想到的，我向來正是這隨便黨裡的一個。三十年前學醫的時候，曾經研究過靈魂的有無，結果是不知道；又研究過死亡是否苦痛，結果是不一律，後來也不再深究，忘記了。近十年中，有時也為了朋友的死，寫點文章，不過好像並不想到自己。這兩年來病特別多，一病也比較的長久，這才往往記起了年齡，自然，一面也為了有些作者們筆下的好意的或是惡意的不斷的提示。

從去年起，每當病後休養，躺在籐躺椅上，每不免想到體力恢復後應該動手的事情：做什麼文章，翻譯或印行什麼書籍。想定之後，就結束道：就是這樣罷——但要趕快做。這「要趕快做」的想頭，是為先前所沒有的，就因為在不知不覺中，記得了自己的年齡。卻從來沒有直接地想到「死」。

直到今年的大病，這才分明地引起關於死的預想來。原先是仍如每次的生病一樣，一任著日本的S醫師的診治的。他雖不是肺病專家，然而年紀大、經驗多，從習醫的時期說，是我的前輩，又極熟識、肯說話。自然，醫師對於病人，縱使怎樣熟識，說話是還是有限度的，但是他至少已經給了我兩三回警告，不過我仍然不以為意，也沒有轉告別人。大約實在是日子太久，病象太險了的緣故罷，幾個朋友暗自協商定局，請了美國的D醫師來診察了。他是在上海的唯一的歐洲的肺病專家，經過打診、聽診之後，雖然譽我為最能抵抗疾病的典型的中國人，然而也宣告了我的就要滅亡；並且說，倘是歐洲人，則在五年前已經死掉。這判決使善感的朋友們下淚。我也沒有請他開方，因為我想，他的醫學從歐洲學來，一定沒有學過給死了五年的病人開方的法子。然而D醫師的診斷卻實在是極準確的，後來我照了一張用X

光透視的胸象，所見的景象，竟大抵和他的診斷相同。

我並不怎麼介意於他的宣告，但也受了些影響，日夜躺著，無力談話，無力看書。連報紙也拿不動，又未曾煉到「心如古井」，就只好想，而從此竟有時要想到「死」了。不過所想的也並非「二十年後又是一條好漢」，或者怎樣久住在楠木棺材裡之類，而是臨終之前的瑣事。在這時候，我才確信，我是到底相信人死無鬼的。我只想到過寫遺囑，以為我倘曾貴為宮保、富有千萬，兒子和女婿及其他一定早已逼我寫好遺囑了，現在卻誰也不提起。但是，我也留下一張罷。當時好像很想定了一些，都是寫給親屬的，其中有的是：

一、不得因為喪事，收受任何人的一文錢——但老朋友的，不在此例。

二、趕快收斂，埋掉，拉倒。

三、不要做任何關於紀念的事情。

四、忘記我，管自己生活——倘不，那就真是糊塗蟲。

五、孩子長大，倘無才能，可尋點小事情過活，萬不可去做空頭文學家或美術家。

六、別人應許給你的事物，不可當真。

七、損著別人的牙眼，卻反對報復，主張寬容的人，萬勿和他接近。

此外自然還有，現在忘記了。只還記得在發熱時，又曾想到歐洲人臨死時，往往有一種儀式，是請別人寬恕，自己也寬恕了別人。我的怨敵可謂多矣，倘有新式的人問起我來，怎麼回答呢？我想了一想，決定的是：讓他們怨恨去，我也一個都不寬恕。

但這儀式並未舉行，遺囑也沒有寫，不過默默地躺著，有時還發生更切迫的思想：原來這樣就算是在死下去，倒也並不苦痛；但是，臨終的一剎那，也許並不這樣的罷；然而，一世只有一次，無論怎樣，總是受得了的……。後來，卻有了轉機，好起來了。到現在，我想，這些大約並不是真的要死之前的情形，真的要死，是連這些想頭也未必有的，但究竟如何，我也不知道。

Chapter 3

他人說魯迅

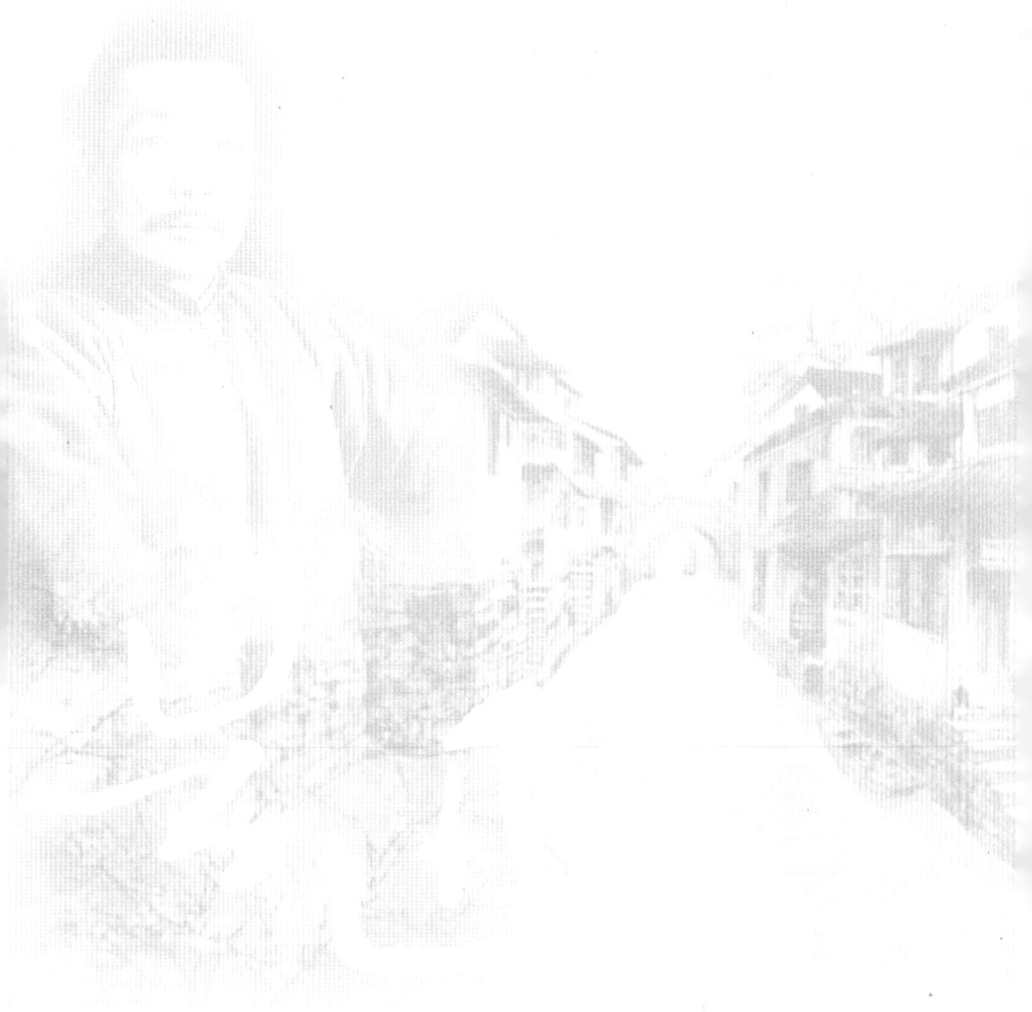

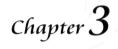

錢王登假仍如在，伍相隨波不可尋。

平楚日和憎健翮，小山香滿蔽高岑。

墳壇冷落將軍岳，梅鶴淒涼處士林。

何似舉家遊曠遠，風波浩蕩足行吟。

——阻郁達夫移家杭州

毛澤東《論魯迅》

他在黑暗與暴力的進襲中，是一株獨立支持的大樹，不是向兩旁偏倒的小草。他看清了政治的方向，就向著一個目標奮勇地鬥爭下去，絕不中途投降妥協。

同志們❶：

今天我們陝北公學主要的任務是培養抗日先鋒隊。當著這偉大的民族自衛戰爭迅速地向前發展的時候，我們需要大批的積極份子來領導，需要大批的精練的先鋒隊來開闢道路。這種先鋒份子是胸懷坦白的、忠誠的、積極的與正直的；他們是不謀私利的，唯一地為著民族與社會的解放；他們不怕困難，在困難面前總是堅定地勇往直前；他們不是狂妄份子，不是風頭主義者，而是腳踏實地富於實際精神的人們。他們在革命的道路上起著嚮導的作用。目前的戰局只是單純政府與軍隊的抗戰，沒有廣大的人民參加，這是絕對沒有最後勝利的保障的。我們現在需要造就一大批為民族解放而鬥爭到底的先鋒隊，要他們去領導群眾、組織群眾，來完成這歷史的任務。首先全國的、廣大的先鋒隊要趕緊組織起來。

我們共產黨是無產階級的先鋒隊，同時又是最徹底的民族解放的先鋒隊。我們要為完成這一任務而苦戰到底。

我們今天紀念魯迅先生，首先要認識魯迅先生，要懂得他在中國革命史中所佔的地位。我們紀念他，不僅因為他的文章寫得好，是一個偉大的文學家，而且因為他是一個民族解放的急先鋒，給革命以很大的助力。他並不是共產黨組織中的一人，然而他的思想、行動、著作，都是馬克思主義的。他是黨外的布爾什維克。尤其在他的晚年，表現了更年輕的力量。他一貫地不屈不撓地與封建勢力和帝國主義做堅決的鬥爭，在敵人壓迫他、摧殘他的惡劣的環境裡，他忍受著、反抗著，正如陝北公學的同志們能夠在這樣壞的物質生活裡勤謹地學習革命理論一樣，是充滿了艱苦鬥爭的精神的。陝北公學的一切物質設備都不好，但這裡有真理，講自由，是造就革命先鋒份子的場所。

魯迅是從正在潰敗的封建社會中出來的，但他會殺回馬槍，朝著他所經歷過來的腐敗的社會進攻，朝著帝國主義的惡勢力進攻。他用他那一支又潑辣、又幽默、又有力的筆，畫出了黑暗勢力的鬼臉，畫出了醜惡的帝國主義的鬼臉，他簡直是一個高等的畫家。他近年來站在無產階級與民族解放的立場，為真理與自由而鬥爭。魯迅先生的第一個特點，是他的政治的遠見。他用望遠鏡和顯微鏡觀察社會，所以看得遠、看得真。他在一九三六年就大膽地指出托派匪徒的危險傾向，現在的事實完全證明了他的見解是那樣地準確、那樣地清楚。

魯迅在中國的價值，據我看要算是中國的第一等聖人。孔夫子是封建社會的聖人，魯迅則是現代中國的聖人。我們為了永久紀念他，在延安成立了魯迅圖書館，在延安開辦了魯迅師範學校，使後來的人們可以想見他的偉大。

魯迅的第二個特點，就是他的鬥爭精神。剛才已經提到，他在黑暗與暴力的進襲中，是一株獨立支持的大樹，不是向兩旁偏倒的小草。他看清了政治的方向，就向著一個目標奮勇地鬥爭下去，絕不中途投降妥協。有些不徹底的革命者起初是參加鬥爭的，後來就「開小差」了。比如德國的考茨基、俄國的普列漢諾夫就是明顯的例子。在中國這等人也不少。正如魯迅先生所說，最初大家都是左的、革命的，及到壓迫來了，馬上有人變節，並把同志拿出去獻給敵人作為見面禮。魯迅痛恨這種人，同這種人做鬥爭，隨時教育著、訓練著他所領導下的文學青年，教他們堅決鬥爭，打先鋒，開闢自己的路。

魯迅的第三個特點是他的犧牲精神。他一點也不畏懼敵人對於他的威脅、利誘與殘害，他一點不避鋒芒地把鋼刀一樣的筆刺向他所憎恨的一切。他往往是站在戰士的血痕中，堅韌地反抗著、呼嘯著前進。魯迅是一個徹底的現實主義者，他絲毫不妥協，他具備堅決的心。他在一篇文章裡❷，主張打落水狗。他說，如果不打落水狗，牠一旦跳起來，就要咬你，最低限度也要濺你一身的污泥。所以他主張打到底。他一點沒有假慈悲的偽君子的色彩。現在日本帝國主義這條瘋狗，還沒有被我們打下水，我們要一直打到它不能翻身，退出中國國境為止。我們要學習魯迅的這種精神，把它運用到全中國去。

綜合上述這幾個特點，形成了一種偉大的「魯迅精神」。魯迅的一生就貫穿了這種精神。所以，他在文藝上成了一個了不起的作家，在革命隊伍中是一個很優秀的、很老練的先鋒份子。我們紀念魯迅，就要學習魯迅的精神，把它帶到全國各地的抗戰隊伍中去，為中華民族的解放而奮鬥！

註釋

❶ 此篇文章為毛澤東在延安陝北公學紀念魯迅逝世周年大會上發表的演講。

❷ 指魯迅一九二五年十二月二十九日寫的《論費厄潑賴應該緩行》一文，發表於一九二六年一月十日《莽原》半月刊第一期。

郁達夫《懷魯迅》

沒有偉大的人物出現的民族，是世界上最可憐的生物之群；有了偉大的人物，而不知擁護、愛戴、崇仰的國家，是沒有希望的奴隸之邦。

真是晴天的霹靂，在南台的宴會席上，忽而聽到了魯迅的死！

發出了幾通電報，會萃了一夜行李❶，第二天我就匆匆跳上了開往上海的輪船。

二十二日上午十時船靠了岸，到家洗一個澡，吞了兩口飯，跑到膠州路萬國殯儀館去，遇見的只是真誠的臉、熱烈的臉、悲憤的臉，和千千萬萬將要破裂似的青年男女的心肺與緊捏的拳頭。

這不是尋常的喪葬，這也不是沉鬱的悲哀，這正像是大地震要來，或黎明將到時充塞在天地之間的一瞬間的寂靜。

生死、肉體、靈魂、眼淚、悲嘆，這些問題與感覺，在此地似乎太渺小了，在魯迅的死的彼岸，還照耀著一道更偉大、更猛烈的寂光。

沒有偉大的人物出現的民族，是世界上最可憐的生物之群；有了偉大的人物，而不知擁護、愛戴、崇仰的國家，是沒有希望的奴隸之邦。因魯迅的一死，使人們自覺出了民族的尚可以有為，也因魯迅的一死，使人家看出了中國還是奴隸性很濃厚的半絕望的國家。

魯迅的靈柩，在夜陰裡被埋入淺土中去了；西天角卻出現了一片微紅的新月。

一九三六年十月二十四日，在上海

〔註釋〕

❶ 會萃：匯集、聚集。

蕭紅《回憶魯迅先生》

魯迅先生陪客人到深夜，必同客人一道吃些點心。那餅乾就是從鋪子裡買來的，裝在餅乾盒子裡，到夜深許先生拿著碟子取出來，擺在魯迅先生的書桌上。吃完了，許先生打開立櫃再取一碟。

魯迅先生的笑聲是明朗的，是從心裡的歡喜。若有人說了什麼可笑的話，魯迅先生笑得連煙卷都拿不住了，常常是笑得咳嗽起來。

魯迅先生走路很輕捷，尤其他人記得清楚的，是他剛抓起帽子來往頭上一扣，同時左腿就伸出去了，彷彿不顧一切地走去。

魯迅先生不大注意人的衣裳，他說：「誰穿什麼衣裳我看不見得……」

魯迅先生生的病，剛好了一點，他坐在躺椅上，抽著煙，那天我穿著新奇的大紅的上衣，很寬的袖子。

魯迅先生說：「這天氣悶熱起來，這就是梅雨天。」他把他裝在象牙煙嘴上的香煙，又用手裝得緊一點，往下又說了別的。

許先生（許廣平）忙著家務，跑來跑去，也沒有對我的衣裳加以鑒賞。

於是我說：「周先生，我的衣裳漂亮不漂亮？」

魯迅先生從上往下看了一眼：「不大漂亮。」

過了一會又接著說：「你的裙子配的顏色不對，並不是紅上衣不好看，各種顏色都是好看的，紅上衣要配紅裙子，不然就是黑裙子，咖啡色的就不行了；這兩種顏色放在一起很渾濁……你沒看到外國人在街上走的嗎？絕沒有下邊穿一件綠裙子，上邊穿一件紫上衣，也沒有穿一件紅裙子而後穿一件白上衣的……」

魯迅先生就在躺椅上看著我：「你這裙子是咖啡色的，還帶格子，顏色渾濁得很，所以把紅色衣裳也弄得不漂亮了。

「……人瘦不要穿黑衣裳，人胖不要穿白衣裳；腳長的女人一定要穿黑鞋子，腳短就一定要穿白鞋子；方格子的衣裳胖人不能穿，但比橫格子的還好；橫格子的胖人穿上，就把胖子更往兩邊裂著，更橫寬了；胖子要穿豎條子的，豎的把人顯得長，橫的把人顯得寬……」

那天魯迅先生很有興致，把我一雙短筒靴子也略略批評一下，說我的短靴是軍人穿的，因為靴子的前後都有一條線織的拉手，這拉手據魯迅先生說是放在褲子下邊的……我說：「周先生，為什麼那靴子我穿了多久了而不告訴我，怎麼現在才想起來呢？現在我不是不穿了嗎？我穿的這不是另外的鞋嗎？」

「你不穿我才說的，你穿的時候，我一說你該不穿了。」

那天下午要赴一個筵會去，我要許先生給我找一點布條或綢條束一束頭髮。許先生拿了來米色的、綠色的，還有桃紅色的，經我和許先生共同選定的是米色的。為著取美，把那桃紅色的，許先生舉起來放在我的頭髮上，並且許先生很開心地說著：

「好看吧！多漂亮！」

我也非常得意，很規矩又頑皮地在等著魯迅先生往這邊看我們。

魯迅先生這一看，臉是嚴肅的，他的眼皮往下一放向著我們這邊看著：

「不要那樣裝飾她……」

許先生有點窘了。

我也安靜下來。

魯迅先生在北平教書時，從不發脾氣，但常常好用這種眼光看人，許先生常跟我講。她在女師大讀書時，周先生在課堂上，一生氣就用眼睛往下一掠，看著她們，這種眼光是魯迅先生在記范愛農先生的文字曾自己述說過，而誰曾接觸過這種眼光的人就會感到一個時代的全智者的催逼。

我開始問：「周先生怎麼也曉得女人穿衣裳的這些事情呢？」

「看過書的，關於美學的。」

「什麼時候看的……」

「大概是在日本讀書的時候……」

「買的書嗎？」

「不一定是買的，也許是從什麼地方抓到就看的……」

「看了有趣味嗎？」

「隨便看看……」

「周先生看這書做什麼？」

「……」沒有回答，好像很難以答。

許先生在旁說：「周先生什麼書都看的。」

在魯迅先生家裡作客人，剛開始是從法租界來到虹口，搭電車也要差不多一個鐘頭的工夫，所以那時候來的次數比較少。記得有一次談到半夜了，一過十二點電車就沒有的，但那天不知講了些什麼，講到一個段落就看看旁邊小長桌上的圓鐘，十一點半了，十一點四十五分了，電車沒有了。

「反正已十二點，電車也沒有，那麼再坐一會。」許先生如此勸著。

魯迅先生好像聽了所講的什麼引起了幻想，安頓地舉著象牙煙嘴在沉思著。

一點鐘以後，送我（還有別的朋友）出來的是許先生，外邊下著的濛濛的小雨，弄堂裡燈光全然滅掉了，魯迅先生囑咐許先生一定讓坐小汽車回去，並且一定囑咐許先生付錢。以後也住到北四川路來，就每夜飯後必到大陸新村來了，颳風的天、下雨的天，幾乎沒有間斷的時候。

魯迅先生很喜歡北方飯，還喜歡吃油炸的東西、喜歡吃硬的東西，就是後來生病的時候，也不大吃牛奶。雞湯端到旁邊用調羹舀了一二下就算了事。

有一天約好我去包餃子吃，那還是住在法租界，所以帶了外國酸菜和用絞肉機絞成的牛肉，就和許先生站在客廳後邊的方桌邊包起來。海嬰公子圍著鬧得起勁，一會按成圓餅的麵拿去了，他說做了一隻船來，送在我們的眼前，我們不看他，轉身他又做了一隻小雞。許先生和我都不去看他，對他竭力避免加以讚美，若一讚美起來，怕他更做得起勁。

客廳後邊沒到黃昏就先黑了，背上感到些微微的寒涼，知道衣裳不夠了，但為著忙，沒有加衣裳去。等把餃子包完了看看那數目並不多，這才知道我們談話談得太多，誤了工作。許先生怎樣離開家的，怎樣到天津讀書的，在女師大讀書時怎樣做了家庭教師。她去考家庭教師的那一段描寫，非常有趣，只取一名，可是考了好幾十名，她之能夠當選算是難得了。

指望對於學費有點補助，冬天來了，北平又冷，那家離學校又遠，每月除了車子錢之外，若傷風感冒還得自己拿出買阿司匹林的錢來，每月薪金十元要從西城跑到東城……

餃子煮好，一上樓梯，就聽到樓上明朗的魯迅先生的笑聲衝下樓梯來，原來有幾個朋友在樓上也正談得熱鬧。那一天吃得是很好的。

以後我們又做過韭菜盒子，又做過荷葉餅，我一提議魯迅先生必然贊成，而我做的又不好，可是魯迅先生還是在桌上舉著筷子問許先生：「我再吃幾個嗎？」

因為魯迅先生胃不大好，每飯後必吃「脾自美」藥丸一二粒。

有一天下午魯迅先生正在校對著瞿秋白的《海上述林》，我一走進臥室去，從那圓轉椅上魯迅先生轉過來了，向著我，還微微站起了一點。

「好久不見，好久不見。」一邊說著一邊向我點頭。

剛剛我不是來過了嗎？怎麼會好久不見？就是上午我來的那次周先生忘記了，可是我也每天來呀……怎麼都忘記了嗎？

周先生轉身坐在躺椅上才自己笑起來，他是在開著玩笑。

梅雨季，很少有晴天，一天的上午剛一放晴，我高興極了，就到魯迅先生家去了，跑得上樓還喘著。魯迅先生說：「來啦！」

我說：「來啦！」

我喘著連茶也喝不下。

魯迅先生就問我：

「有什麼事嗎？」

我說：「天晴啦！太陽出來啦！」

許先生和魯迅先生都笑著，一種對於衝破憂鬱心境的嶄然的會心的笑。

海嬰一看到我非拉我到院子裡和他一道玩不可，拉我的頭髮或拉我的衣裳。

為什麼他不拉別人呢？據周先生說：「他看你梳著辮子，和他差不多，別人在他眼裡都是大人，就看你小。」

許先生問著海嬰：「你為什麼喜歡她呢？不喜歡別人？」

「她有小辮子。」說著就來拉我的頭髮。

魯迅先生家客人很少，幾乎沒有，尤其是住在他家裡的人更沒有。一個禮拜六的晚上，在二樓上，魯迅先生的臥室裡擺好了晚飯，圍著桌子坐滿了人。每逢禮拜六晚上都是這樣的，周建人先生帶著全家來拜訪的。在桌子邊坐著一個很瘦的很高的穿著中國小背心的人，魯迅先生介紹說：「這是位同鄉，是商人。」

初看似乎對的，穿著中國褲子，頭髮剃得很短。當吃飯時，他還讓別人酒，也給我倒一盅，態度很活潑，不大像個商人；等吃完了飯，又談到《偽自由書》及《二心集》。這個商人，開明得很，在中國不常見。沒有見過的就總不大放心。

下一次是在樓下客廳後的方桌上吃晚飯，那天很晴，一陣陣地刮著熱風，雖然黃昏了，客廳後還不昏黑。魯迅先生是新剪的頭髮，還能記得桌上有一盤黃花魚，大概是順著魯迅先生的口味，是用油煎的。魯迅先生前面擺著一碗酒，酒碗是扁扁的，好像用作吃飯的飯碗。那位商人先生也能喝酒，酒瓶就站在他的旁邊。他說蒙古人什麼樣、苗人什麼樣，從西藏經過時，那西藏女人見了男人追她，她就如何如何。

這商人可真怪，怎麼專門走地方，而不做買賣？並且魯迅先生的書他也全讀過，一開口這個，一開口那個。並且海嬰叫他×先生，我一聽那×字就明白他是誰了。×先生常常回來得很遲，從魯迅先生家裡出來，在弄堂裡遇到了幾次。

有一天晚上×先生從三樓下來，手裡提著小箱子，身上穿著長袍子，站在魯迅先生的面前，他說他要搬了。他告了辭，許先生送他下樓去了。這時候周先生在地板上繞了兩個圈子，問我說：

「你看他到底是商人嗎？」

「是的。」我說。

魯迅先生很有意思地在地板上走幾步，而後向我說：「他是販賣私貨的商人，是販賣精神上的……」

×先生走過二萬五千里回來的。

青年人寫信，寫得太草率，魯迅先生是深惡痛絕之的。

「字不一定要寫得好，但必須得使人一看了就認識，年輕人現在都太忙了……他自己趕快胡亂寫完了事，別人看了三遍、五遍看不明白，這費了多少工夫。他不管，反正這費了功夫不是他的。這存心是不太好的。」

但他還是展讀著每封由不同角落裡投來的青年的信，眼睛不濟時，便戴起眼鏡來看，常常看到夜裡很深的時光。

魯迅先生坐在××電影院樓上的第一排，那片名忘記了，新聞片是蘇聯紀念五一節的紅場。

「這個我怕看不到的……你們將來可以看得到。」魯迅先生向我們周圍的人說。

珂勒惠支的畫，魯迅先生最佩服，同時也很佩服她的做人。珂勒惠支受希特拉的壓迫，不准她做教授，不准她畫畫，魯迅先生常講到她。

史沫特烈，魯迅先生也講到，她是美國女子，幫助印度獨立運動，現在又在援助中國。

魯迅先生介紹人去看的電影：《夏伯陽》、《復仇艷遇》……其餘的如《人猿泰山》……或者非洲的怪獸這一類的影片，也常介紹給人的。魯迅先生說：「電影沒有什麼好的，看看鳥獸之類倒可以增加些對於動物的知識。」

魯迅先生不游公園，住在上海十年，兆豐公園沒有進過。虹口公園這麼近也沒有進過。春天一到了，我常告訴周先生，我說公園裡的土鬆軟了，公園裡的風多麼柔和。周先生答應選個晴好的天氣，選個禮拜日，海嬰休假日，好一道去，坐一乘小汽車一直開到兆豐公園，也算是短途旅行。但這只是想著而未有做到，並且把公園給下了定義。魯迅先生說：「公園的樣子我知道的……一進門分作兩條路，一條通左邊，一條通右邊，沿著路種著點柳樹什麼樹的，樹下擺著幾張長椅子，再遠一點有個水池子。」

我是去過兆豐公園的，也去過虹口公園或是法國公園的，彷彿這個定義適用在任何國度的公園設計者。

魯迅先生不戴手套，不圍圍巾，冬天穿著黑土藍的棉布袍子，頭上戴著灰色氈帽，腳穿黑帆布膠皮底鞋。

膠皮底鞋夏天特別熱，冬天又涼又濕，魯迅先生的身體不算好，大家都提議把這鞋子換掉。魯迅先生不肯，他說膠皮底鞋子走路方便。

「周先生一天走多少路呢？也不就一轉彎到×××書店走一趟嗎？」

魯迅先生笑而不答。

「周先生不是很好傷風嗎？不圍巾子，風一吹不就傷風了嗎？」

魯迅先生這些個都不習慣，他說：

「從小就沒戴過手套、圍巾，戴不慣。」

魯迅先生一推開門從家裡出來時，兩隻手露在外邊，很寬的袖口衝著風就向前走，腋下夾著個黑綢子印花的包袱，裡邊包著書或者是信，到老靶子路書店去了。

那包袱每天出去必帶出去，回來必帶回來。出去時帶著給青年們的信，回來又從書店帶來新的信和青年請魯迅先生看的稿子。

魯迅先生抱著印花包袱從外邊回來，還提著一把傘，一進門客廳早坐著客人，把傘掛在衣架上就陪客人談起話來。談了很久了，傘上的水滴順著傘桿在地板上已經聚了一堆水。

魯迅先生上樓去拿香煙，抱著印花包袱，而那把傘也沒有忘記，順手也帶到樓上去。

魯迅先生的記憶力非常之強，他的東西從不隨便散置在任何地方。魯迅先生很喜歡北方口味。許先生想請一個北方廚子，魯迅先生以為開銷太大，請不得的，男傭人，至少要十五元錢的工錢。

所以買米買炭都是許先生下手。我問許先生為什麼用兩個女傭人都是年老的，都是六七十歲的？許先生說她們做慣了，海嬰的保姆，海嬰幾個月時就在這裡。

正說著那矮胖胖的保姆走下樓梯來了，和我們打了個迎面。

「先生，沒喫茶嗎？」她趕快拿了杯子去倒茶，那剛剛下樓時氣喘的聲音還在喉管裡咕嚕咕嚕的，她確實年老了。

來了客人，許先生沒有不下廚房的，菜食很豐富，魚、肉……都是用大碗裝著，起碼四、五碗，多則七、八碗。可是平常就只三碗菜：一碗素炒豌豆苗，一碗筍炒鹹菜，再一碗黃花魚。這菜簡單到極點。

魯迅先生的原稿，在拉都路一家炸油條的那裡用著包油條，我得到了一張，是譯《死魂靈》的原稿，寫信告訴了魯迅先生。魯迅先生不以為稀奇，許先生倒很生氣。

魯迅先生出書的校樣，都用來揩桌，或做什麼的。請客人在家裡吃飯，吃到半道，魯迅先生回身去拿來校樣給大家分著。客人接到手裡一看，這怎麼可以？魯迅先生說：

「擦一擦，拿著雞吃，手是膩的。」

到洗澡間去，那邊也擺著校樣紙。

許先生從早晨忙到晚上，在樓下陪客人，一邊還手裡打著毛線。不然就是一邊談著話，一邊站起來用手摘掉花盆裡花上已乾枯了的葉子。許先生每送一個客人，都要送到樓下門口，替客人把門開開，客人走出去而後輕輕地關了門再上樓來。

來了客人還到街上去買魚或買雞，買回來還要到廚房裡去工作。

魯迅先生臨時要寄一封信，就得許先生換起皮鞋子來到郵局，或者大陸新村旁邊信筒那裡去。落著雨天，許先生就打起傘來。

許先生是忙的，許先生的笑是愉快的，但是頭髮有一些是白了的。

夜裡去看電影，施高塔路的汽車房只有一輛車，魯迅先生一定不坐，一定讓我們坐。許先生、周建人夫人……海嬰、周建人先生的三位女公子。我們上車了。

魯迅先生和周建人先生，還有別的一二位朋友在後邊。

看完了電影出來，又只叫到一部汽車，魯迅先生又一定不肯坐，讓周建人先生的全家坐著先走了。

魯迅先生旁邊走著海嬰，過了蘇州河的大橋去等電車去了。等了二三十分鐘電車還沒有來，魯迅先生依著沿蘇州河的鐵欄杆坐在橋邊的石圍上了，並且拿出香煙來，裝上煙嘴，悠然地吸著煙。

海嬰不安地來回地亂跑，魯迅先生還招呼他和自己並排坐下。

魯迅先生坐在那和一個鄉下的安靜老人一樣。

魯迅先生吃的是清茶，其餘不吃別的飲料。咖啡、可可、牛奶、汽水之類，家裡都不預備。魯迅先生陪客人到深夜，必同客人一道吃些點心。那餅乾就是從鋪子裡買來的，裝在餅乾盒子裡，到夜深許先生拿著碟子取出來，擺在魯迅先生的書桌上。吃完了，許先生打開立櫃再取一碟。還有向日葵子差不多每來客人必不可少。魯迅先生一邊抽著煙，一邊剝著瓜子吃，吃完了一碟魯迅先生必請許先生再拿一碟來。

魯迅先生備有兩種紙煙，一種價錢貴的，一種便宜的。便宜的是綠聽子的，我不認識那是什麼牌子，只記得煙頭上帶著黃紙的嘴，每五十支的價錢大概是四角到五角，是魯迅先生自己平日用的。另一種是白聽子的，是前門煙，用來招待客人的，白聽煙放在魯迅先生書桌的抽屜裡。來客人魯迅先生下樓，把它帶到樓下去，客人走了，又帶回樓上來照樣放在抽屜裡。而綠聽子的永遠放在書桌上，是魯迅先生隨時吸著的。

魯迅先生的休息，不聽留聲機，不出去散步，也不倒在床上睡覺，魯迅先生自己說：

「坐在椅子上翻一翻書就是休息了。」

魯迅先生從下午二、三點鐘起就陪客人，陪到五點鐘、陪到六點鐘，客人若在家吃飯，吃完飯又必要在一起喝茶，或者剛剛吃完茶走了，或者還沒走又來了客人，於是又陪下去，陪到八點鐘、十點鐘，常常陪到十二點鐘。從下午三點鐘起，陪到夜裡十二點，這麼長的時間，魯迅先生都是坐在籐躺椅上，不斷地吸著煙。

客人一走，已經是下半夜了，本來已經是睡覺的時候了，可是魯迅先生正要開始工作。在工作之前，他稍微闔一闔眼睛，燃起一支煙來，躺在床邊上，這一支煙還沒有吸完，許先生差不多就在床裡邊睡著了（許先生為什麼睡得這樣快？因為第二天早晨六、七點鐘就要來管理家務）。海嬰這時在三樓和保姆一道睡著了。

全樓都寂靜下去，窗外也一點聲音沒有了，魯迅先生站起來，坐到書桌邊，在那綠色的檯燈下開始寫文章了。許先生說雞鳴的時候，魯迅先生還是坐著，街上的汽車嘟嘟地叫起來了，魯迅先生還是坐著。

有時許先生醒了，看著玻璃窗白薩薩的了，燈光也不顯得怎麼亮了，魯迅先生的背影不像夜裡那樣高大。

魯迅先生的背影是灰黑色的，仍舊坐在那裡。

人家都起來了，魯迅先生才睡下。

海嬰從三樓下來了，背著書包，保姆送他到學校去，經過魯迅先生的門前，保姆總是吩咐他說：

「輕一點走，輕一點走。」

魯迅先生剛一睡下，太陽就高起來了，太陽照著隔院子的人家，明亮亮的；照著魯迅先生花園的夾竹桃，明亮亮的。

魯迅先生的書桌整整齊齊的，寫好的文章壓在書下邊，毛筆在燒瓷的小龜背上站著。

一雙拖鞋停在床下，魯迅先生在枕頭上邊睡著了。

魯迅先生喜歡吃一點酒，但是不多吃，吃半小碗或一碗。

魯迅先生吃的是中國酒，多半是花雕。

老靶子路有一家小喫茶店，只有門面一間，在門面裡邊設座，座少，安靜，光線不充足，有些冷落。魯迅先生常到這裡喫茶店來，有約會多半是在這裡邊，老闆是猶太也許是白俄，胖胖的，中國話大概他聽不懂。

魯迅先生這一位老人，穿著布袍子，有時到這裡來，泡一壺紅茶，和青年人坐在一道談了一兩個鐘頭。

有一天魯迅先生的背後那茶座裡邊坐著一位摩登女子，身穿紫裙子、黃衣裳，頭戴花帽子……那女子臨走時，魯迅先生一看她，用眼瞪著她，很生氣地看了她半天。而後說：

「是做什麼的呢？」

魯迅先生對於穿著紫裙子、黃衣裳、花帽子的人就是這樣看法的。

鬼到底是有的沒有的？傳說上有人見過，還跟鬼說過話，還有人被鬼在後邊追趕過，吊死鬼一見了人就貼在牆上。但沒有一個人捉住一個鬼給大家看看。

魯迅先生講了他看見過鬼的故事給大家聽：

「是在紹興……」魯迅先生說，「三十年前……」

那時魯迅先生從日本讀書回來，在一個師範學堂裡——也不知是什麼學堂裡——教書，晚上沒有事時，魯迅先生總是到朋友家去談天。這朋友住的離學堂幾里路，幾里路不算遠，但必得經過一片墳地。談天有的時候就談得晚了，十一二點鐘才回學堂的事也常有，有一天魯迅先生就回去得很晚，天空有很大的月亮。

魯迅先生向著歸路走得很起勁時，往遠處一看，遠遠有一個白影。

魯迅先生不相信鬼的，在日本留學時是學的醫，常常把死人抬來解剖的，魯迅先生解剖過二十幾個，不但不怕鬼，對死人也不怕，所以對墳地也就根本不怕，仍舊是向前走的。

走了不幾步，那遠處的白影沒有了，再看突然又有了。並且時小時大，時高時低，正和鬼一樣。鬼不就是變幻無常的嗎？

魯迅先生有點躊躇了，到底向前走呢？還是回過頭來走？

本來回學堂不止這一條路，這不過是最近的一條就是了。

魯迅先生仍是向前走，到底要看一看鬼是什麼樣，雖然那時候也怕了。

魯迅先生那時從日本回來不久，所以還穿著硬底皮鞋。魯迅先生決心要給那鬼一個致命的打擊，等走到那白影旁邊時，那白影縮小了，蹲下了，一聲不響地靠住了一個墳堆。

魯迅先生就用了他的硬皮鞋踢了出去。

那白影「噢」的一聲叫起來，隨著就站起來，魯迅先生定眼看去，他卻是個人。

魯迅先生說在他踢的時候，他是很害怕的，好像若一下不把那東西踢死，自己反而會遭殃的，所以用了全力踢出去。

原來是個盜墓子的人在墳場上半夜做著工作。

魯迅先生說到這裡就笑了起來，

「鬼也是怕踢的，踢他一腳就立刻變成人了。」

我想，倘若是鬼常常讓魯迅先生踢踢倒是好的，因為給了他一個做人的機會。

從福建菜館叫的菜，有一碗魚做的丸子。

海嬰一吃就說不新鮮，許先生不信，別的人也都不信。因為那丸子有的新鮮，有的不新鮮，別人吃到嘴裡的恰好都是沒有改味的。

許先生又給海嬰一個，海嬰一吃，又不是好的，他又嚷嚷著。別人都不注意，魯迅先生把海嬰碟裡的拿來嘗嘗，果然不是新鮮的。魯迅先生說：

「他說不新鮮，一定也有他的道理，不加以查看就抹殺是不對的。」

以後我想起這件事來，私下和許先生談過，許先生說：「周先生的做人，真是我們學不了的。哪怕一點點小事。」

魯迅先生包一個紙包也要包得整整齊齊，常常把要寄出的書，魯迅先生從許先生手裡拿過來自己包，許先生本來包得多麼好，而魯迅先生還要親自動手。

魯迅先生把書包好了，用細繩捆上，那包方方正正的，連一個角也不准歪一點或扁一點，而後拿著剪刀，把捆書的那繩頭都剪得整整齊齊。

就是包這書的紙都不是新的，都是從街上買東西回來留下來的。許先生上街回來把買來的東西一打開隨手就把包東西的牛皮紙折起來，隨手把小細繩捲了一個卷。若小細繩上有一個疙瘩，也要隨手把它解開的。準備著隨時用隨時方便。

魯迅先生住的是大陸新村九號。

一進弄堂口，滿地鋪著大方塊的水門汀，院子裡不怎樣嘈雜，從這院子出入的有時候是外國人，也能夠看到外國小孩在院子裡零星地玩著。

魯迅先生隔壁掛著一塊大的牌子，上面寫著一個「茶」字。

在一九三五年十月一日。

魯迅先生的客廳裡擺著長桌，長桌是黑色的，油漆不十分新鮮，但也並不破舊，桌上沒有鋪什麼桌布，只在長桌的當心擺著一個綠豆青色的花瓶，花瓶裡長著幾株大葉子的萬年青。圍著長桌有七八張木椅子。尤其是在夜裡，全弄堂一點什麼聲音也聽不到。

那夜，就和魯迅先生和許先生一道坐在長桌旁邊喝茶的。當夜談了許多關於偽滿洲國的事情，從飯後談起，一直談到九點鐘、十點鐘，而後到十一點鐘。時時想退出來，讓魯迅先生好早點休息，因為我看出來魯迅先生身體不大好，又加上聽許先生說過，魯迅先生傷風了一個多月，剛好了的。

但魯迅先生並沒有疲倦的樣子。雖然客廳裡也擺著一張可以臥倒的籐椅，我們勸他幾次想讓他坐在籐椅上休息一下，但是他沒有去，仍舊坐在椅子上。並且還上樓一次，去加穿了一件皮袍子。

那夜魯迅先生到底講了些什麼，現在記不起來了。也許想起來的不是那夜講的而是以後講的也說不定。過了十一點，天就落雨了，雨點淅瀝淅瀝地打在玻璃窗上，窗子沒有窗簾，所以偶一回頭，就看到玻璃窗上有小水流往下流。夜已深了，並且落了雨，心裡十分著急，幾次站起來想要走，但是魯迅先生和許先生一再說：「再坐一下，十二點以前終歸有車子可搭的。」所以一直坐到將近十二點，才穿起雨衣來，打開客廳外邊的響著的鐵門，魯迅先生非要送到鐵門外不可。我想為什麼他一定要送呢？對於這樣年輕的客人，這樣的送是應該的嗎？雨不會打濕了頭髮？受了寒，傷風不又要繼續下去嗎？站在鐵門外邊，魯迅先生說，並且指著隔壁那家寫著「茶」字的大牌子：「下次來記住這個『茶』字，就是這個『茶』的隔壁。」而且伸出手去，幾乎是觸到了釘在鎖門旁邊的那個九號的「九」字，「下次來記住茶的旁邊九號。」

於是腳踏著方塊的水門汀，走出弄堂來，回過身去往院子裡邊看了一看，魯迅先生那一排房子統統是黑洞洞的，若不是告訴得那樣清楚，下次來恐怕要記不住的。

魯迅先生的臥室，一張鐵架大床，床頂上遮著許先生親手做的白布刺花的圍子，順著床的一邊折著兩床被子，都是很厚的，是花洋布的被面。挨著門口的床頭的方面站著抽屜櫃。一進門的左手擺著八仙桌，桌子的兩旁籐椅各一，立櫃站在和方桌一排的牆角，立櫃本是掛衣服的，衣裳卻很少，都讓糖盒子、餅乾桶子、瓜子罐給塞滿了。有一次××老闆的太太來拿版權的圖章花，魯迅先生就從立櫃下邊大抽屜裡取出的。沿著牆角往窗子那邊走，有一張裝飾台，桌子上有一個方形的滿浮著綠草的玻璃養魚池，裡邊游著的不是金魚，而是灰色的扁肚子的小魚。除了魚池之外另有一隻圓的錶，其餘那上邊滿裝著書，鐵床架靠窗子的那頭的書櫃裡書櫃外都是書。最後是魯迅先生的寫字檯，那上邊也都是書。

魯迅先生家裡，從樓上到樓下，沒有一個沙發。魯迅先生工作時坐的椅子是硬的，到樓下陪客人時坐的椅子又是硬的。

魯迅先生的寫字檯面向著窗子，上海弄堂房子的窗子差不多滿一面牆那麼大，魯迅先生把它關起來，因為魯迅先生工作起來有一個習慣，怕吹風，風一吹，紙就動，時時防備著紙跑，文章就寫不好，所以屋子裡熱得和蒸籠似的。請魯迅先生到樓下去，他又不肯，魯迅先生的習慣是不換地方。有時太陽照進來，許先生勸他把書桌移開一點都不肯，只有滿身流汗。

魯迅先生的寫字桌，鋪了張藍格子的油漆布。四角都用圖釘按著。桌子上有小硯台一方、墨一塊，毛筆站在筆架上。筆架是燒瓷的，在我看來不很細緻，是一個龜，龜背上帶著好幾個洞，筆就插在那洞裡。魯迅先生多半是用毛筆的，鋼筆也不是沒有，是放在抽屜裡。桌上有一個方大的白瓷的煙灰盒，還有一個茶杯，杯子上戴著蓋。

魯迅先生的習慣與別人不同，寫文章用的材料和來信都壓在桌子上，把桌子都壓得滿滿的，幾乎只有寫字的地方可以伸開手，其餘桌子的一半被書或紙張佔有著。

左手邊的桌角上有一個帶綠燈罩的檯燈，那燈泡是橫著裝的，在上海那是極普通的檯燈。冬天在樓上吃飯，魯迅先生自己拉著電線把檯燈的機關從棚頂的燈頭上拔下，而後裝上燈泡子。等飯吃過，許先生再把電線裝起來，魯迅先生的檯燈就是這樣做成的，拖著一根長長的電線在棚頂上。

魯迅先生的文章，多半是在這檯燈下寫。因為魯迅先生的工作時間，多半是下半夜一兩點起，天將明了休息。

臥室就是如此，牆上掛著海嬰公子一個月嬰孩的油畫像。

挨著臥室的後樓裡邊，完全是書了，不十分整齊，報紙和雜誌或洋裝的書，都混在這間屋子裡，一走進去多少還有些紙張氣味。地板被書遮蓋得太小了，幾乎沒有了，大網籃也堆在書中。牆上拉著一條繩子或者是鐵絲，就在那上邊繫了小提盒、鐵絲籠之類。風乾荸薺就盛在鐵絲籠，扯著的那鐵絲幾乎被壓斷了在彎彎著。一推開藏書室的窗子，窗子外邊還掛著一筐風乾荸薺。

「吃吧，多得很，風乾的，格外甜。」許先生說。

樓下廚房傳來了煎菜的鍋鏟的響聲，並且兩個年老的娘姨慢重重地在講一些什麼。

廚房是家庭最熱鬧的一部分。整個三層樓都是靜靜的，喊娘姨的聲音沒有，在樓梯上跑來跑去的聲音沒有。魯迅先生家裡五六間房子只住著五個人，三位是先生的全家，餘下的二位是年老的女傭人。

來了客人都是許先生親自倒茶，即或是麻煩到娘姨時，也是許先生下樓去吩咐，絕沒有站到樓梯口就大聲呼喚的時候。

所以整個房子都在靜悄悄之中。

只有廚房比較熱鬧了一點，自來水嘩嘩地流著，洋瓷盆在水門汀的水池子上每拖一下磨著嚓嚓地響，洗米的聲音也是嚓嚓的。魯迅先生很喜歡吃竹筍的，在菜板上切著筍片、筍絲時，刀刃每劃下去都是很響的。其實比起別人家的廚房來卻冷清極了，所以洗米聲和切筍聲都分開來聽得樣樣清清晰晰。

客廳的一邊擺著並排的兩個書架，書架是帶玻璃櫥的，裡邊有朵斯托益夫斯基的全集和別的外國作家的全集，大半都是日文譯本。地板上沒有地毯，但擦得非常乾淨。

海嬰公子的玩具櫥也站在客廳裡，裡邊是些毛猴子、橡皮人、火車、汽車之類，裡邊裝得滿滿的，別人是數不清的，只有海嬰自己伸手到裡邊找些什麼就有什麼。過新年時在街上買的兔子燈，紙毛上已經落了灰塵了，仍擺在玩具櫥頂上。

客廳只有一個燈頭，大概五十燭光。客廳的後門對著上樓的樓梯，前門一打開有一個一方丈大小的花園，花園裡沒有什麼花看，只有一株很高的七八尺高的小樹，大概那樹是柳桃，一到了春天，喜歡生長蚜蟲，忙得許先生拿著噴蚊蟲的機器，一邊陪著談話，一邊噴著殺蟲藥水。沿著牆根，種了一排玉米，許先生說：「這玉米長不大的，這土是沒有養料的，海嬰一定要種。」

春天，海嬰在花園裡掘著泥沙，培植著各種玩藝。

三樓則特別靜了，向著太陽開著兩扇玻璃門，門外有一個水門汀的突出的小廊子，春天很溫暖地撫摸著門口長垂著的簾子，有時簾子被風打得很高，飄揚的飽滿的和大魚泡似的。那時候隔院的綠樹照進玻璃門扇裡邊來了。

海嬰坐在地板上裝著小工程師在修著一座樓房，他那樓房是用椅子橫倒了架起來修的，而後遮起一張被單來算作屋瓦，全個房子在他自己拍著手的讚譽聲中完成了。

這間屋感到些空曠和寂寞，既不像女工住的屋子，又不像兒童室。海嬰的眠床靠著屋子的一邊放著，那大圓頂帳子日裡也不打起來，長拖拖的好像從柵頂一直拖到地板上，那床是非常講究的，屬於刻花的木器一類的。許先生講過，租這房子時，從前一個房客轉留下來的。海嬰和他的保姆，就睡在五六尺寬的大床上。

冬天燒過的火爐，三月裡還冷冰冰的在地板上站著。

海嬰不大在三樓上玩的，除了到學校去，就是在院裡踏腳踏車，他非常歡喜跑跳，所以廚房、客廳、二樓，他是無處不跑的。

三樓整天在高處空著，三樓的後樓住著另一個老女工，一天很少上樓來，所以樓梯擦過之後，一天到晚乾淨的溜明。

一九三六年三月裡魯迅先生病了，靠在二樓的躺椅上，心臟跳動得比平日厲害，臉色微灰了一點。

許先生正相反的，臉色是紅的，眼睛顯得大了，講話的聲音是平靜的，態度並沒有比平日慌張。在樓下一走進客廳來，許先生就告訴說：

「周先生病了，氣喘……喘得厲害，在樓上靠在躺椅上。」

魯迅先生呼喘的聲音，不用走到他的旁邊，一進了臥室就聽得到的。鼻子和鬍鬚在扇著，胸部一起一落。眼睛閉著，差不多永久不離開手的紙煙，也放棄了。籐椅後邊靠著枕頭，魯迅先生的頭有些向後，兩隻手空閒地垂著。眉頭仍和平日一樣沒有聚皺，臉上是平靜的、舒展的，似乎並沒有任何痛苦加在身上。

「來了吧？」魯迅先生睜一睜眼睛，「不小心著了涼，呼吸困難……到藏書的房子去翻一翻書……那房子因為沒有人住，特別涼……回來就……」

許先生看周先生說話吃力，趕緊接著說周先生是怎樣氣喘的。醫生看過了，吃了藥，但喘並未停。下午醫生又來過，剛剛走。

臥室在黃昏裡邊一點一點地暗下去，外邊起了一點小風，隔院的樹被風搖著發響。別人家的窗子有的被風打著發出自動關開的響聲，家家的流水道都是嘩啦嘩啦地響著水聲，一定是晚餐之後洗著杯盤的剩水。晚餐後該散步的散步去了，該會朋友的會友去了，弄堂裡來去的稀疏不斷地走著人，而娘姨們還沒有解掉圍裙呢，就依著後門彼此搭訕起來。小孩子們三五一夥前門後門地跑著，弄堂外汽車穿來穿去。

魯迅先生坐在躺椅上，沉靜地，不動地闔著眼睛，略微灰了的臉色被爐裡的火染紅了一點。紙煙聽子蹲在書桌上，蓋著蓋子，茶杯也蹲在桌子上。

許先生輕輕地在樓梯上走著，許先生一到樓下去，二樓就只剩了魯迅先生一個人坐在椅子上，呼喘把魯迅先生的胸部有規律性地抬得高高的。

「魯迅先生必得休息的。」須籐醫生這樣說的。可是魯迅先生從此不但沒有休息，並且腦子裡所想的更多了，要做的事情都像非立刻就做不可，校《海上述林》的校樣、印珂勒惠支的畫、翻譯《死魂靈》下部，剛好了，這些就都一起開始了，還計算著出三十年集（即魯迅全集）。

魯迅先生感到自己的身體不好，就更沒有時間注意身體，所以要多做，趕快做。當時大家不解其中的意思，都以為魯迅先生不加以休息不以為然，後來讀了魯迅先生《死》的那篇文章才了然了。

魯迅先生知道自己的健康不成了，工作的時間沒有幾年了，死了是不要緊的，只要留給人類更多，魯迅先生就是這樣。

不久書桌上德文字典和日文字典都擺起來了，果戈里的《死魂靈》，又開始翻譯了。

魯迅先生的身體不大好，容易傷風，傷風之後，照常要陪客人、回信、校稿子。所以傷風之後總要拖下去一個月或半個月的。

瞿秋白的《海上述林》校樣，一九三五年冬，一九三六年的春天，魯迅先生不斷地校著，幾十萬字的校樣，要看三遍，而印刷所送校樣來總是十頁八頁的，並不是統統一道地送來，所以魯迅先生不斷地被這校樣催索著，魯迅先生竟說：

「看吧，一邊陪著你們談話，一邊看校樣，眼睛可以看，耳朵可以聽……」

有時客人來了，一邊說著笑話，魯迅先生一邊放下了筆。

有的時候也說：「幾個字了……請坐一坐……」

一九三五年冬天，許先生說：

「周先生的身體是不如從前了。」

有一次魯迅先生到飯館裡去請客，來的時候興致很好，還記得那次吃了一隻烤鴨子，整個的鴨子用大鋼叉子叉上來時，大家看這鴨子烤得又油又亮的，魯迅先生也笑了。

菜剛上滿了，魯迅先生就到躺椅上吸一支煙，並且闔一闔眼睛。一吃完了飯，有的喝了酒的，大家都鬧亂了起來，彼此搶著蘋果，彼此諷刺著玩，說著一些人可笑的話。而魯迅先生這時候，坐在躺椅上，闔著眼睛，很莊嚴地在沉默著，讓拿在手上紙煙的煙絲，裊裊地上升著。

別人以為魯迅先生也是喝多了酒吧！

許先生說，並不的。

「周先生的身體是不如從前了，吃過了飯總要閉一閉眼睛稍微休息一下，從前一向沒有這習慣。」

周先生從椅子上站起來了，大概說他喝多了酒的話讓他聽到了。

「我不多喝酒的。小的時候，母親常提到父親喝了酒，脾氣怎樣壞，母親說，長大了不要喝酒，不要像父親那樣子……所以我不多喝的……從來沒喝醉過……」

魯迅先生休息好了，換了一支煙，站起來也去拿蘋果吃，可是蘋果沒有了。魯迅先生說：

「我爭不過你們了，蘋果讓你們搶沒了。」

有人搶到手的還在保存著的蘋果，奉獻出來，魯迅先生沒有吃，只在吸煙。

一九三六年春，魯迅先生的身體不大好，但沒有什麼病，吃過了夜飯，坐在躺椅上，總要閉一閉眼睛沉靜一會。

許先生對我說，周先生在北平時，有時開著玩笑，手按著桌子一躍就能夠躍過去，而近年來沒有這麼做過。大概沒有以前那麼靈便了。

這話許先生和我是私下講的，魯迅先生沒有聽見，仍靠在躺椅上沉默著呢！

許先生開了火爐門，裝著煤炭嘩嘩地響，把魯迅先生震醒了。一講起話來魯迅先生的精神又照常一樣。

魯迅先生睡在二樓的床上已經一個多月了，氣喘雖然停止。但每天發熱，尤其是在下午熱度總在三十八度、三十九度之間，有時也到三十九度多，那時魯迅先生的臉是微紅的，目力是疲弱的，不吃東西，不大多睡，沒有一些呻吟，似乎全身都沒有什麼痛楚的地方。躺在床上的時候張開眼睛看著，有的時候似睡非睡地安靜地躺著，茶吃得很少。差不多一刻也不停的吸煙，而今幾乎完全放棄了，紙煙聽子不放在床邊，而仍很遠地蹲在書桌上，若想吸一支，是請許先生付給的。

許先生從魯迅先生病起，更過度地忙了。按著時間給魯迅先生吃藥，按著時間給魯迅先生試溫度表，試過了之後還要把一張醫生發給的表格填好，那表格是一張硬紙，上面畫了無數根線，許先生就在這張紙上拿著米度尺畫著度數，那表畫得和尖尖的小山丘似的，又像尖尖的水晶石，高的低的一排連地站著。許先生雖每天畫，但那像是一條接連不斷的線，不過從低處到高處，從高處到低處，這高峰越高越不好，也就是魯迅先生的熱度越高了。

來看魯迅先生的人，多半都不到樓上來了，為的請魯迅先生好好地靜養，所以把客人這些事也推到許先生身上來了。還有書、報、信，都要許先生看過，必要的就告訴魯迅先生，不十分必要的，就先把它放在一處放一放，等魯迅先生好些了再取出來交給他。然而這家庭裡邊還有許多瑣事，比方年老的娘姨病了，要請兩天假；海嬰的牙齒脫掉一個，要到牙醫那裡去看過，但是帶他去的人沒有，又得許先生。海嬰在幼稚園裡讀書，又是買鉛筆、買皮球，還有臨時出些個花頭，跑上樓來了，說要吃什麼花生糖、什麼牛奶糖，他上樓來是一邊跑著一邊喊著，許先生連忙拉住了他，拉他下了樓才跟他講：

「爸爸病啦！」而後拿出錢來，囑咐好了娘姨，只買幾塊糖而不准讓他格外地多買。

收電燈費的來了，在樓下一打門，許先生就得趕快往樓下跑，怕的是再多打幾下，就要驚醒了魯迅先生。

海嬰最喜歡聽講故事，這也是無限的麻煩，許先生除了陪海嬰講故事之外，還要在長桌上偷一點工夫來看魯迅先生為有病耽擱下來尚未校完的校樣。

在這期間，許先生比魯迅先生更要擔當一切了。

魯迅先生吃飯，是在樓上單開一桌，那僅僅是一個方木桌，許先生每餐親手端到樓上去，每樣都用小吃碟盛著，那小吃碟直徑不過二寸，一碟豌豆苗或菠菜或莧菜，把黃花魚或者雞之類也放在小碟裡端上樓去。若是雞，那雞也是全雞身上最好的一塊地方揀下來的肉；若是魚，也是魚身上最好一部分，許先生才把它揀下放在小碟裡。

許先生用筷子來回地翻著樓下的飯桌上菜碗裡的東西，菜揀嫩的，不要莖，只要葉，魚肉之類，揀燒得軟的，沒有骨頭沒有刺的。

心裡存著無限的期望、無限的要求，用了比祈禱更虔誠的目光，許先生看著她自己手裡選得精精緻緻的菜盤子，而後腳板觸了樓梯上了樓。

希望魯迅先生多吃一口、多動一動筷、多喝一口雞湯。雞湯和牛奶是醫生所囑的，一定要多吃一些的。

把飯送上去，有時許先生陪在旁邊，有時走下樓來又做些別的事，半個鐘頭之後，到樓上去取這盤子。這盤子裝得滿滿的，有時竟照原樣一動也沒有動又端下來了，這時候許先生的眉頭微微地皺了一點。旁邊若有什麼朋友，許先生就說：「周先生的熱度高，什麼也吃不落，連茶也不願意吃，人很苦，人很吃力。」

有一天許先生用波浪式的專門切麵包的刀切著麵包，是在客廳後邊方桌上切的，許先生一邊切著一邊對我說：

「勸周先生多吃東西，周先生說，人好了再保養，現在勉強吃也是沒有用的。」

許先生接著似乎問著我：

「這也是對的？」

而後把牛奶麵包送上樓去了。一碗燒好的雞湯，從方盤裡許先生把它端出來了，就擺在客廳後的方桌上。許先生上樓去了，那碗熱的雞湯在方桌上自己悠然地冒著熱氣。

許先生由樓上回來還說呢：

「周先生平常就不喜歡吃湯之類，在病裡，更勉強不下了。」

許先生似乎安慰著自己似的。

「周先生人強，喜歡吃硬的、油炸的，就是吃飯也喜歡吃硬飯……」

許先生樓上樓下地跑，呼吸有些不平靜，坐在她旁邊，似乎可以聽到她心臟的跳動。

魯迅先生開始獨桌吃飯以後，客人多半不上樓來了，經許先生婉言把魯迅先生健康的經過報告了之後就走了。

魯迅先生在樓上一天一天地睡下去，睡了許多日子，都寂寞了，有時大概熱度低了點就問許先生：

「什麼人來過嗎？」

看魯迅先生好些，就一一地報告過。

有時也問到有什麼刊物來嗎？

魯迅先生病了一個多月了。

證明了魯迅先生是肺病，並且是肋膜炎，須籐老醫生每天來了，為魯迅先生把肋膜積水用打針的方法抽淨，共抽過兩三次。

這樣的病，為什麼魯迅先生一點也不曉得呢？許先生說，周先生有時覺得肋痛了就自己忍著不說，所以連許先生也不知道，魯迅先生怕別人曉得了又要不放心，又要看醫生，醫生一定又要說休息。魯迅先生自己知道做不到的。

福民醫院美國醫生的檢查，說魯迅先生肺病已經二十年了。這次發了怕是很嚴重。

醫生規定個日子，請魯迅先生到福民醫院去詳細檢查，要照X光的。但魯迅先生當時就下樓是下不得的，又過了許多天，魯迅先生到福民醫院去檢查病去了。照X光後給魯迅先生照了一個全部的肺部的照片。

這照片取來的那天許先生在樓下給大家看了，右肺的上尖是黑的，中部也黑了一塊，左肺的下半部都不大好，而沿著左肺的邊邊黑了一大圈。

這之後，魯迅先生的熱度仍高，若再這樣熱度不退，就很難抵抗了。

那查病的美國醫生，只查病，而不給藥吃，他相信藥是沒有用的。

須籐老醫生，魯迅先生早就認識，所以每天來，他給魯迅先生吃了些退熱藥，還吃停止肺病菌活動的藥。他說若肺不再壞下去，就停止在這裡，熱自然就退了，人是不危險的。

在樓下的客廳裡，許先生哭了。許先生手裡拿著一團毛線，那是海嬰的毛線衣拆了洗過之後又團起來的。

魯迅先生在無慾望狀態中，什麼也不吃，什麼也不想，睡覺似睡非睡的。

天氣熱起來了，客廳的門窗都打開著，陽光跳躍在門外的花園裡。麻雀來了停在夾竹桃上叫了三兩聲就飛去，院子裡的小孩們唧唧喳喳地玩耍著，風吹進來好像帶著熱氣，撲到人的身上，天氣剛剛發芽的春天，變為夏天了。

樓上老醫生和魯迅先生談話的聲音隱約可以聽到。

樓下又來客人，來的人總要問：

「周先生好一點嗎？」

許先生照常說：「還是那樣子。」但今天說了眼淚又流了滿臉。一邊拿起杯子來給客人倒茶，一邊用左手拿著手帕按著鼻子。

客人問：

「周先生又不大好嗎？」

許先生說：

「沒有的，是我心窄。」

過了一會魯迅先生要找什麼東西，喊許先生上樓去，許先生連忙擦著眼睛，想說她不上樓的，但左右看了一看，沒有人能代替了她，於是帶著她那團還沒有纏完的毛線球上樓去了。

樓上坐著老醫生，還有兩位探望魯迅先生的客人。許先生一看了他們就自己低了頭不好意思地笑了，她不敢到魯迅先生的面前去，背轉著身問魯迅先生要什麼呢，而後又是慌忙地把線縷掛在手上纏了起來。

一直到送老醫生下樓，許先生都是把背向著魯迅先生而站著的。

每次老醫生走，許先生都是替老醫生提著皮提包送到前門外的。許先生愉快地、沉靜地帶著笑容打開鐵門閂，很恭敬地把皮包交給老醫生，眼看著老醫生走了才進來關了門。

這老醫生出入在魯迅先生的家裡，連老娘姨對他都是尊敬的，醫生從樓上下來時，娘姨若在樓梯的半道，趕快下來躲開，站到樓梯的旁邊。有一天老娘姨端著一個杯子上樓，樓上醫生和許先生一道下來了，那老娘姨躲閃不靈，急得把杯裡的茶都顛出來了。等醫生走過去，已經走出了前門，老娘姨還在那裡呆呆地望著。

「周先生好了點吧？」

有一天許先生不在家，我問著老娘姨。她說：

「誰曉得，醫生天天看過了不聲不響地就走了。」

可見老娘姨對醫生每天是懷著期望的眼光看著他的。

許先生很鎮靜，沒有紊亂的神色，雖然說那天當著人哭過一次，但該做什麼，仍是做什麼，毛線該洗的已經洗了，曬的已經曬起，曬乾了的隨手就把它團起糰子。

「海嬰的毛線衣，每年拆一次，洗過之後再重打起，人一年一年地長，衣裳一年穿過，一年就小了。」

在樓下陪著熟的客人，一邊談著，一邊開始手裡動著竹針。

這種事情許先生是偷空就做的，夏天就開始預備著冬天的，冬天就做夏天的。

許先生自己常常說：

「我是無事忙。」

這話很客氣，但忙是真的，每一餐飯，都好像沒有安靜地吃過。海嬰一會要這個、要那個；若一有客人，上街臨時買菜，下廚房煎炒還不說，就是擺到桌子上來，還要從菜碗裡為著客人選好的夾過去。飯後又是吃水果，若吃蘋果還要把皮削掉，若吃荸薺看客人削得慢而不好也要削了送給客人吃，那時魯迅先生還沒有生病。

許先生除了打毛線衣之外，還用機器縫衣裳，剪裁了許多件海嬰的內衫褲在窗下縫。

因此許先生對自己忽略了，每天上下樓跑著，所穿的衣裳都是舊的，次數洗得太多，紐扣都洗脫了，也磨破了，都是幾年前的舊衣裳，春天時許先生穿了一個紫紅寧綢袍子，那料子是海嬰在嬰孩時候別人送給海嬰做被子的禮物。做被子，許先生說很可惜，就揀起來做一件袍子。正說著，海嬰來了，許先生使眼神，且不要提到，若提到海嬰又要麻煩起來了，一要說是他的，他就要。

許先生冬天穿一雙大棉鞋，是她自己做的。一直到二三月早晚冷時還穿著。

有一次我和許先生在小花園裡拍一張照片，許先生說她的紐扣掉了，還拉著我站在她前邊遮著她。

許先生買東西也總是到便宜的店舖去買，再不然，到減價的地方去買。

處處儉省，把儉省下來的錢，都印了書和印了畫。

現在許先生在窗下縫著衣裳，機器聲格嗟格嗟的，震著玻璃門有些顫抖。

窗外的黃昏，窗內許先生低著的頭，樓上魯迅先生的咳嗽聲，都攪混在一起了，重續著、埋藏著力量。在痛苦中，在悲哀中，一種對於生的強烈的願望站得和強烈的火焰那樣堅定。

許先生的手指把捉了在縫的那張布片，頭有時隨著機器的力量低沉了一兩下。

許先生的面容是寧靜的、莊嚴的、沒有恐懼的，她坦蕩地在使用著機器。

海嬰在玩著一大堆黃色的小藥瓶，用一個紙盒子盛著，端起來樓上樓下地跑。向著陽光照是金色的，平放著是咖啡色的，他招集了小朋友來，他向他們展覽、向他們誇耀，這種玩藝只有他有而別人不能有。他說：

「這是爸爸打藥針的藥瓶，你們有嗎？」

別人不能有，於是他拍著手驕傲地呼叫起來。

許先生一邊招呼著他，不叫他喊，一邊下樓來了。

「周先生好了些？」

見了許先生大家都是這樣問的。

「還是那樣子，」許先生說，隨手抓起一個海嬰的藥瓶來：「這不是麼，這許多瓶子，每天打針，藥瓶也積了一大堆。」

許先生一拿起那藥瓶，海嬰上來就要過去，很寶貴地趕快把那小瓶擺到紙盒裡。

在長桌上擺著許先生自己親手做的蒙著茶壺的棉罩子，從那藍緞子的花罩下拿著茶壺倒著茶。

樓上樓下都是靜的了，只有海嬰快活地和小朋友們的吵嚷躲在太陽裡跳蕩。

海嬰每晚臨睡時必向爸爸媽媽說：「明朝會！」

有一天他站在上三樓去的樓梯口上喊著：

「爸爸，明朝會！」

魯迅先生那時正病得沉重，喉嚨裡邊似乎有痰，那回答的聲音很小，海嬰沒有聽到，於是他又喊：

「爸爸，明朝會！」他等一等，聽不到回答的聲音，他就大聲地連串地喊起來：

「爸爸，明朝會，爸爸，明朝會……爸爸，明朝會……」他的保姆在前邊往樓上拖他，說是爸爸睡下了，不要喊了。可是他怎麼能夠聽呢，仍舊喊。

這時魯迅先生說「明朝會」，還沒有說出來喉嚨裡邊就像有東西在那裡堵塞著，聲音無論如何放不大。到後來，魯迅先生掙扎著把頭抬起來才很大聲地說出：

「明朝會，明朝會。」

說完了就咳嗽起來。

許先生被驚動得從樓下跑來了，不住地訓斥著海嬰。

海嬰一邊哭著一邊上樓去了，嘴裡嘮叨著：

「爸爸是個聾人哪！」

魯迅先生沒有聽到海嬰的話，還在那裡咳嗽著。

魯迅先生在四月裡，曾經好了一點，有一天下樓去赴一個約會，把衣裳穿得整整齊齊，手下夾著黑花布包袱，戴起帽子來，出門就走。

許先生在樓下正陪客人，看魯迅先生下來了，趕快說：

「走不得吧，還是坐車子去吧！」

魯迅先生說：「不要緊，走得動的。」

許先生再加以勸說，又去拿零錢給魯迅先生帶著。

魯迅先生說不要不要，堅決地走了。

「魯迅先生的脾氣很剛強。」

許先生無可奈何的，只說了這一句。

魯迅先生晚上回來，熱度增高了。

魯迅先生說：

「坐車子實在麻煩，沒有幾步路，一走就到。還有，好久不出去，願意走走……動一動就出毛病……還是動不得……」

病壓服著魯迅先生又躺下了。

七月裡，魯迅先生又好些。

藥每天吃，記溫度的表格照例每天好幾次在那裡畫，老醫生還是照常地來，說魯迅先生就要好起來了。說肺部的菌已經停止了一大半，肋膜也好了。

客人來差不多都要到樓上來拜望拜望。魯迅先生帶著久病初癒的心情，又談起話來，披了一張毛巾子坐在躺椅上，紙煙又拿在手裡了，又談翻譯，又談某刊物。

一個月沒有上樓去，忽然上樓還有些心不安，我一進臥室的門，覺得站也沒地方站，坐也不知坐在哪裡。

許先生讓我喫茶，我就依著桌子邊站著。好像沒有看見那茶杯似的。

魯迅先生大概看出我的不安來了，便說：

「人瘦了，這樣瘦是不成的，要多吃點。」

魯迅先生又在說玩笑話了。

「多吃就胖了，那麼周先生為什麼不多吃點？」

魯迅先生聽了這話就笑了，笑聲是明朗的。

從七月以後魯迅先生一天天地好起來了，牛奶、雞湯之類，為了醫生所囑也隔三差五地吃著，人雖是瘦了，但精神是好的。

魯迅先生說自己體質的本質是好的，若差一點的，就讓病打倒了。

這一次魯迅先生保持了很長時間，沒有下樓更沒有到外邊去過。

在病中，魯迅先生不看報、不看書，只是安靜地躺著。但有一張小畫是魯迅先生放在床邊上不斷看著的。

那張畫，魯迅先生未生病時，和許多畫一道拿給大家看過的，小得和紙煙包裡抽出來的那畫片差不多。那上邊畫著一個穿大長裙子飛散著頭髮的女人在大風裡邊跑，在她旁邊的地面上還有小小的紅玫瑰的花朵。

記得是一張蘇聯某畫家著色的木刻。

魯迅先生有很多畫，為什麼只選了這張放在枕邊？

許先生告訴我的，她也不知道魯迅先生為什麼常常看這小畫。

有人來問他這樣那樣的，他說：

「你們自己學著做，若沒有我呢！」

這一次魯迅先生好了。

還有一樣不同的，覺得做事要多做……

魯迅先生以為自己好了，別人也以為魯迅先生好了。

準備冬天要慶祝魯迅先生工作三十年。

又過了三個月。

一九三六年十月十七日，魯迅先生病又發了，又是氣喘。

十七日，一夜未眠。

十八日，終日喘著。

十九日的下半夜，人衰弱到極點了。天將發白時，魯迅先生就像他平日一樣，工作完了，他休息了。

藤野嚴九郎《謹憶周樹人君》

我雖然被周君尊為唯一的恩師，但我所做的只不過是給他添改了一些筆記。因此被周君尊為唯一的恩師，我自己也覺得有些不可思議。

因為是多年前的舊事了，所以記憶不是很清楚。但我可以確定我從愛知醫學專門學校轉職到仙台醫學專門學校是明治三十四年末的事。

在那之後兩年或三年，周樹人君作為第一個從中國來的留學生進入了仙台醫學專門學校學習。因為是留學生，不需要參加入學考試，周樹人君和一百人左右的新入校生以及三十多人的留級生一起聽課。

周君身材不高，臉圓圓的，看上去人很聰明。記得那時周君的身體就不太好，臉色不是健康的血色。當時我主講人體解剖學，周君上課時雖然非常認真地記筆記，可是從他入學時還不能充分地聽、說日語的情況來看，學習上大概很吃力。

於是我講完課後就留下來，看看周君的筆記，把周君漏記、記錯的地方添改過來。如果是在東京，周君大概會有很多留學生同胞，可是在仙台，因為只有周君一個中國人，想必他一定很寂寞。可是周君並沒有讓人感到他寂寞，只記得他上課時非常努力。

如果留下來當時的記錄的話，就會知道周君的成績，可惜現在什麼記錄也沒留下來。在我的記憶中周君不是成績非常優秀的學生。

那時我在仙台的空崛街買了房子，周君雖然也到我家裡來玩過，但已沒有什麼特別的印象了。如果過世的妻子還在世的話，或許還可以回憶起一些事情。前年，我的長子藤野達也在福井中學時，主講漢文的菅先生對他說：「這本書上寫了你父親的事，你拿去看看。如果真是那麼回事，給我們也講一講那些事情。」於是長子達也借回了周君寫的書讓我看，這些作品似乎都是佐藤翻譯的。

這以後大概過了半年，菅先生來和我會面，也談到了書中所講的那些事情。從菅先生那裡，我知道周君回國之後成了優秀的文學家。菅先生去年去世了。聽說在姬路師範當老師的前田先生也說過周君的一些事情。

讓我再回到前面的話題。周君在仙台醫學專門學校總共只學習了一年，以後就看不到他了，現在回憶起來好像當初周君學醫就不是他內心的真正目標。周君臨別時來我家道別，不過我忘記這次最後會面的具體時間了。

據說周君直到去世一直把我的照片掛在寓所的牆上，我真感到很高興。可是我已經記不清是在什麼時候、以什麼樣的形式把這張照片贈送給周君的了。

如果是畢業生的話，我會和他們一起拍紀念照，可是一次也沒和周君一起照過相。周君是怎樣得到我這張照片的呢？說不定是妻子贈送給他的。周君文中寫了我照片的事情，被他一寫，我現在也很想看看自己當時的樣子。

我雖然被周君尊為唯一的恩師，但我所做的只不過是給他添改了一些筆記。因此被周君尊為唯一的恩師，我自己也覺得有些不可思議。

周君來日本的時候正好是日清戰爭以後。儘管日清戰爭已過去多年，不幸的是那時社會上還有日本人把中國人罵為「梳辮子和尚」，說中國人壞話的風氣。所以在仙台醫學專門學校也有這麼一夥人以白眼看待周君，把他當成異己。

少年時代我向福井藩校畢業的野坂先生學習過漢文，所以我很尊敬中國人的先賢，同時也感到要愛惜來自這個國家的人們。這大概就是我讓周君感到特別親切、特別感激的緣故吧！周君在小說裡、或是對他的朋友，都把我稱為恩師，如果我能早些讀到他的這些作品就好了。聽說周君直到逝世前都想知道我的消息，如果我能早些和周君聯繫上的話，周君會該有多麼歡喜啊！

可是現在什麼也無濟於事了，真是遺憾。我退休後居住在偏僻的農村裡，對外面的世界不甚了解，尤其對文學是個完全不懂的門外漢。前些天從報紙上得知周君魯迅去世的消息，讓我回憶起上面所說的那些事情。不知周君的家人現在如何生活？周君有沒有孩子？

深切弔唁把我這些微不足道的親切當作莫大恩情加以感激的周君之靈，同時祈禱周君家人健康安泰。

《文學案內》昭和十二年三月號

魯迅生平紀事年表

童年階段	
西元一八八一年（清・光緒七年）	出生於浙江省紹興府會稽縣府城內東昌坊口新台門周家。
西元一八九二年（清・光緒十八年）	就讀於壽鏡吾開設的私塾「三味書屋」，喜歡乘閒描畫、搜集圖畫。
西元一八九三年（清・光緒十九年）	祖父周福清因向浙江鄉試主考官殷汝璋行賄，被革職下獄，再加上父親周伯宜重病，自此家道中落。
西元一八九六年（清・光緒二十二年）	父親周伯宜離世，家境益艱。
求學階段	
西元一八九八年（清・光緒二十四年）	考入「江南水師學堂」。
西元一八九九年（清・光緒二十五年）	轉考入「南京礦務鐵路學堂」，接觸到許多科學知識、維新與革命意識，深深影響其思想。
西元一九〇二年（清・光緒二十八年）	赴日本「東京弘文學院」留學，入普通科江南班，魯迅為該班第一個剪除辮子的人。課餘喜歡閱讀哲學與文藝書籍，特別注意人性與國民性問題。

西元一九〇三年（清・光緒二十九年）	與許壽裳、陶成章等浙江籍留日學生在東京組織浙江同鄉會，出版百科全書式月刊《浙江潮》，成為留日學界宣傳革命的重要刊物之一。於《浙江潮》中，魯迅以筆名「索子」發表近萬字的《中國地質略論》，為中國首次使用「侏羅紀」、「白堊紀」等地質年代中文名稱。
西元一九〇四年（清・光緒三十年）	祖父周福清離世。 入「仙台醫學專門學校」（現日本東北大學醫學部）就讀，結識藤野嚴九郎，肄業。
發展階段	
西元一九〇六年（清・光緒三十二年）	回國遵從母親之命與朱安結婚，婚後即赴日本，從事文藝譯著工作。
西元一九〇八年（清・光緒三十四年）	師從章太炎，成為「光復會」會員，於《河南》雜誌發表《文化偏至論》和《破惡聲論》。
西元一九〇九年（清・宣統元年）	與周作人翻譯之《域外小說集》二冊出版。 六月歸國，任杭州、浙江二級師範學堂（今杭州高級中學）優級生理學、初級化學教師，以及紹興府中學堂監學兼博物學教師、紹興山會初級師範學堂（今紹興文理學院）校長等職務。

西元一九一一年（清・宣統三年）	完成第一篇文言小說《懷舊》，發表於《小說月報》第四卷第一號。
西元一九一二年（民國元年）	一月一日，中華民國臨時政府於南京成立。應教育總長蔡元培之邀，任教育部社會教育司第一科科長、教育部僉事，同時擔任北京女子高等師範學校教授與北京大學兼職講師。此時，亦沉迷於收集研究拓本之中，大量抄寫古碑、輯錄金石碑帖、校對古籍，其中也對佛教思想進行了一定的研究，後重新投身新文化運動。
西元一九一四年（民國三年）	與其他章太炎的弟子錢玄同、許壽裳等人一同促成教育部通過章太炎的記音方案，作為國語的標音符號，也就是今日仍在台灣通用的注音符號前身。
西元一九一五年（民國四年）	輯成《會稽郡故書雜集》一冊，用周作人的名字印行。
西元一九一八年（民國七年）	首次用「魯迅」為筆名，於《新青年》發表中國史上第一篇用現代形式創作的短篇白話小說《狂人日記》，抨擊家族制度與禮教之弊害，為文學革命思想之先驅。
西元一九一九年（民國八年）	發表第二篇短篇白話小說《孔乙己》，塑造了一個被科舉制度毒害的知識份子。 發表《我們現在怎樣做父親》，批判傳統的「父權」思想，號召覺醒的父輩解放自己的孩子。 發表關於愛情之意見，題為《隨感錄四十》。

西元一九二〇年（民國九年）	譯成俄國阿爾志跋綏夫小說《工人綏惠略夫》。 秋季，北大中國文學系主任馬裕藻代表學校聘請魯迅擔任兼課講師。
西元一九二一年（民國十年）	發表唯一的中篇小說《阿Q正傳》，寫出了辛亥革命後的社會現實。
西元一九二二年（民國十一年）	譯成俄國愛羅先珂童話劇《桃色的雲》。兼任北京大學、北京高等師範學校講師。 發表小說《白光》，描寫因追求功名而發瘋致死的陳士成，再次揭露科舉制度的弊端。
西元一九二三年（民國十二年）	小說集《吶喊》出版。 第一部系統論述中國小說發展史的專著《中國小說史略》上冊出版。
西元一九二四年（民國十三年）	與周作人、林語堂、錢玄同等人創辦同人週刊《語絲》。 《中國小說史略》下冊出版。 譯成日本廚川白村論文集《苦悶的象徵》。
西元一九二五年（民國十四年）	作《青年必讀書》，抨擊當時流行的尊孔復古思潮，文章收入《華蓋集》。 譯成日本廚川白村《出了象牙之塔》，並編輯《國民新報》副刊及《莽原》雜誌。

西元一九二六年（民國十五年）	與齊宗頤譯成《小約翰》。 離開北京，前往廈門，任廈門大學文科教授。 「三一八慘案」發生，作《死地》、《記念劉和珍君》等文抨擊段祺瑞政府屠殺學生的罪行，遭受追捕，避難於山本醫院，避難期間仍筆耕不輟。 小說集《彷徨》出版。
晚年階段	
西元一九二七年（民國十六年）	赴上海與許廣平開始同居生活。 唯一的短篇散文詩集《野草》出版。 《唐宋傳奇集》上冊出版。
西元一九二八年（民國十七年）	與王方仁、崔真吾、柔石等人創立「朝花社」。 與創造社、太陽社大部分成員就「革命文學」問題展開爭論。 開始大量搜集馬克思主義著作，並為之翻譯。 開始提倡革命美術、現代木刻運動。 《唐宋傳奇集》下冊出版。
西元一九三〇年（民國十九年）	與柔石、郁達夫等人在上海成立「中國自由運動大同盟」（自由大同盟），提出「不自由毋寧死」的口號，並出版刊物《自由運動》。後又加入了「左翼作家聯盟」和「中國民權保障同盟」。

西元一九三一年（民國二十年）	主持「左翼作家聯盟」雜誌《前哨》出版。 前往文書院講演，題為：《流氓與文學》。譯成《毀滅》。
西元一九三二年（民國二十一年）	淞滬戰爭爆發，與周建人兩家躲進魯迅密友內山完造創辦的內山書店避難，後又遷到英國租界內的內山書店分店。
西元一九三三年（民國二十二年）	內山完造以內山書店職員的名義替魯迅租下大陸新村的住所（今上海魯迅故居），魯迅至離世前一直居住於此。 受蔡元培邀請，赴宋慶齡家宅，歡迎蕭伯納。
西元一九三四年（民國二十三年）	出版雜文《南腔北調集》、短評集《準風月談》。
西元一九三五年（民國二十四年）	開始翻譯果戈里小說《死魂靈》，《十竹齋箋譜》第一冊印成。 編撰瞿秋白遺著《海上述林》上卷，續寫《故事新編》，整理《死魂靈百圖》木刻本，並作序。
西元一九三六年（民國二十五年）	與朋友合辦半月刊《海燕》，出版《故事新編》。 開始翻譯果戈里小說《死魂靈》第二部，出版《花邊文學》。 十月十九日上午因肺結核於上海逝世。

國家圖書館出版品預行編目資料

魯迅作品選集 / 王晴天 著 . --初版. --新北市：
典藏閣，采舍國際有限公司發行, 2019.12
面； 公分． -- (經典名家；01)

ISBN 978-986-271-872-8 （平裝）

857.61 108016658

典藏閣

魯迅作品選集

出版者 ◤ 典藏閣
編著 ◤ 王晴天
總編輯 ◤ 歐綾纖
文字編輯 ◤ 范心瑜
品質總監 ◤ 王擎天
出版總監 ◤ 王寶玲
美術設計 ◤ 蔡瑪麗

台灣出版中心 ◤ 新北市中和區中山路2段366巷10號10樓
電話 ◤（02）2248-7896
傳真 ◤（02）2248-7758
ISBN ◤ 978-986-271-872-8
出版年度 ◤ 2019年12月初版

全球華文市場總代理/采舍國際
地址 ◤ 新北市中和區中山路2段366巷10號3樓
電話 ◤（02）8245-8786
傳真 ◤（02）8245-8718

全系列書系特約展示
新絲路網路書店
地址 ◤ 新北市中和區中山路2段366巷10號10樓
電話 ◤（02）8245-9896
網址 ◤ www.silkbook.com

線上pbook&ebook總代理：全球華文聯合出版平台
地址：新北市中和區中山路2段366巷10號10樓
主題討論區：www.silkbook.com/bookclub/
● 新絲路讀書會
紙本書平台：www. book4u.com.tw
● 華文網網路書店
電子書下載：www.book4u.com.tw
● 電子書中心（Acrobat Reader）

本書採減碳印製流程並使用優質中性紙（Acid & Alkali Free）通過綠色印刷認證，最符環保要求。